用手走路的人

拐杖支撐一身傲骨

李惠綿 著

增訂新版

目錄

寫給惠綿：

輯一　回首蕭瑟　無雨無晴

輯六　知己交心　文學對談

寫給惠綿：

我將「愛如一炬之火」送給惠綿，也送給《用手走路的人》所有讀者。

——齊邦媛

既已脱胎換骨，則有情有義蒼天的承諾將會兑現；從今以後，惠綿當能迎風而飛。

——簡媜

飛上雲霄萬重天！

——趙國瑞

愛如一炬之火

齊邦媛

夜半時分，早早升起的上弦月已然沉落；月光沉落前光影的明暗變化，驚醒樹上棲息的烏鴉，引起斷斷續續的鳴聲；灰濛白茫的夜氣瀰漫著滿天霜華。

人生，不論年齡，總有這般「月落烏啼霜滿天」的情境。

此時此刻，觸目所及，未必能看到江邊如火如荼的楓樹；抬頭遠望，亦未必能見到江上星星點點的漁火。

因此，無須「江楓」之陪襯，亦無須「漁火」之點綴，只須內心有「燈火」。

火有多有少，耳目方寸之地，有火便足以照亮。

火有大有小，纖細體微之軀，小火便足夠燃燒。

只要是輕風細雨，火就可以穩定燃燒。

即使是狂風暴雨，內心火種不滅，依舊可以再度點燃。

當年，在武漢大學，吳宓先生在我的論文大綱用毛筆題寫英文句子，另加眉批：

佛曰：愛如一炬之火，萬火引之，其火如故。

何其幸福啊！彼時我才二十一歲，指導教授題贈的文句，竟成爲其後一甲子生命歲月的箴言。

尤其當我目之所見、耳之所聞、身之所感，盡是「月落烏啼霜滿天」的風景時，我想，李惠綿的生命畫面，總也不少這樣幽暗迷濛的境況吧！我將「愛如一炬之火」送給惠綿，也送給《用手走路的人》所有讀者。儘管走在風雨泥濘的荒徑，須靠一盞心燈尋路，那愛人愛己的情懷，萬火引之，不熄不滅，其火如故。

齊邦媛口述

二〇〇五年十一月十日

姊妹情深

簡媜

我踏入台大女生第五宿舍一〇六室那天，應該是個蕭瑟秋日。也許飄雨，或者晴朗，不復記得。心情是輕快抑或受季節影響而起霧，亦難以指認了。唯一確定的是，當時朝那棟老宿舍走去的我，絕不會想到二十年後自己會以歡愉心情肯定那日是生命中亮麗的一日。

那日，我認識了幾個精采的人。

我常想，人生在世，種種濃淡、輕重的情感皆須經歷時間的火燎方能證成金剛不壞。朋友如此，夫妻如此，血緣至親亦是。當情愫萌生之時，誰不是一朵心花怒放，其欣喜之狀，彷佛擋得住任何一場暴風雨。然而，當這情感灰飛煙滅，其憤懣之心，又恨不得將世界一手捏碎。人生這門功課，說穿容易，看透難，是以，人人一身糾纏。

好的糾纏也是一樁福氣。認眞地說，不該叫糾纏，而是種植於彼此心田一輩子都欣欣向榮的一棵思念。這思念長得與世俗不同，獨具一股逍遙自在的靈氣。彷彿世間化外另有一條豐沛流域，一株蓮種，兀自衍生七千七百四十九朵五色蓮花。這兒枯了，那裡又榮；這兒的清香消隱，那裡的芬芳又起。有福氣的情感就該這樣，無須斧鑿雕琢，不勞朝朝拂拭，卻能一輩子悠哉游哉。這兒閒閒地呼喚，那兒憨憨地答應；有事兒嗎？沒事。我有幸從周遭人物中見識這種渾然天成的情感；當它停泊在一對戀侶身上，那種愛即是「弱水三千，只取一瓢」。當它潛入原本不相識的女性與孩童之中，則他們成就的母子親情勝過血緣。當它灑向人群，那麼沾染靈氣的這幾人便會相識，且不可思議地生出手足之情——往後，不管人生多麼千瘡百孔，這幾人不會離你棄你遺忘你，反而聯手護衛你，宛如兄弟姊妹。

感情之事似乎沒什麼道理，差別只在有福或無福罷了。

依這理，我算是有福之人。年齡未屆不惑，即能釀出幾個二十年交情的老友。二十年，我們從輕愁少女歷經情劫、轉戰職場，於今白髮忽隱忽現、心境在悟與不悟之間，彼此見了面，心情彷彿仍在蓊鬱校園，仍是十八歲初相識那年。

「女五」一○六室像個店面，似乎從不關門，以至於我想不起門長得什麼樣？我去找林金燕或但貴美，她們是我哲學系同班同學。我們都是家住外縣市的大一新鮮人，差別是，她們用功我不用功，所以我必須去「預約掛號」借筆記。凡是不用功的學生都有個本事，能精確地打探或辨認班上最用功的「媽祖」是哪位？待考試前夕，再前往仙山求「海內外孤本」，影印、誦念一夜，天亮赴考場而拿下七、八十分不難。可憾的是，與我謀合者甚夥，一〇六室門庭若市，阿燕這位「媽祖」香火鼎盛。

「女五」宿舍是一棟「有意志力」的破舊建築物。所謂有意志力，即是再撐十年、二十年仍是那麼破舊卻仍然不會倒塌。在台大，這樣的建築物不算少，以至於每當我憶及大學生涯，蒼茫富麗之餘又覺得鬼鬼祟祟。當時，我被分配到女生第一宿舍。這事兒有點怪，因爲本地的哲學系女生大多住「女五」宿舍，只三個左右被扔到「女一」。其實我不該抱怨，「女一」位於傅園旁且是新建築，設備比「女五」強多了，一般印象中住的都是僑生及聯考成績較好的科系學生。不過我還是要抱怨，住「女一」，我得走一段彎曲、幽深的小徑才能到「女五」，著實不利於訪仙求道。

阿燕與阿但不見得在寢室，即使人在，筆記本也不在。有個人倒是常常在，她坐在一進門右手邊第一個座位，不厭其煩地答覆川流不息的「哲學系香客」詢問「阿燕媽祖在不在」的問題。其親切溫婉的模樣，媲美大寺院的知客師父，要不就是敬業的警衛，她叫李惠綿。

我記得她在介紹自己名字時特別強調是「綿羊」的「綿」而非木部「棉」。這讓我霎時在溫馴的綿羊意象與眼前穿戴重金屬支架的這副身軀之間產生極不相容的感覺。要不，她用錯名字；要不，她住錯軀體。

那年，我們才十八、九歲，她因聯考失手成爲落寞的夜間部中文系新生；我因高中開始創作一心想進中文系卻不可得，心情難免抑鬱。算是氣味相投吧，就這麼熟稔起來。漸漸地，去一〇六室除了找阿燕、阿但也找李惠綿。混久了便自動自發成爲一〇六室之榮譽室友，連與男生宿舍寢室聯誼至醉月湖煮湯圓、吃火鍋這等大學生「門當户對」社交活動的事兒，我也樂乎乎地跟著去了。

逝水滔滔，二十年來我認識的人不能算少，但像在一〇六室一口氣結識五位晶瑩靈透之人的幸運卻不曾再遇。那眞是好大的福氣！寢室裡還有一位溫柔敦厚的中文系二年級學姊張碧惠，她是那種天生就有姊姊氣派的人。沒多久，又有一位像媽媽卻分明跟李惠綿長得不像的優雅女士在寢室出入，她是趙國瑞老師。

這五人，在我最偏激且陰鬱、驕傲又孤僻的年紀裡，分別向我展示雍容的大家風範、大愛無私的聖潔精神，以及見義勇爲的熱情。

在嬰兒期即罹患小兒痲痹的惠綿屬嚴重型脊椎側彎與雙腳障礙，我曾喟嘆她是一流的資質與靈魂卻住在三流的「身體宿舍」裡。還記得相識之後，聽她若無其事地描述幼時如何自己發明「蹲」在拖鞋上、以雙手抓鞋行進，藉以向父母爭取上小學一事，令我震驚不已。回到自己寢室，我取拖鞋，照她說的方式做，才走五六步即有瀕臨潰倒之感；蹲行時的高度，觸目所見皆是桌底椅腳等骯髒、灰暗之物，想抬頭望一望湛藍的天空都是費力的。我萬分不捨，心裡油然喊冤：「老天，欺負一個小女孩到這種地步！」接著，任何人都會如我一般立即站起，以僥倖的心情覺得自己的雙腳是恩賜是財富是奇蹟。而惠綿，我開始了解她永遠被囚禁在身體黑牢裡承受不曾停歇的鞭笞的苦楚。我們這些好手好腳的人說滿一缸唾液的激勵話語，也難以減輕身體不自由者一吋的痛苦。叫別人堅強很容易，只有自己試著目盲一周、跛行半月，庶幾可以體會堅強多麼不易；因這堅強必須十倍於蒼天要你目盲瘖啞跛行的意志，百倍於庸人俗世對陷身「軀體牢籠」者的譏誚嘲諷，則這份堅強才能形成力量——活下去的力量。

然而，我必須說，即使因著這份了解，在大學時代，我能爲惠綿做的僅僅是推推輪椅、幫忙拿餐盤或扶枴杖之類輕如鴻毛之事。而她不同，她天生具有行俠仗義的豪情與縱橫捭闔之能力，她爲我做的事重如泰山。

由於對文學有興趣，與惠綿又多了一層話可說。之後我才知道，她在中學時代即展露文采，是校內的風雲人物。因而，我們之間談文論藝這回事，在喜獲知音之餘又添了一股說不出的競爭壓力與緊張。每每各執己見、爭論不已，但當我劍拔弩張、出現一副欲置人於死地的猙獰模樣時，惠綿總是適時地偃旗息鼓、一笑解圍。要不是惠綿虛懷以待，我們的友誼早已粉碎。這還不算，當她得知我一心想轉中文系而平日熱中寫作以致本行功課念得昏天暗地、憑成績絕對摸不到中文系門把時，竟自告奮勇要幫我探聽是否還有其他門路？由於當時我甫獲「第一屆台大文學獎」散文獎，評審之一是中文系柯慶明老師。她心生一計，打電話給壓根兒不熟的柯慶明老師，如此這般把她這位哲學系一年級朋友吹之捧之又力薦之，柯老師要不是被她的口才說服即是爲其熱情所感，遂建議她轉告這位哲一女生，將作品收攏一份附函呈系主任，或許可收敲門磚之效。我照做，卻不抱絲毫希望。那年暑假我留在宿舍打工，某日黃昏歸返，發現信箱裡躺著一封信，一看是中文系專用信封我的心就涼了，一定是通知「遺珠之憾」的八股信。拆開，卻是系主任葉慶炳老師的親筆信，他說歡迎我成爲中文系的一份子。

我喜歡用「設身處地」的方式評量人與人之間的情感交流是否均衡？別人爲我付出若干，若角色互換，我能否爲他等量付出？我爲他人付出如許，若易地而處，他人能否同等給予？這法子庶幾可以將自己客觀化以檢測天秤兩端的情感是否等量等質，藉此提醒自己勿辜負他人情義也不必「明月照溝渠」。帶著這秤回到十八歲，我必須慚愧地承認，若我與惠綿互換處境，我不可能爲她做這事。一則，缺乏如她般足以配六國相印的膽識與天賦（想想看，當年她也不過是夜間部一年級的小卒，竟敢「過問」日間部大事），二來這是最關鍵的，我的雞腸鳥肚內絕對容不下賞識競爭對手的那份熱情與雅量。

也許，惠綿從小嘗盡「缺憾」之苦，故不忍她的朋友暗夜飲恨吧！然而，在那麼年輕即能跳脫負面的私情纏縛而化爲善念、形成助緣，這種過人的修養當來自於趙老師的薰陶化育。惠綿從小在地上爬行，十二歲時從台南鄉下至台北「振興復健醫學中心」醫治雙腳、練習穿支架與背架行走。一個小女孩爲了能走路，以無法想像的意志力忍受離鄉背井之苦與復健過程那種撕肉裂骨的痛。在那兒教授國文並擔任導師的趙老師看在眼裡疼在心裡，並發現這位多愁善感的小女生實是良驥之材。年輕時即抱定獨身主義的趙老師就此與惠綿結下母女般的人間奇緣。若說惠綿從父母處傳承堅毅、聰穎、善良、熱情的資質，那麼趙老師便是精神上的華佗，她不惜割裂己身爲渠道，流淌心血以灌溉，導引這位「懷璧其罪」的小女孩一吋吋自身體黑牢破繭而出、而抬頭挺胸，而打造自己的人生，並且將那堅毅、聰穎、善良、熱情鍾煉成向上的力量，昇華爲足以回饋給社會的豐厚贈禮。如今，惠綿是我們這群朋友中唯一攻得博士、留校任教的學者。她用趙老師待她的方式對待學生。五月母親節後，在惠綿家發現花瓶裡插了三四十朵，每朵繫小卡片的康乃馨，她靦腆地說是學生給她的驚喜，當下令我們這些老友羨慕、妒嫉不已。趙老師在惠綿身上放了星鑽般的愛的種籽，如今惠綿開花結果，亦將美好種籽與學生分享。學生們會成熟而投身社會，若得天時地利其身上的種籽亦能枝繁葉茂而與更多人結緣。惠綿的學生不識趙老師，學生的學生不識李惠綿，然良善之人、洵美之事運行不息。三十年前，一位年輕老師永不放棄的意志啓動了愛的循環；三十年後，一個知恩圖報的學生架設了善的輪迴。師者，豈是微職小事？

身爲肢體不自由者，惠綿一路成長遭逢的歧視與惡意罄竹難書。包括，某次購

「殘障優待票」欲搭國光號，入口處剪票員要求惠綿出示「殘障證明」而她正巧忘了帶，剪票員完全「無視」於這位身穿支架、腋拄兩支鐵枴杖的女孩，答以：若無法出示「殘障證明」即不可享受優待需補足票款（這例子不妥，那位仁兄可能是公務員楷模，揣度惠綿爲了節省數十元車資佯裝肢障，故予以嚴拒）。包括：某晚，惠綿授課後騎三輪摩托車返家，一位肢體矯健（恕我如此描述）的機車騎士自後方逼近，迅速搶奪惠綿置於車籃內的大皮包揚長而去，致使她授課用的講義與記載多年研究心血的筆記化爲烏有。又包括：某國立大學門口，惠綿受邀擔任某系研究生口試委員，警衛先生攔下她的三輪摩托車不給進。惠綿出示公文，不給進，軟語央求請他念及行動不便若走路需花費三四十分鐘將耽誤口試大事，仍不給進。惠綿只好借電話請系主任關照，這回給進了。臨行，他一臉冷漠地說：「妳不要給我亂停車啊！」她忍住委屈，答以：「我像會亂停車的嗎？」接著，這位警衛先生說了一句刻骨銘心的話：「算了吧！你們這種人！」再包括，南港區某國家級研究單位，這輛停放妥當絲毫不影響其他汽車進出的三輪摩托車仍舊引起執事者關切，省略情節只錄對話，那人如是說：「牽走牽走，那是給院長跟貴賓停的……。要方便，妳停到大廳來好了……。十分鐘？一分鐘也不行，有礙觀瞻！」

我之所以不厭其煩地轉述不足掛齒的停車小事，乃因我的老友絕望地說：「不管再怎麼努力證明自己的能力，我永遠被另眼看待！」我無言以對。卻開始體會，身爲肢體不自由者終其一生必須經歷的那種鋪天蓋地的鄙夷與無所逃遁的悲哀。在體會中，我才發現凡人的慈悲因裏藏著「肢全對肢障」的絕對權力而處處顯出虛假。在未臻文明的社會，尤其是籠罩於某些偏頗的民間信仰的我們社會，智能或身體不自由者被認爲是前世作惡故今生罹此殘疾，既是業障果報、既是罪有應得，則恣意訕笑之、嘲諷之皆理所當然。如此根深柢固的觀念進駐潛意識底層，遮蔽我們的眼：視他們爲次等公民；支配我們的嘴：稱他們是不完整的人！是以，肢全者對弱勢族群的姿態永遠是高高在上，而任何作爲，皆免不了有「施恩」嫌疑。擺在這種「集體潛意識」裡檢視前述的停車事件便能豁然理解，「你們這種人」與「有礙觀瞻」之語乃誠實地呈現其潛意識而已。他們不見得是十惡不赦的壞人，他們只是行使「絕對權力」的最不起眼的兩個人。

我所認爲「虛假的慈悲」即在這裡：連小小的停車位都疏於設想、吝於給予，那麼，還能奢望這社會給予「愛情」、「工作」及任何一個身體不自由者或努力做麵包的喜憨兒皆應享有的「尊嚴」嗎？

相識相知二十年，我深深感受不自由的身體裡，惠綿那一顆皎潔且漂亮的心。我永遠學不來她的熱情與熾烈，也做不到如她般見義勇爲——碧惠說得最好：「惠綿，妳爲什麼不提妳爲我們做了多少事呢？」如今，老友將成長歷程化爲文字，我逐字逐句捧讀而淚眼模糊。一個人出示她的傷痕不是爲了博取遲來的同情，而是爲了提醒那傷人的力道切莫再傷害任何一個身體不自由的人。一位學有專精的學者揭露淚水滿溢的成長心路，不是爲了控訴蒼天無情，乃爲了繳交她所尋求的生命價值與聖美之事——包括：父母與家人聯手奮戰、趙老師的無私大愛、師長之提攜呵護、朋友的眞情相待，遂使原本殘忍且冰冷的宿命，逐漸發熱，成就一方有陽光的世間。我不免臆想，若蒼天是有情有義的蒼天，四十年前在一名小嬰兒身上放置重軛時必然如此承諾：「在遙遠的未來，若妳抵達我心中的那座山，攀至峰頂，妳將看見只有我才能看見的風景。那時，妳會明白，我沒收妳的腳是爲了讓妳飛！」四十年來，惠綿靠著旺盛的生命力與奮戰不懈的戰士精神，終於抵達這山了。十二歲時，惠綿遇趙老師，靠他力而得以脫胎；於今檢視半生行旅，在缺憾處提煉生命價值、於殘破中挖掘愛的礦脈，藉冷暖涵養善的火苗、憑無情再生感恩之心。這番化滄海爲良田的功夫，乃文學殿堂內依己力而完成的換骨之舉。既已脫胎換骨，則有情有義蒼天的承諾將會兌現；從今以後，惠綿當能迎風而飛。

如今，好友們星散各地而眞情仍在。阿燕僑居異國、阿但落籍台中、碧惠定居中壢。我們不約而同把趙老師與惠綿的家當作情感上的另一個娘家；每回相聚，載欣載奔的心情宛如赴「女五」一〇六室。

情感變淡變薄甚至變質乃自然之事，因地球是動的。能維持二十年仍有青春香味的情誼誠屬難得，令我不禁想像，這份情誼大約被藏在大樹濃蔭的鳥巢裡，才得以躲過炎涼吧！

也許，二十年前那個蕭瑟秋日，有個沒事兒撫幾條紅絲繩溜達的精靈見我頭低低地走路覺得好奇，遂尾隨我踏進「女五」一〇六室。一個也不少，就這麼以紅繩爲我們繫腕。

繩的另一頭繫在哪兒？不綁富貴浮雲，不縮宦海浮沉，那精靈半是淘氣半是認眞，將繩頭繫在路旁一棵不起眼的小樹上，自個兒撿石頭在樹身刻下一行歪歪斜斜的字：不許解開的，姊妹情深。

飛上雲霄萬重天

趙國瑞

小雲雀在巢中嚶嚶哭泣，驚醒了沉睡的大樹。

「孩子！你爲什麼哭泣？是肚子餓了嗎？」

「不是不是，嗚……哇……。」越哭越大聲。

「哦！不是肚子餓那是爲什麼？你的媽媽和兄弟呢？」

「他們、他們、他們都出去學飛了，只有我、只有我在這裡，嗚……」

「爲什麼不跟著他們一起飛呢？」

「我的腳沒有力氣站不起來，我不會飛，啊……我不會飛。」

「原來如此，腳站不起來，可是你還有翅膀呀！」

「對！我有一雙羽毛整齊力氣大的翅膀，可是站不起來有什麼用？」

「傻孩子！只要有聰明的頭腦和強壯的翅膀，你就會飛。」

「可是我站不起來，走不到巢邊，怎麼學飛？」

「練習呀，加倍地練習呀，直到站起來爲止。」

小雲雀開始練習，咬緊牙忍著痛，張開雙翅撐著，試著用力站起，還沒站穩就摔倒下來，一次又一次站起來摔下去，小雲雀不禁放聲大哭：

「沒有用呀！我是一隻天生不會飛的鳥！老天爺眞不公平呀！啊……」

「哭，你只知道哭，哭有什麼用？哪怕淚水流成了河也學不會飛的。快快擦乾眼淚繼續練習吧！再哭我就不理你了。」

小雲雀含著眼淚重新練習，強忍創痛、前仆後繼，兩行淚水靜靜地從臉頰淌下，穿過濃密的樹叢，滴到正在搬運松果的小松鼠們頭上。

「咦！下雨了嗎？」小松鼠抬頭往上望。

「唉！哪有下雨，是小雲雀練習站立痛苦的淚水。」大樹嘆息地說。

「小雲雀加油！我們都是你的朋友，讓我們幫助你。」小松鼠連蹦帶跳地來到巢旁探望。

「謝謝你們！我總得先靠自己的力量站起來。」

「小雲雀！你一定會站起來，你一定會飛的。」松鼠們齊聲鼓勵。

「嗯！我一定要站起來給你們看。」小雲雀恢復信心。牠用力向上掙扎，竟然搖搖晃晃地站了起來，興奮地大叫：

「我站起來了！」

「小雲雀站起來了，太好了！」松鼠們拍手歡呼。

「我會站了，我要學飛。」

「小雲雀！站穩了才能飛，站得越穩飛得越高。」大樹微笑地說。

小雲雀勤奮地練習站立蹲下，越站越久，越蹲越快，學習起飛的時刻終於來臨。當牠站立巢邊，面對遼闊的晴空，突然驚惶恐懼：「我不敢飛，我會跌下去的。」

「小雲雀！不要怕！勇敢的飛吧！我會守護著你。」大樹鼓勵牠。

「小雲雀！不要怕！快點起飛吧！跌下來我們會接住你的。」松鼠們也來支援。

「我好怕，我不要學飛了。」小雲雀想要放棄。

「學飛是你努力的目標，放棄了希望哪會有明天？你願意作一隻不會飛的雲雀嗎？」大樹不斷地打氣。

「飛呀！飛呀！我們和你一起飛。」不知什麼時候，大樹上停滿了成群的鳥兒。

小雲雀鼓起勇氣衝向天空，奮力地拍舞雙翅，迎風而上，不知不覺輕快地飛翔起來，群鳥追隨在後，松鼠們歡欣鼓舞，大樹頻頻讚嘆：

「了不起，這是我平生看到最勇敢的雲雀。」

「謝謝大樹！謝謝小松鼠！謝謝所有的朋友們！我會回來看你們。」

小雲雀說完轉身飛去，越飛越遠，飛向雲霄萬重天。

走廊（自序）

今年二月開學日，在教室走廊迎面而來一位跛行的女性，不像年輕的大學生。也許是因爲同類相應，我們不約而同給對方一個微笑，沒有攀談。正當我要進教室時，她回走過來從身後招呼：「請問你是李惠綿老師嗎？」我驚愕回答：「是的！」只見她眼淚立刻溢出淚光：「這兩年以來我一直想找你，想不到在這兒與你不期而遇，眞的好高興！」我一臉困惑：「爲什麼一直想找我？」她隨即主動展示胸前佩戴的學生證：「我在國家經濟發展研究所讀碩士班。當年在振興復健醫學中心，我們是隔壁班。兩年前，我的主任送來《用手走路的人》。謝謝你的書，激勵我考研究所，而且我一定要讀台大。」我暗想她應該是在職進修，委婉相問：

「你住台北嗎？」

「我在逢甲大學商學進修部上班，每週北上，當天往返。」

聽到此處，我已經不知如何對答，只能發出驚嘆：「你好了不起！」她立刻以堅定的語調反駁：「不！你才了不起，每當我軟弱、頹廢、膽怯的時候，只要一想到你，我就鬥志昂揚。我五十歲了，終於來到台大與你相遇。」短短幾分鐘交談，她字字句句都像神話，牽引我內心陣陣的顫動……。

我們竟是這樣重逢。半年來，每週一、四都在同一棟大樓的走廊相遇，然後在上課前幾分鐘或下課後交談一會兒。她每次得在清晨四五點搭車，抵達台北後轉搭捷運到台大站，更換三輪摩托車進入校園，才趕得上早上八點的課。學期結束前，我見她衣帶漸寬，猶然不悔不倦，還興致盎然地與我討論她想撰寫的論文題目。

這一場遇合，不是我的編劇，果有這位奇人奇事，鄭玫是她的芳名。直到現在，我依然覺得這一段奇遇像天方夜譚。十二歲時曾經是隔壁班同學，也許根本沒說上幾句話，早已像陌生人。她原是與我擦肩而過的人，甚至已經從走廊一端走過了。沒想到三十多年後，她像飛鴻一般，回過身來，在台大教室的走廊與我再度交會。原來，人生的走廊是這樣多采多姿。

就這樣，更加盼望能夠再版《用手走路的人》。自從此書絕版之後，像個棄嬰，感謝摯友簡媜和石頭出版社總編輯洪文慶先生具體行動的推薦，感謝健行出版社慨然收容，使它重生。感謝就讀台大地質系研究所姪兒李易叡，在功課忙碌中為我重新繪製背架、支架、拐杖、椅子等插圖。感謝台大土木系黃恆傑同學，為我繪製漫畫人像，為大一國文課程的師生因緣留下永恆記憶。恆傑說：「本來只畫半身，但總覺少了什麼；仔細一想，原來缺了枴杖，那是支撐老師一身傲骨的枴杖！」聽得我淚眼潸然。李易叡名曰「福氣寶寶」，符合我一生諸多福緣，故而欣然接受。從此再不要說我是前世造孽無數的人，因爲今生我是個福氣寶寶。

用枴杖支撐一身傲骨，確實貼切自己的精神與形象。十二歲以前匍匐於地，以後拄杖行走。這樣生動鮮活的描繪出自摯友簡媜《水問》中〈不忍問歸期——別朋〉，想不到民國七十二年她用以形容我的語句，成爲日後我第一本散文集的書名。彷彿是爲我預定的，一如認識二十年來爲我預備的、保存的相知相惜。二十餘年漫長歲月，各自歷經人生滄桑，各自走出一片天地。這期間，看盡多少人事更迭，嚐遍無數情隨事遷，然而彼此依然持守著「無言的承諾」。眞的是無言，有時覺得投告無門時，拿起電話，以悲泣的聲音傳遞：「簡媜！我沒話說，只是找妳聽我哭一哭……。」然後聽到她哽咽的回音：「惠綿！不要哭得這樣傷心……。」不須言語訴說也不須詳問，就是握著話筒，一邊放聲的哭著，一邊安靜的聽著。憑恃這樣深情厚意，簡媜爲我書寫〈姊妹情深〉，行文之間充滿文字的力度、

情感的深度與思惟的廣度。至今每讀一次，無不淚濕青衫。

這一生默默扶持我用手走路，歲月最長而最費心神的該是恩師趙國瑞女士。民國六十一年在台北振興復健醫學中心，她擔任國文課程兼導師，三十餘年來如師如母般守護著，至今相依爲伴，繼續照顧生活點點滴滴。寫作過程中，趙老師是第一個讀者，共享文字悲喜，有時讚美有時調侃；不時給予修正或提供意見，譬如關於撰寫父母之文章，一時不知如何擬定題目，她靈光乍現提議：「用妳爸爸媽媽最常說的一句話吧！」於是畫龍點睛的題目誕生了。她養了兩隻彩色斑斕的小鬥魚，每次餵養魚食，總是溫柔的呼喚：「魚兒吃飯了！」我趁機故作文章：「可不可以也對我這樣少嚴苛、多溫柔呢？」她淡淡地說：「這一生爲你做的比爲自己做的還多。」本來只是撒嬌，卻換來滿眼的淚水和滿懷的溫情。趙老師始終不肯爲我寫序，她說：「向來雪中送炭，不願錦上添花。」後來「聽說」是被我感動，於是寫了一篇寓言〈飛上雲霄萬重天〉作爲代序。

檢視舊稿，腦海浮現編輯的意念：以選取的作品爲經，以平生經歷爲緯，使散文與傳記文體呈現內在的因果關係。如此既可以使散文保有原來獨立的意義，又可兼用傳記形式顯現個人的生命歷程。每篇作品都依照創作的背景及其敘述的時空、內容、題材、情感而另外撰述「生命記事」，以貫穿個人的經驗歷程。

於是此書編成五輯，「輯一」收錄篇章，呈現小學到大學重要的生命經驗。大學畢業後接受脊椎側彎矯正手術，成爲另一個轉折點，「輯二」主要內容即是記錄這一場超型手術以及對生死問題的思辯。「輯三」是對父母雙親的感念，如果「苦難」是生命的代名詞，他們不僅是參與苦難的父母，更是用心用力助我完成苦難的重要推手——即使在顚沛困阨之中，從不曾放棄我。「輯四」收錄作品則是從碩士班到博士畢業留任台大中文系任教後的生活感悟。「輯五」是繼原書初版之後的新作，主要書寫兩度出入醫院後生命的轉化蛻變，以及師生互動的欣然自得。「輯六」是新編專輯，我的生命知己簡媜，曾兩度邀約文學對談。承蒙摯友慨然借我光環，擴增內容，充實篇幅，情義可感。爲了重新編輯此書，原發表舊作大多逐篇潤飾增刪。但願經過重新編輯撰寫之後，能賦予作者作品「再生」的意義。

感謝同門沈惠如一通電話，讓我翻箱倒櫃找出沉積多年的作品，因而可以結集成書。執筆撰寫「生命記事」，像是進入遙遠的記憶深處與過往的人生現場，再經驗再歷練一次。往往寫到傷情之處，幾度罷筆，不能自已；夜深人靜，更是輾轉反側，或許這也是一種生命洗禮吧！

那麼，就當是把沉澱的記憶和生命歷程的滄桑重新回首、收拾、整理，讓無境的淚水編成一字一句、一行一頁、一篇一卷，乃至編成一本書，當作禮物送給人生走廊相遇相得的每一雙推手。

很喜歡走廊的意象，可以無止盡的延伸，可以不受時間空間局限，自由來往。在走廊上，有時踽踽獨行；大多是和許多人擦肩而過；也有不少人與我同行一段，交會一些光亮，然後各自散去；只有少數人可以成爲一生一世的知交，那是上天的恩典。無論怎樣都好，走廊上永遠熱鬧，也永遠寂靜。

二〇〇五年十月十六日誌於坐忘書齋

二〇一八年五月十日修訂

後記：

彷彿是一種生命的尋訪，尋訪一種契機，一種力量。

校對《用手走路的人》這段時日，一直浮現齊邦媛老師的聲音與身影。我們偶爾通電話，言談之中，總是流露賞愛與疼惜。這回，我想向齊老師請託一篇文字。可是我瞻前顧後，不忍驚動。

我決定鼓起勇氣打電話給齊老師，不敢開門見山，只是先問候：「老師！您都好嗎？」電話一端傳來輕輕淡淡的笑聲，很從容很自得的聲音：「我現在覺得生命是月落烏啼霜滿天……。」就以張繼〈楓橋夜泊〉的詩句爲起點，恰如似水流年，老師對內心「燈火」抒發了許多追憶與感悟。話題告一段落之後，興味猶濃，我趁機提出請求，老師並未正面回應，倒是旁敲側擊說了一句：「就寫寫我剛剛說的那些話吧！」

於是，齊老師口述潤飾的〈愛如一炬之火〉誕生了。老師欣喜不已，且嘆爲神奇，這樣的語言文字原不是爲某種設定之「目的」而有，如清泉之水自然流瀉。

是我不情之請，懇託老師將這篇文字送我，放在卷首。不是當作推薦序，而是一位拜識二十餘年的師長，對惠綿的薪傳，那是愛的叮嚀。感謝智慧深情、溫柔慈悲的齊老師，賜我如是的光亮！

二〇〇五年十一月十三日

輯一

回首蕭瑟　無雨無晴

空白的答案

〔生命記事〕

距離小學時代，已有三十餘年。尋訪當年吳靜華導師的音訊，一直是我的牽掛。民國八十六年回台南縣下營家鄉度假時，因緣際會聯繫了多年未通訊息的國中同學楊春娉。電話敘舊時，得知吳老師竟然是她任教新民小學的教務主任，雀躍之情，難以言喻。善體人心的春娉專程開車來接，陪我至新營拜訪了睽違甚久的吳老師。

吳老師是我小學五、六年級的導師，那時我還是個匍匐於地的小女孩。六年級上學期，為治療小兒痲痺遠赴蔣夫人宋美齡女士創辦的「台北振興復健醫學中心」。依稀記得，離情依依中，全班同學哭成一團，吳老師更是紅了雙眼，擁抱著我頻頻叮嚀：「要堅強！要勇敢！」而今我已能穿著鐵鞋肢架，拄著雙拐，亭亭站立於老師面前，師生久別重逢，恍如隔世，依然是淚水盈眶。

生命時空彷彿倒轉。客廳裡，茶香瀰漫，熱氣煙霧迷濛之中，話及當年，如夢似幻。吳老師充分流露欣喜神色，不可思議如今的我已然是台大的老師；且緩緩道出連我都不復記憶的往事。

回想小學讀書種種艱困，眞是百感交集，年長我三歲的二姐美琴曾寫〈背上手足情〉，描述背我上洗手間的情景：「當時，鄉間小學十分簡陋，由教室蹲著走到廁所，是要耗盡力氣的。每節下課，犧牲盪鞦韆的時間，去背綿妹上廁所。綿妹雙腳不能站立，必須先扶她爬上書桌，然後自己蹲下，再等綿妹趴在背上。有時，著力點沒支撐好，常常會兩個人一起跌落在地。背著綿妹走過有風有雨的操場，背著綿妹等候輪流上廁所，前後長達三年，綿妹的體重和我的體力，並沒有成正比般的成長。綿妹越背越重了，但我吃力費勁的感覺，始終深藏於心，甚至爲了這個責任，也不免要抱病上學。」（八十二年九月九日《中國時報》）。患難中的手足之情，至今刻骨銘心。

三年級時，大姐富美師範畢業回母校教學，此後由她接棒並用腳踏車載我上下學。後來大姐結識同校任教的姐夫曾邦郁先生（原擔任我三年級的老師，因保送台北師範大學進修而離職）。婚後定居離家不遠的村里，每天上下班都會經過娘家。我國中之後異地求學，因地利之便，返鄉時常常可以看到大姐。每年寒暑假大姐總是給我一個大紅包，補貼我當學期的生活費，從大學到博士班畢業，不曾間斷；長姐如母的恩情，至今猶然念念在心。

＊　＊

我的眼瞼上有顆小痣，聽說那是愛哭痣。記得小學時，同學都回家吃午飯，我則等待母親送來溫熱可口的飯菜。平常下課時間，除了姊姊背我上洗手間，幾乎足不出戶。惟中午時分，校園冷靜，用過飯後，才敢蹲著走出教室，倚靠枝幹壯碩的榕樹，享受綠蔭下的陽光空氣。有時隔壁班同學回校得早，三五成群經過，不免指指點點：「那個跛腳彎彎曲曲的樣子，好畸形哦！」耳畔傳來陣陣揶揄聲，我一面黯然哭泣，一面踉踉蹌蹌地蹲爬躲進教室。

當時國民教育雖已延長，就讀國中仍有能力分班制度，因此下課後同學多去補習，我則獨自留在教室寫功課，等待同校任教的大姊下班，騎腳踏車載我回家。雖未補習，成績頗爲優異，印象中，大多保持第三名。但不知何故，每次月考後總是悶悶不樂，又深恐母親看見，時常躲入浴室傷心流淚。究竟是爲不能參加補習而哭？或是爲不曾得過第一名而哭？我已不復辨析。

跛腳的嘲弄及考試的得失，恰似童年兩條氾濫的淚河。而今年近四十，對於形殘之身和成績名次早已不惑，偶然回憶，仍是心結；直到前年暑假，拜訪睽違甚久的小學導師，終於豁然而解。吳靜華老師溫柔而疼惜的語調，如樂曲主旋律般迴盪不已：「你平常考試經常一百分，但每次月考必定空下最後一題，我非常納悶：明明會答爲何不寫？你說：我不考第一名，不要上台領獎。老師仍然記憶深刻，尤其是你回答時，那倔強堅定的眼神，竟然沒有眼淚！」

當年回答時沒有眼淚，二十五年後聞聽此事，卻已淚下如雨。空白的答案，讓我重拾童年智慧的心靈，原來留一題空白，可以不露鋒芒，可以韜光養晦，可以化解困境，可以遊刃有餘，可以自由揮灑，可以永結無情。

圓心深情

〔生命記事〕

大姐回鄉任教，身為小妹的我似乎受到更多的關照，無形中成為我生命的另一雙推手。同校李美絹老師的妹妹月燕老師在「台北振興復健醫學中心」任教，大姐才得知振興醫療隊巡迴至台南省立醫院招收小兒痲痺病童之訊息，以輕中度殘障且品學兼優者優先入院治療。我是重度殘障，吳老師在成績單評語欄上大力推薦我的文筆頗佳，大姐請託月燕老師幫忙，母親張彩蓮女士更尋求同村的醫生輾轉介紹。母親背著我從鄉下坐公車轉火車，再走一大段路才到達，累得熱汗淋漓。從四年級時一直等到六年級上學期終於進入振興。為爭取治療契機，改變命運，得要這麼多雙推手，人生的劇本究竟是上天主筆？還是人為撰寫？

民國六十一年一月五日入院，一面接續小學課程一面開刀治療。八月繼續沒有學籍的國中班，換了一位新導師，也是新應聘的教育組主任趙國瑞老師。由於水土不服，我經常生病發燒留在病房打點滴。白天的病房空空盪盪，趙老師總會在中午或下班時間前來探視；有時還帶來故事書和巧克力，陪我度過病中寂寞的時光。

蔣夫人經常到振興探望院中孩童，每年必來共度聖誕節。晚會節目都由院中兒童表演，聖劇是必備節目。那年趙老師負責編導聖劇，以配音方式演出，我被挑選爲幕後朗讀劇本。爲配合聖誕節演出，獲准延期出院。自十月份起，每週數次接受趙老師的朗讀訓練，一直到演出前密集的配音及排演，有更多的時間接受趙老師的調教，師生之情不知不覺滋長。

聖誕節後，院方通知我元旦出院。新年除夕趙老師特別留下，約我至音樂教室。趙老師彈著鋼琴，在聆聽〈聖母頌〉、〈少女的祈禱〉音樂旋律中，我流下眼淚。當時年紀不會執著老師承諾的意義，卻知道此去千里煙波，重逢不知何時？趙老師寬慰：「別難過，我會去看你的。希望你繼續升學，彰化仁愛實驗學校是爲你們設立無障礙的特殊學校，我會拜託從振興轉任仁愛實校的尤慧玲老師爲你安排入學，你一定要向父母爭取就學。」深謀遠慮的趙老師了解我舉步維艱，已經爲我設想下一個階段的路。

翌日，在台北師大讀書的大姊夫接我出院，趙老師亦專程前來相送，趙老師說：「不知什麼時候你能再來台北，我們經過圓山帶你去動物園。」那是我站立行走第一步踏出外面的土地，也是我十三歲以來第一次出遊。偌大的動物園走得我疲累不堪，竟抱著一棵老樹久久不放，趙老師趁機拍下那一張既興奮又疲憊的照片。而當我眼花撩亂忙看大象吃草、孔雀開屏時，開始意識到路人投以異樣的眼光。

成爲趙老師的學生雖然只有半年，但何其幸運備受特殊寵愛和用心薰陶。大學好友張碧惠說：「趙老師像惠綿的陽光，除照耀惠綿，還普及身邊的朋友。」此後她亦師亦母般牽引我跋山涉水，不曾相離。「圓中心」只是摘取我們生命歷程中一個起始的場景和象喻吧！

* *

那年暑假，她走進「圓中心」。那是「台北振興復健醫學中心」內一棟精心設計的圓形建築，場地寬闊，圓頂高挑，四周教室環繞，東西南北四方各有一門，每個人可由不同的門進出。「圓中心」便是院中一群肢體障礙的孩子們每日三餐及活動遊戲的場所。

雖然她擔任過六年的中小學校長，從事特教工作卻是初次嘗試。來到振興教育組任教，成爲我的班導師時，我在院中已有半年之多，一面接受物理治療，穿著背架肢架、拄著拐杖學習走路；一面接受非正式的國中教育。對於一位新老師，無所期盼。

第一天上課，她拿著三朵紫色蘭花，帶著一臉慈愛，彷彿是花之使者，告訴我們花兒的名字和故事。每當花謝，她隨即更換時令鮮花。就這樣，她讓自然的芬芳和生命的春天，滋潤了每一個心靈陰霾的孩子。

早自修時間，她總會用十分鐘和我們閒話人生，體會感性的生活、汲取知性的事理，成爲我們一日之晨的精神糧食。國文課，她教導我們欣賞背誦《三字經》、《朱子治家格言》、《古文古事》、《唐詩三百首》等，爲我們開啓古典文學之窗。每天要求我們自擬題目撰寫日記，於是，放學前期盼閱讀老師溫馨的評語，成爲我們的晚宴。

就從上課態度和長篇日記中，她發現了認眞好學而多愁善感的我。往後，課餘之暇，她經常和我約談在圓中心，給予心理輔導。那兒成爲師生二人相對而坐、溝通深談的「圓心」。從此，教室中開始有了我的笑語。

秋末冬初的時序，在等待家中寄來冬衣之際，我受了風寒，咳嗽不已。那天，氣溫驟然下降，她喚我到圓中心，賜贈一件毛衣，我一勁兒地搖頭拒絕，她輕拍我的肩膀，溫婉而堅定：「老師想幫助妳，就從現在直到妳長大獨立！」突然之間，像萬道光芒穿透巨大厚重的圓頂，藉著她的雙手，暖透了我嚴寒的人生。彷彿天使之聲，從天而降，迴盪在整個圓中心。

再回到物是人非的圓中心，是二十年後。她陪著我慢慢地走過一道道門；一如往常，領著我度過每一段求學旅程。我從背包中取出台大中國文學博士學位證書，虔誠地奉上。我們相對而視，二十年的悲歡歲月，不禁百感交集，淚水不覺灑落在圓中心。圓心深情，實現了當時的諾言，成就了這份人世難得的師生奇緣。

圓切點

〔生命記事〕

振興求醫扭轉我的人生，最大意義是斷然拒絕醫生宣判我必須終身坐輪椅，創造從蹲地爬行而拄杖行走的奇蹟；而得以拜識趙老師更是畢生的福緣。至於和班上一位男同學產生少年知心的情懷，卻成為一段美麗傷感的插曲。從小到大，多少過客都不復記憶，但他的名字始終不曾忘懷，本文算是童年莫逆之交的紀念吧！為了呈現一種距離，運用第三人稱的敘事觀點，而時空交錯的手法則使其兼有小說之筆調。

＊　＊

他們重逢，隔著一條馬路。她在植物園門口等車，看到一個男孩，從建國中學一跛一跛地走出來。即使六年音訊斷絕，隔著門口的鐵欄杆，她仍然認得。幾乎不敢置信，分別後那麼多年，還可以再見到他。不知是看到一個拿拐杖的朋友特別顯眼，還是因爲似曾相識，他竟然在出校門時停下腳步，朝她的方向看去。就這樣，隔著一條路，重逢。

她聽到自己急促的心跳聲，毫不猶豫，舉手向他招呼：「還記得我嗎？」她心裡問著。隔著馬路，無法說話，車子行人在他們中間馳行穿梭，她只能以手勢傳遞訊息，畢竟，她無法把握彼此尚有多少默契？他慢慢穿過馬路，向她走去，帶著一臉的驚愕，似乎沒有驚喜，只是拘謹、不知所措的樣子。兩人面對面，儘管沉澱已久的、微少的記憶在腦海中、在心湖裡泛開；然而彼此寒暄問候的言語，卻像漂在水面的浮萍。

六年，是一段彼此成長的歲月，但這些年的境況，對他們之間已是一片空白。更何況，他們相識相聚是那麼短暫，而當時不過才十二歲。

是她先到復健中心治療的，那時右腿剛動過手術，包著石膏，還不會站起來走路。他入院時，特別引起她的注意。小男孩，清秀俊逸的臉龐，雖然年幼，卻有一股書卷氣。他到班上後，功課與她抗衡，每次考試都與她爭第一。他的作文也寫得好，經常是老師拿來朗誦給全班聽的範文。他的出現，奪去她成績的寶座，她卻不惱不妒，是喜歡他才有如此度量嗎？還是她已早熟到懂得賞愛人的才華？她不清楚了。

每天晚飯，自修之前，他們會不約而同提早到教室，那段時間，只有他們二人，安靜地獨處聊天。就這樣各坐其位，一前一後，他總是把身子轉過來，與她相對而談；而所談無非是幼年罹病及未來的願望。

復健中心整棟大樓的圓心地帶，是全院小孩活動的地方，吃飯聊天、遊戲追逐，孩子們稱之為「圓中心」。每個星期六晚上，圓中心會放映電影，他總是先去佔位置，再用輪椅推她，一同欣賞。他們並肩地坐在圓心位置，有時竊竊私語著電影中的故事情節。偶爾透過銀幕照射出來微弱燈光，他們可以隱隱約約看到對方，流露出無言的幸福。

院中輪椅有限，病童只能每天輪流使用，有輪椅的要負責接送不能走路的人回房睡覺。她沒輪椅時，晚自習後他就去借來一部送她回房；有輪椅的日子，他也一定先將她安頓好，再為她代勞送其他的孩子。那一段日子，她總是可以感覺到，快樂的笑容清晰地寫在他的臉上，印在心版上。

三個月後他出院。臨走前一晚，仍舊在教室獨處的時間，他特別走到身旁，遞上一張兩寸照片，題了「友誼永固」字樣，寫得一手好字。給她照片時，有些羞赧，而她只道句謝，盡在不言之中。翌日，他收拾行李，她在座位上沉默地看著，眼裡含著淚光。臨走時，神情惆悵地向同學說再見，然後把眼神投注在她身上，是一雙牽掛的眼，她能懂得，彼此對這份別情的依依。畢竟，他們曾共度百個以心傳心的時光。

那晚沒人送她，她最後一個回病房，失眠了一夜。突然羨慕他的輕度殘障能及早出院，而把物是人非的傷感留予她。第二天清晨到教室，看到空盪的座位，不禁偷偷哭了起來。這時才懊悔竟忘記回贈一張照片給他，也沒留下他的地址。

此刻手上握著他給的新地址，目送他慢慢離開植物園的背影，黃昏的斜陽，隨他而去。六年，並未使他長得強壯高大，反而顯得更清瘦蒼白，臉容充滿著高三學生的焦慮惶恐；已然失去篤定自信，也不再有昔日的神采。

回家後有好長的時日，心神不寧。才短短數分鐘，竟在她心中迴旋不已。這麼多年，一直盼念牽掛，上天以如此戲劇性的巧妙，安排他們重逢，她願意相信，能夠接續隔斷已久的訊息，也是人生際遇中一種緣分。或許因爲曾經被細心善待，總期待彼此都還記憶猶新於當年的情懷。儘管年少的知心，是那麼地不可理解。於是她寫了信，卻久久不見回音。她擔心，那封信是否又像當年一樣陰錯陽差？

分別後，收到他第一封信時，才知道那已是第三封信，信中有責備之語，問她爲何不回信？那封信使她既吃驚又委屈，趕緊去信解釋，竟從此音信無回。是造化弄人？還是綠衣使者不作美？

終於盼到了回信，依然是一手好字，但用筆更熟練、更有勁道。是一封文情並茂的書信，信末淡淡地帶上幾句：「記憶中的圓中心，經過時間空間的移轉，像一個殘缺不全的圓。過去的一切早已沖淡忘懷，不再留戀。」她把最後的字句一讀再讀，想讀出他回覆此信的心態與感情。她不知道，他在努力擺脫什麼？她的去信也不過略談自己的近況以及詢問他的大學志願，並不曾要他留戀什麼。突然覺得荒謬，從來不知道人的記憶可以斬釘截鐵般的切斷？

重逢竟是一種幻滅？

也許把那次在振興重見時，那份喜悅的情懷永遠存留，反而是一種美麗？

他離院後半年，曾經回到振興複診，專程來到教室，全班都起鬨，說是來看她的。他站在教室外，不好意思進來，那時她才學會站起來走一段短短的路，也不宜站得太久。同學善體人意拿把椅子，放在教室門口讓她坐下，與他說話。兩人都顯得靦腆，但仍掩不住彼此的欣喜，她當面再次解釋未曾收到前兩封信的事情。原以爲那次見面，可以冰釋誤解，可以再魚雁往返，不料一別後，卻似飛鴻無影。眞不知道這樣的遇合，是緣或無緣？

重逢那年，大專聯考放榜，報紙上密密麻麻地鉛印數萬個陌生名字。不知他投考何組何系？竟憑著植物園一見，短短談話的一絲絲線索，試圖找尋他的名字。細細地找尋……，突然之間，眼中所見，彷彿不再是一個一個的鉛字，而是一排一排的黑體，逐欄排列而下，那報紙的版面逐漸擴大延伸，像一條寬大綿長的道路，像那一條他們重逢時，疏隔的街路。也許若干年後，他們會再重逢，仍然遠遠地隔著一路人煙，一路山水……。

其實告別圓中心後，彼此就是兩個不同的圓，在各自的軌道運轉。儘管如此，她永遠不會忘記那段曾經交切成點的日子。

選擇題

——寫給仁愛實驗學校的學子

〔生命記事〕

離開振興，回家閒居八個月之久，這段時日趙老師幾度遠從台北來鄉下看我，了解我家居生活及準備就學狀況。母親不忍我遠離家鄉，到村裡的下營國中，請求三年期間將我排在一樓教室；溝通不成，有意放棄讓我升學，希望我學打金子或學唱歌。我讀書意願甚為強烈，聽從趙老師的建議，堅持到仁愛實校。民國六十二年九月父親李錦文先生送我入學，再度離鄉開始求學生涯。

台南、彰化之間雖非千里迢迢，但攜帶住宿行李，獨自護送一個重殘的女兒過月台、搭火車、轉坐計程車，仍是非常艱辛的事。父親總是吃力地背著我，汗流浹背；總是默默地陪著我，不曾怨言。還記得第一次送我入學，將我的行李安頓後，離去時哽咽叮嚀：「我回去了，妳要好好照顧自己，要寫信回家。」只見父親淚水直流……。校園大道上，目送父親離去的背影，仍見他頻頻擦拭雙眼的動作，直到走出校門；當下的我已然淚水縱橫，不能言語。在那之前，我不曾見過父親這樣流淚的情狀，想是多少的不忍和掛心，才牽惹出這許多不能自制的眼淚。以後每學期父親送我回校即將離去時，我心中便暗自決定，絕不在父親面前流淚，以免引他傷情，可是每一次都是父親先紅了眼睛，也都是同樣的場景……。

學期中，母親總會放下雜貨店生意抽空前來看我。仁愛實校位於和美鎮偏遠處，從和美站下公車到學校只能搭坐計程車，一趟二十五元，每次母親都省下車費，步行二十分鐘來校，她說：「我不要坐計程車，甘願用來回五十塊車錢去買水果背來學校給妳吃。」二十餘年後母親回溯這段往事的神情，像一個將士誇耀光榮的戰績，而深以爲傲的是省下了車費，給遠在他鄉求學的女兒補充不易吃到的水果，已然忘記她當下手提水果的重量，忘記陽光、風雨下路途跋涉時，溼了一身的汗珠和雨水……。我聞聽此事，腦海中浮現微胖母親背提水果踽踽獨行於田園郊道的圖像，不禁感到酸楚，這令人動容的母愛，需要一份怎樣的堅持與韌性啊！

仁愛實校的冬天狂風飛沙、寒風刺骨。民國五十七年才成立，許多設備未具規模，宿舍是一大間兩排通鋪，沿著牆壁的床頭釘上長條木板放置衣物，沒有個人衣櫃和抽屜。沒有洗衣機，必須自己洗衣服，曬衣服在另一塊草坪上，還得下台階。以一間大水療室充當浴室，分成上下兩個區域，洗澡要爬台階；上下區間水龍頭各只有一個，接水要排隊，等一盆水要十分鐘以上；水質甚差，我們戲稱用咖啡洗澡，比楊貴妃用牛奶還高貴。天寒季節冷得直哆嗦，經常隨意擦拭以免感冒。這樣的生活起居，日後我每每想起，都覺得於心不忍。

儘管生活有些不便，卻過得意氣風發。成績名列第一，參加校外作文、演講、合唱比賽，主持新年晚會節目，擔任週會專題演講紀錄，儼然是個風雲人物。能夠擁有生平最風光最驕傲的一段歲月，要感謝訓導住任關瑞熊老師的栽培磨練，在仁愛實校關老師是影響我最深的師長。

記得一年級下學期改選幹部，我被選爲事務股長而公然抗拒，林雲雀導師問原因則沉默不答；林老師不准，我仍不交接，竟起身走出教室，沒有人知道我如此激烈反抗的原因。從此與老師同學冷戰，鬱鬱寡歡，獨來獨往。我經常黃昏獨自漫步校園，或坐在操場草坪上的搖椅唱著旋律悲傷的歌曲。有一天關老師走來，在搖椅上與我相對而坐：「怎麼了？擔任事務股長是不是委屈了你？認爲林老師沒有識人之明？覺得懷才不遇嗎？要能屈能伸、心胸寬大才能成大器呀！」關老師苦口婆心的勸勉。我驚訝不已，原來青少年叛逆的心思都掌握在關老師的法眼中。我離開仁愛實校後，聽說林老師已轉任他校，直到大學才追尋到她的地址，爲當年的任性自負寫信道歉，算是遲來的悔過吧？

特殊學校沒有功課壓力，每逢星期假日格外寂寞。當時德揚大哥在成功嶺服役，偶有假期便來看我，帶些水果食物解我鄉愁。自從國中離家求學，每年寒暑假返鄉時，只要大哥在家，他都會去接。由於高速公路尚未建造，只能搭乘火車，大哥不忍見我上下月台之勞累，都和火車站管理員打交道，同意讓他背著我跨越鐵軌便道。我並非身輕如燕，加之身上鋼鐵肢架的重量與硬度，背著我快速橫跨鐵軌便道是非常艱辛而危險的事。但是大哥卻奮不顧身，爲我所減輕的勞累全都由大哥厚實的脊背承擔起來，每次背到出口處，大哥已是滿臉脹紅、氣喘不已……。這樣的場景始終不曾忘懷。那時他曾說：「將來結婚一定會找個願意照顧我的大嫂。」這句話後來還說過好幾次，每回聽每回眼眶濕潤。雖然我曾暗自立誓絕不拖累任何一個兄姐，但我將永遠感念他的善心慈念。

只要是連續假期，趙老師必定南下探望，每次都帶來豐富的食物乾糧分享給班上同學，宛如聖誕老公公。長大後更能領略趙老師的待人處事，深覺她數十年來始終是如此慈悲的情懷。爲紓解異鄉求學的苦悶，趙老師經常包計程車帶我出遊，彰化八卦山、鹿港民俗文化村、台中公園、阿里山、東海大學都有足跡。高中以後多忙於功課，心室無餘閒，這一段成爲我曾經享受休閒度假的美好回憶。

當年仁愛實校幾乎全是小兒麻痺學生，如今則以腦性麻痺爲多，除了行動不便，更多一層語言障礙，有時不免呼問蒼天：究竟給予人類是怎樣的一本功課？

* *

選擇題是人類生活中如影隨形的功課，小至食衣住行育樂，大至人生理想。它像考試題目，有時只可單選；有時則可複選；有時甚至選不到心中設想的答案。只要人有意識，大小事情多可自由選擇。不過，人的五官形貌，或全或殘，或美或醜，卻是無法自主。於是你我在沒有選擇餘地下，被上天決定了形殘的命運。如果不肯相信宿命，就姑且說它是個「意外」吧！

既然關乎切身的命運已然被上天決定，那麼往後還有什麼可選擇的呢？事實上，身體不自由的我們仍然具有「人」的尊嚴，因此要如何活著？是隨波浮沉或是扭轉乾坤？畢竟也是很重要的選擇題。

我入小學之前，曾經失學兩個星期。那時匍匐而行，母親擔心我不能自行如廁，又恐受人嘲弄，將我留在家中。我見同伴背上新書包，非常羨慕，每天為上學之事，總是吵鬧好幾回。有一天，悶坐在房裡，猛然看到姐姐的拖鞋。一個不需要拖鞋的孩子，卻也覺得新奇。當時像天外飛來神思，竟穿上它，開始學習蹲著，然後用手掌抓住鞋面，一步一步向前挪動。我竟然學會平穩地蹲著走路，興奮地走到母親面前，天眞地說：「媽媽！我會走路了！我要去讀書！」母親蹲了下來，頻頻點頭，只見母親的衣袖上都是淚水。

就這樣，我以七歲年齡的意志將母親的選擇題變成自己的題目，重新寫答案。蹲地爬行讓我度過小學歲月，直到六年級上學期，家中收到「台北振興復健醫學中心」

的入院通知。父親素來沉靜內斂，那天放學回家，父親卻特別喚我前去，非常愼重地和我說道：「去振興可以醫治你的雙腿，但是台北很遠，你又小，爸媽很不忍心，去或不去還是由你自己決定。」當時我毫不猶豫回答：「我要去台北！我要站起來走路！」父親沉默不語，支持的力量寫在微皺的臉龐，眼眶有淚珠打轉。

十二歲，離鄉背井來到振興，不免哭泣，但似乎有著千里長征的氣魄。由於長年爬行，先矯正彎曲變形的右膝，石膏固定三個月；再做物理治療和水療三、四個月；而後由醫生為我設計由脊椎至下肢連身的背架和肢架，拄著拐杖，開始學習一步一寸的走路。那期間，腋下皮破血流，額頭汗雨如珠，練習走路之艱辛困苦，如今想來都覺辛酸。當初是父母親背著我進入振興；一年後，我終於站起來自己走出振興，連醫生都歎爲奇蹟。

如果當年沒有堅持選擇求學之心，我將是個文盲，更無法奠定日後完成博士學位的基礎；如果當年沒有果斷選擇北上求醫，我將一生伏地而行，如今亦不能站在講台上傳道授業。正因爲用了「意志」塡寫人生的選擇題，才有可能扭轉自己的命運。

有一則寓言故事，一個人向上帝抱怨他背負的十字架太沉重，上帝就准許他進入像天一般大的房間，那兒有無數的十字架，任由他選擇更換。滿屋的十字架各式各樣，大大小小，冰冷而陌生。經過三天三夜，他出來叩謝上帝：「我還是選擇自己的十字架吧！」

上天雖然使我們形殘，賜予我們與常人不同的十字架；但總是得自己去承擔十字架上的苦難，然後從這些苦難中，涵養「抉擇」的智慧，學習填寫答案的方式和技巧；只要盡心盡力，每一道題目就可以寫得精彩，答得完整。當我們年事漸長，將會慢慢體悟：青少時期，多是由別人出題我來選擇；四十不惑之年以後，則多是由我自己創造題目，自己編寫答案。於是，我們可以在千變萬化的題目之中，游刃有餘。

長廊恩典憶崇光

〔生命記事〕

國中三年級上學期趁著參加大姐婚禮之便，由彰化仁愛實驗學校轉學回台南縣下營國中。提到轉學，母親強烈反對，父親悄悄寄來印章，趙老師請假南下陪辦手續、整理行裝送我回鄉。能夠轉學要感謝大姊夫的哥哥曾信雄老師，他任教下營國中，和校長情商讓我進入升學班。我從雞首變成牛尾，趕不上各科超前的進度，小考大考皆不及格。英文老師要求九十五分，少幾分打幾下，每次手心被打得紅腫，握杖時疼痛難忍，眼淚直流，依然咬緊牙關。這是自己的選擇，必須無怨無悔。國三教室照例排在三樓，只得開始練習上下樓梯，父親每天騎摩托車載我上下學，中午送便當，風風雨雨送到畢業。父親閑靜少言，一直像個守護神，永遠在女兒需要時隨時伸出援手。

考試的挫折、趕不上進度的焦慮、挨打的疼痛、忍不住的淚水、上下樓梯的勞累，每天放學都覺得心力交瘁。晚上讀書時往往伏案而睡，睡意朦朧中總是被母親中氣十足的嗓音驚醒，那是向父親抗議的聲音：「好手好腳都找不到頭路，讀到高中有啥路用？」母親愈鬧，我愈打起精神，立志爲父親爭一口氣，回應父親默默的支持。

最後一次模擬考我已攀升全班中等成績，但與母親的關係卻每下愈況，心中煎熬眞是不堪回首，我深切明白堅持升學必須選擇離鄉；畢業考一結束即懇請趙老師帶我北上，單獨報考北聯。那年考取新莊高中，奈何校址偏遠又無校舍，於是聽從趙老師建議，報考私立崇光女中，就這樣我再度走進崇光大門，以校爲家。

從轉學到考取崇光，是求學歷程中另一段幽暗泥濘的歲月。仁愛實校兩年多，卻未能奠定日後扎實的升學基礎，以致千辛萬苦。日後偶爾和趙老師談起，不免懊惱：「早知可以克服下營國中的環境障礙，何必走一趟仁愛實校？」趙老師說：「不去仁愛實校怎能見到另一處美麗風景？怎能歷練開展多面的能力？」不可思議的是下營國中和崇光女中都曾經是我一度不得其門而入的地方，最後竟曲折地回到原處，取得畢業證書。

三年的努力，我以「智育特優獎」第一名畢業。趙老師及時趕到，要我進禮堂之前閱讀一封信，原來是頒給我「四育獎」的一封信：「德：妳做到最難的以德報怨、以德服人、以德化人。智：優異的成績、深厚的實力、好學不倦的精神誰能比。體：克服了難關重重，適應上下樓之不便，體力精神誰能比得？群：一個深受同學愛戴的人，是群的中心，是群化的表現。我以妳為榮，以妳為傲，要頒給妳最高的榮譽獎，頒給一個勇敢的鬥士。」

＊　＊

我曾經懷著一顆沮喪絕望的心走出崇光女中大門，那是民國六十三年暑假，即將升國中二年級。

離開振興時，初學行路，行動遲緩，不能適應一般國中的障礙，故選擇就讀全省唯一的肢體障礙學校。彰化仁愛實驗學校不以升學為絕對目標，而著重殘障學生的德育、群育和體育。我在校成績雖然名列前茅，自覺來日如欲參加高中聯考，必然無法具備升學競爭能力。於是在趙老師鼓勵陪同下，有意轉學進入台北崇光女中初中部。

那是個炎熱的天候，我一拄一拐走進校門，心懷忐忑，卻充滿期待，不以熱汗為苦，只因為我來尋找希望之路。走到行政大樓的長廊下，遇見一位修女，好奇而和藹可親地詢問我們來意。

我有些緊張但勇敢的說：「我希望拜見校長，請求准許我轉學！」

趙老師隨即取出我的成績單：「這個學生非常用功，一心一意想升學，請學校收留她，可以嗎？」

修女接過成績單，先是點頭表示讚許，看到「導師評語」一欄後，皺起眉頭，好像看到一個問題孩子令人頭疼似地，然後以一種非常冷漠的神情說道：

「妳的成績雖然很好，可是學校不能收妳！」

「爲什麼？」我像是被判死刑，卻還固執地問判刑的原因。

「因爲妳行動不方便！」修女直截了當地說。

「我會克服困難，我會照顧自己，我會獨立行動，我會……。」突然語言哽咽。

教會學校，行政大樓之下，長長的走廊，竟然沒有我迴旋的空間，就這樣，沒有商量餘地。我緩步無力地走出校門，額頭上的汗珠彷彿變成冰點，沁入心湖，寒至心底。當時，我有一種強烈被上帝驅逐、被世間遺棄的感覺。

「神愛世人，《聖經》不是這麼說的嗎？可是修女拒絕了一個叩門求援的孩子，這是怎麼解釋？」我哭泣地問。

「孩子！不要責求那位修女，可能是妳的導師評語嚇壞了她吧！就是因爲妳的反抗心理，不與導師、同學合作，所以才會有『孤僻離群』的評語。無論遇到任何事，都不可以偏激，對人性失去信念！」趙老師一旁寬慰著。

果眞如此嗎？一句評語具有如此殺傷力嗎？而一個十四歲的孩子必須爲自己青春反抗期的心理狀態承擔這麼大的後果嗎？我沉默不語，淚眼抬頭，只見趙老師在平和的語調中流露溫柔慈悲的眼神，彷彿天使之光，深深籠罩著我。

我再度和那位修女重逢，依然是在初次相遇的長廊下，我是高一新生，來報到的。一個殘障生的出現，必然引起側目。修女還是笑容可掬的樣子，問我幾年幾班，什麼名字。時隔兩年，她顯然已經忘記了那件事，或許她萬萬想不到，這個曾經被拒絕於門外的孩子，竟然會在日後憑自己的努力，考取崇光吧？高一的年紀，談不上寬宏大量的修養，因此，我對修女的問話只做禮貌性的回答，那是對她的身分有不得已的畏懼罷！其實是心懷敵意的。

走了迂迴曲折的求學之路才能來到崇光，我格外珍惜而加倍努力。爲了大學之路，再加上曾經轉學受挫的心結，因此我對自己的期許，可說是內在秉持的一種奮鬥的尊嚴；而優異的成績只是這份尊嚴外現的形式而已。

印象中，每次月考我似乎都可以領取一紙獎狀。校長都是利用朝會頒獎，每次都由班長替我領回。校長大約是從屢次的頒獎中對我有深刻的印象吧！聽說校長常以我爲例鼓勵全校學生。每當班上同學轉述校長的讚美之詞時，我不曾欣喜過。

每天八小時上課，加上早、晚自修時間，在校園內很少有機會遇到校長。我當時住校，離鄉背井的落寞感以及和同學之間莫名的疏離感，總是鬱鬱不樂。我經常在黃昏時分，獨自漫步於修道院外的庭園小徑，借夕陽療傷；有時則獨坐於教堂內，不讀經，也不禱告，只是靜坐在耶穌十字架之前，體會祂所擔負人類的苦痛。這段時間校長由學校返回修道院用餐，我們總會不期而遇。

「生活方便嗎？飲食習慣嗎？有沒有困難？舍監張媽媽和魏修女有沒有關照妳？」起先，對這些重複的問題，感到有些不耐煩，就像不耐煩絮絮叨叨的母親；甚至覺得校長的關心並非眞情實意，打從心裡不領情。有一次，校長又走過來，輕拍我的肩膀：「爲什麼常常一個人獨處？是不是不快樂？」這一問，像是觸及我心中的痛點，急忙防衛地搖頭否認，勉強展露一點笑容回答：「我喜歡黃昏，喜歡一個人散步！」校長微笑轉身離去。暮色蒼茫中，目送校長白色的孤獨身影進入修道院內——那一個不爲紅塵俗世熟知的生活世界。我猛然一驚，又有誰會去關懷一個校長修女內在潛藏的幽微心靈？我的眼眶感到濕熱，淚光和餘暉竟在剎那之間交會……。

我和同學之間的疏離感，像冰層一樣逐日積厚，沒有人告訴我爲什麼？趙老師曾經在我就學崇光之前，爲我注射預防針：「仁愛實驗學校是一群同病相憐的朋友；而崇光是一群肢體健康、生活富裕的女孩，妳會面臨不同的情境，要學習調適自己。」進入高二，我卻依然不具免疫力，只是無可奈何地接受這份疏離。有一天清晨進教室，一群同學在談天說笑，我主動前去招呼並想加入。誰知她們紛紛變臉，各自入座，並投以怒目眼光。我竭盡所能，快步走出教室。悲傷憤怒的情緒如長洪潰堤，一拄一拐的步伐卻如烏龜爬步。我恨不能箭步如飛，恨不能奪門而出，恨不能自二樓衝下，恨不得遠離這兒……。從沒有一刻，我那麼厭棄自己，那麼強烈地感覺到自己無所遁逃……。

我只能走到空曠無人的操場，抱著一棵老樹，哭泣著，用力搥著樹幹。過了好一會兒，背後突然一隻溫暖的手搭在肩上，熟悉的聲音一字一句入耳：

「我從行政大樓二樓走廊上，遠遠看到妳一個人站在這兒。發生什麼事？為什麼不在教室裡？為什麼哭得這麼傷心？可不可以告訴我？」

如同一個即將溺斃的孩子，看見一艘救命的舟船。我轉過身來，依靠在校長的懷抱，大聲吶喊：「校長！我要轉學！我要轉學！崇光沒有我容身之地……。」哭聲、吶喊聲在迴盪。

「傻孩子！來到崇光讀書，就是天主的安排，是天主為妳開門，為妳鋪路！怎麼沒有容身之地？妳這麼努力，全校老師都以妳為榮，怎麼可以轉學？我不會同意的！」

晨曦的陽光投射在校長的臉龐，我又悲傷又困惑地望著眼前的人——這位當年在走廊下拒絕收容我的修女，如今竟然在我最孤立無援的時刻，用她溫柔的權威留下我。我仰望藍天，心中呼問：「天主！這就是您的安排嗎？」那天校長扶助我慢慢上樓，陪我走到教室門口。從此我在班上寡言少歡，只問讀書耕耘，不問紛擾人事。

崇光的高三生一律住在校區內的四樓宿舍。為減輕我上下四樓之不便與勞累，校長特別安排二樓宿舍一間單人房讓我居住，免受其他一二年級住校生干擾，可以安心讀書。我日後每想起這件事，便生出無限的感恩。對我而言，人生之路雖然顛簸難行，但上天總是一直眷顧著，適時出現貴人，給予最大的恩典。剎那間，我相信了天主的全能與旨意，校長畢竟是天主揀選而鍾愛的兒女，因此讓校長以「無爲」的心，塡補了她當年拒絕我的缺憾，也成就了校長這一件無人可及的德澤。

高三單獨居住，與同學愈加隔閡。這一年更換座位，珊瑚和淑英分別坐在我的左右邊。二人素來沉靜內向，也不與班上主流人物成群結黨，她們主動接近我，與我交談。淑英多次在週末邀我到她家用餐，讓我這個客居異鄉的遊子分享家庭的溫馨；珊瑚則每天爲我到對街的宿舍餐廳取午餐，讓我可以安心在三樓教室用飯休息，免於奔波。她們的友情，猶如荒漠甘泉；她們樸實無華的性格，卻展現了人性最美的光彩。

有一天晚飯後我在房內，班上一位領袖人物叩門前來。長久以來，我與她們一群主流人物幾乎不相招呼，這是她第一次到我房間。她坐在床沿，滿臉愧色地向我致歉：

「我們很納悶，爲什麼導師總是知道我們在宿舍裡的生活和談話的秘密？因爲導師特別關心妳、接近妳，所以一直懷疑是妳愛打小報告。最近知道眞正的告密者，才明白是我們錯怪了妳。另外……另外……是我們潛意識非常嫉妒妳吧！」

我一時愣住，無言以對。距離畢業時間只剩下兩、三個月，這才還我清白。好個幽暗泥濘的高中歲月啊！難道這也是天主特別給予的「功課」嗎？即便是今日，我回首向來蕭瑟處，又怎能說「也無風雨也無晴」呢？

風風雨雨的心情，總有告別的時候。畢業典禮上，是我第一次登台領獎。由於體育成績只有六十分，四育平均後不能得到畢業獎，校長特別在校務會議提出，給予「智育特優獎」，而且最先由羅光主教頒發。我懂得校長和老師們的用心良苦，深知那絕不止是一個「安慰獎」而已。

禮堂在行政大樓三樓，典禮完畢，我最後一個下樓。在走廊之處，校長站在那兒，送走每一個畢業生。我拿著獎狀，含淚向校長道謝、告別。這條走廊，像一條時光隧道，我與校長在此初遇、重逢和握別，前後歷經五年，因而與崇光牽引出深厚的緣分。長廊的秘密，留在心中，隨我走出崇光之門。

也許是因爲當年大學日間部聯考落榜，總覺得無顏見江東父老。辜負校長、老師們的栽培和厚愛，是我心中的痛，使我不能以一份衣錦榮歸的情懷，回去拜見校長。直到我撰寫博士論文那年，聽說校長重病，心想等待畢業，找到工作後再去吧！不料，當我留在台大任教時，校長已蒙天主恩召，回歸天國；未能及時再見校長，竟成爲我永遠無法彌補的遺憾！

不知道在另一度空間，是否也有一條長廊？……

留一盞燈

〔生命記事〕

優異成績竟在大學聯考落榜，說是患得患失或緊張失常都是藉口，說是程度太差似乎不合事實。眞正的事實是三年的勤學發憤，結果是名落孫山。果眞如梁啓超所說：「天下無必成之事，而有必敗之事」。落榜的心情並非覺得愧對父母師長，而是萬念俱灰，這一路走來已經走得筋疲力竭。那時已搬離宿舍，暫居趙老師的父母家，我心灰意冷，終日臥床拒絕進食。第三天趙老師端了一碗魚湯：「求你喝下，再大的挫折也要先活下去，不要讓老師前功盡棄……！」看著聲音哽咽、含著眼淚的趙老師，想著她六年來護持的心血，想著她不顧家人反對，毅然決然照顧一個毫無血緣關係而殘障的孩子，猛然驚醒過來，於是打起精神準備考夜大。抱持翌年重考日大的心情參加夜大，也許是這種無爲的態度，使我在考試時反而擁有理想的身體狀況，因而可以從容考取台大中文系。

爲解決住宿，我寫了一封信給閻振興校長，請求住校，感謝校長的通情達理，從此夜間部的殘障生皆可申請住校。因爲住校得以認識張碧惠、林金燕、但貴美；又因金燕認識哲學系的簡敏媜（後轉中文系）、王志銘，成爲心靈相契、患難相助的知己至交。

大二時趙老師從父母親家中遷出，在關渡購置一間高居四樓的小公寓，一人獨居。小屋後陽台面對觀音山、淡水河、關渡大橋，風朗天清的日子可欣賞夕陽落日，夜晚可見星光明月，甚爲優美。趙老師每逢週末假日開車來接我回家，從那時起開始訓練我做家事，洗菜、切菜、做飯、洗碗、洗衣、曬衣、打掃，無所不學，趙老師認爲我雖行動不便，仍要培養獨立的生活能力。偶爾邀請室友來聚餐，她們見我能坐在輪椅上炒菜，感到不可思議。

大學期間我不兼工作，只在訓導處生活輔導組工讀，幫忙負責獎學金的盧文華小姐、吳國強先生抄寫名冊，每月二十四小時可領八百元。因工讀得知各種獎學金而更加用功，白天時間除了工讀、到日間部聽課，多埋首讀書，每學年都獲得不少獎學金，盧小姐和吳先生提供訊息幫助甚多；大學五年我幾乎以獎學金做爲生活費，減輕父母許多經濟負擔。

當時在訓導處畢業生輔導室工作的李秀芬小姐竟是小學時代李美絹老師的弟媳，而李老師的弟弟李忠成又是大哥的好友，想來我與美絹老師的兄弟姊妹眞是緣分深厚。大哥特別拜託秀芬姐對我多加關照，就這樣與秀芬姐結了緣。當時我才經過大學聯考挫敗的惡夢，心緒極不穩定，秀芬姐以其心理系的專長學養不斷鼓勵我，試圖牽引我尋找宗教信仰。當時一貫道尚未受到政府認可，舉行皈依儀式時規定家人親友不可參加，趙老師從其他宗教的角度認爲這樣秘密的儀式令人不可理解，因而堅持反對我入教。就在決定皈依的前夕取消了與忠成大哥、秀芬姐夫妻的約定。如今一貫道早已獲得政府認同，教友亦遍及全省，堅持他們養心、修道、行善、立德的精神。然而當年失約於秀芬姐卻成爲我心中不曾忘懷的愧疚。雖然沒能成爲一名教徒，卻願終身持守宗教的慈悲情懷立身行事，不知可否算是對秀芬姐的答報？

塞翁失馬焉知非福，我常想即使考試不失常，絕不可能考上台大日間部，落榜讓我置之死地而後生，才能來到台大。五年夜間的讀書歲月都以輪椅代步，有時是室友碧惠、金燕、貴美推我去上課；有時張淑華、孔菊玲或其他同學經過女五宿舍餐廳用飯，也會到寢室來接我同去；而最耐心最規律推送我的是李安莉。永遠記得每遇風雨之夜，安莉一手撐傘一手推輪椅，歪歪斜斜、搖搖晃晃於椰林道上的情景；有時風大吹走雨傘，安莉奔跑拾傘，溼了一身……，人間難得的友情始終牽掛心懷。有時則是我獨自推著輪椅往返於台大文學院和女五宿舍之間，尤其是冬季，總是被一股難以言喻的心情侵蝕。如今追憶一段當下時空的情懷，已然有「回首蕭瑟，無雨無晴」的清明。

*　*

冬天，是凍結、凝固的季節。

自幼雙腿運動神經受傷，血液循環不通暢。冬季裡的雙腿僵硬而冰冷，蒼白中透著青紫；宛如行將枯萎的枝幹。有時，不堪受凍之苦，便憤怒地搥打著，直到它由紫而紅，再和著滴在腿上的清淚才感覺些微的溫熱與潤澤。有時，亦頗能冷靜地、耐心地等待春天。就這樣，像在陰沉漆黑的死角裡，找到一線從縫隙中透出的燈光，點亮我度過每個寒冬。

依稀記得，那是個冷得叫人握筆也顫抖的夜晚。考完最後一科期末考時，感到空盪茫然，彷彿一張一張無形白卷也隨有形的黑字一併交出，有一份驚懼。走出教室，看到走廊上幾位同學捧著書本筆記，在昏黃的燈光下交頭接耳地翻找答案。那一節考莊子，而莊子不曾有肯定的答案，不知道他們從何找起？默默走過，聽到他們談論「分數」的話題。我的神思隨之牽動，產生一些困惑。

分數是什麼？它有時令人嗤之以鼻，認爲它不代表實質意義，卻又不能免俗成爲人們衡量自我、判斷別人，甚至做爲取捨的依準。是誰創造這詭譎之物混淆人間的是非？當人們自我得意是滾得最厚實最膨脹的雪球時，或者當人們被鑲在金黃璀璨的數字圓圈時，是否都是錯覺？

坐上輪椅，冰涼的輪環在手指間隙中滑動，一步一步，無力而遲緩。寒冬的風聲神氣鷹揚，有殺伐之氣。突然脊背上一陣寒意，我的心府隨之清冷、舞亂，感到束手無策。

校園裡的行人少得可憐，不知是否人人都回到了自己的安歇處？在我之前是三五個結伴而行的女孩。

「莊子的題目眞難答寫！」一位女孩說。

「算了吧！像妳這種名列前茅的人，字典裡哪有『難』字哦！」另外幾位女孩異口同聲，加強「難」字的音調。

「我眞的覺得好難，你們爲什麼不相信？……」

彷彿一道撥弄急奏的琴絃聲，在整個沉寂的時空中迴盪飄揚……，然後，人遠去了，迴盪聲也飄遠了，留下的是我心深處的低迴不已。難與不難之間，誰能了解？又如何判斷？何以成績優異者不該有難？我眞想趕過去拍拍那女孩：「我相信妳！我懂妳啊！」

輪椅滑進椰林大道。兩排高大椰子樹，以它慣有的姿態高傲地挺立著，交錯的椰子樹葉，在寒風中窸窣作響，空寂而單調，向來偏好這條大道，走過不知千百回，心緒卻不曾如此錯綜複雜。淚眼模糊中，只見一地的銀白。原以爲是水銀燈光，仰望星空，驚見如銀盤的明月，突然覺得水銀燈的多餘。灑落的月光反照著縮小的自己，我但願此刻也有一壺好酒。

只是，李白眞能自遣，而我是努力多少年，依然學不會在萬丈紅塵中安頓自己；也達不到陶淵明「託身得所，千載不違」的境界，卻偏愛「失行孤雁逆風飛，江湖寥落爾安歸」的王國維。是否安身立命之道不與境界相關，只因「人生自是有情癡」的悲劇性格？

恍恍惚惚，聽到人語，驚訝在深寒的夜裡，何人有此雅興在校園暢談歡笑？仔細尋遍，原來是花叢裡並肩而坐的情侶，好一幅「共嬋娟」的景象。我不忍驚擾他們，推動輪椅，輕輕滑過。

轉過椰林大道，便是相距不遠的宿舍。遙見大門口，不少年輕學子在細語交談，彼此珍惜著一天中最後的話別。人生相與，俯仰一世，能夠「取諸懷抱，晤言一室之內；或因寄所託，放浪形骸之外」，該是何等欣慰呢！只是啊！年歲相彷的我對這種期盼已失去熱切，不再刻意用心地要求「擁有」，似乎逐漸懂得人世的相識相知可遇不可求，即使努力求之也不易得之啊！所以，姑且隨緣了。

輪椅「滾」過一段「遙遠漫長」的路途，終於抵達宿舍大門。低矮的鐵門，紅色的，但不是鮮艷的紅，是一種陰暗的紅。我清清楚楚，這是「宿舍」不是「家」。十二歲後的我，便一直以校舍爲家，總是飄零。

即使是在安定住了五年的小寢室裡，也覺人事飄零。每年送往迎來，總不免在心底波濤洶湧一番——連這麼個小小空間，也是匆匆的聚散，然後在聚聚散散之間乍悲乍喜。如今，好像篤定些了。人間萬物，各自有來去，如果捨得，就讓它去；如果捨不得，就「姑且」留在心裡；再不然，就心無掛礙吧！

不知道是薄情還是忘情呢？

回到寢室門口，房門緊鎖。啓門而入，原來室友皆已入眠，他們沒有留下一盞燈。一時之間，不知如何在黑夜中料理就寢。在門外，我佇立許久。我想起失去視覺的盲者，世界在他們眼中是無形無色的渾沌。是否也有一盞燈，使他們得以在無狀無相的宇宙中建立生活的秩序？

憑著對室內一桌一物的熟悉，我拄著拐杖，亦步亦趨走到臨窗的床前。

我拉開窗簾，想尋天外之光。那夜月光滿天，只要借一點兒月光，就可以在室內游刃有餘了。可是對盲者而言，「尋光」、「借光」，都一無所用呢！我恍然了悟《莊子．逍遙遊》中所說的「無待」，盲者無須尋光，亦不待借光。

拉上窗簾，我安然就寢。那一夜，夢裡都是燈。

輯二

走過沼澤　編織生死

手術劇場

〔生命記事〕

大學畢業前一個月，幸運考取台大中文研究所，我的室友高興地寫了一張紅色大字報貼在女五宿舍公佈欄：「梔子花開的時候校園裡這麼傳說，李惠綿高中中研所，一群失眠的朋友賀」；好友王志銘一手漂亮毛筆字，貼在文學院寫道：「李惠綿竟然考上中研所」，還畫一列火車十節車廂，一人坐在最後一個車廂，一支拐杖抛在車廂外，文圖並茂調侃我吊車尾考上，成爲琳瑯滿目中別具特色的賀喜海報。

畢業之日，照例要從體育館出發遊行台大校園，雖然並不是每一個學生都來參加遊園，但是數百位穿著黑色禮服、戴著黑色方帽的學子，亦步亦趨跟隨著校長，相當壯觀；一行隊伍即將來到椰林大道中央時，傅鐘開始敲響。向來傅鐘只敲二十二下，作爲上下課時間記號，但是這一天傅鐘聲響不受限制，直到遊園隊伍遠離椰林大道，鐘聲才歇止。那連續不斷的聲響是歡送畢業生的交響樂，而響徹雲霄的鐘聲恰似對學子們的生命前景致最深之祝福。我也在這一列隊伍之中，坐著輪椅，趙老師推著我，慢慢的滑過。當我們經過傅鐘前時，趙老師彎腰附耳說：「放眼看去只有你一個人坐輪椅，這鐘聲是送給你的掌聲。」我想，如果眞是掌聲，應該給趙老師，給父母雙親，給我生命中所有的推手。

好友碧惠、冬青、林玲、簡媜、志銘、珠美以及一群寢室聯誼認識的男同學都來同賀，輪椅上的我已被鮮花淹沒……，像姹紫嫣紅的春天。碧惠特別請來她擅長攝影的小弟爲我拍照，校門口、女五宿舍外的小庭院、日據時代建築的總圖書館、古雅的文學院、上課教室的長廊、古樸厚重的傅鐘、建築宏偉的行政大樓、青翠挺拔的椰林大道、學生活動中心、振興草坪、醉月湖畔的楊柳垂岸，整整拍了一大本，簡媜幽默的說：「這本畢業寫眞集，可惜不能高價賣出」。「畢業寫眞集」乃是無價，豈能輕易賣出？也許這是我走進醫院、上手術台前最後留給親友的紀念？我心中嘀咕如有隱憂。大學畢業、考取研究所可謂雙喜臨門，似乎都來不及欣喜，卻已經被脊椎側彎之陰影深深籠罩。二十幾年的人生歲月，我能借來的陽光總是如此稀少、如此短暫……。

十個月大罹患小兒痲痺症，這一場大病像洪水猛獸般，奪去我全身自主運動的能力，感謝上天的悲憫，總還留給我強而有力的雙手。然而這雙支撐全身力量、代替兩腳行走的手，卻被保險業者視爲拒保的範圍。他們說，我已殘廢，如果發生車禍意外而傷及雙手雙腳將不予理賠。母親聽後幽默説道：「笑破人家的嘴，敢是只保那一粒頭殼就好？」我笑著婉拒了保險業務人員：「既然我一身只有頭腦值錢，那就由天來承保吧！」

準備考研究所時，我已逐漸感受到脊椎側彎的威力，經常在勞累時，特別覺得呼吸困難、胸腔鬱悶，甚至疼痛。那時曾暗許心願，如果考取研究所，能夠繼續學術研究之路，就接受脊椎側彎矯正手術。不想上天眞成全了我的志願，果眞是上天的安排？原以為此生不該再為小兒痲痺進開刀房的，不料我竟以二十四歲的硬骨頭進入台大醫院，在生死關口徘徊。

台大對清貧家庭或重大手術的學生有個優惠專案，稱為「傅斯年病房」，可免付一切手術費用（藥費、伙食費、血費、材料費仍須自付），想必是當年傅校長留下的德政。申請「傅斯年病房」須先經由訓導處生活輔導組主任及股長推薦，再由台大醫院社會服務處面談通過。大學三年在生活輔導組工讀，升大四辭去工讀準備考研究所，沒想到負責私人獎學金業務的盧文華小姐生產，當時馬股長打電話找到遠在台南度暑假的我，認為我多年工讀對該業務最為熟悉，希望我先行北上，自九月一日接下兩個月臨時雇員的工作，我為準備考試而遲疑，後禁不起股長懇託，只好承諾。開學是一年最忙碌時期，全校約有五、六百種獎學金，每一種都有不同的申請條件，從書寫公告到通知受獎學生，總要三個月時間，甚至半年以上，還得讓盧小姐產假後得以承接後續工作，其中流程極為煩瑣且不可疏誤。那段時日每天進辦公室後，經常一抬頭便是午飯時間，再看時鐘已是下班時間，夜間還得上課，相當疲累，但卻累得很有成就感。

因這份機緣，生活輔導組張主任及馬股長看到我的工作能力態度與爲人處事，盧小姐後續的業務也都順利進行，毫無差錯。我當時只是盡一份職責，沒想到因而種下福田，「傅斯年病房」專案即是盧小姐告知，並且得到主任及股長的協助。在生命的歷程中，總是有許多這樣的見證，先是無心插柳，而後長成綠蔭。我還是願意相信「天公疼憨人」。

進入手術室尚未麻醉的那一段時間，對死亡的驚恐記憶猶新，當時身旁何護士是個虔誠的基督徒，對處在生死邊緣而惶恐無助的我，伸出她溫暖的援手，並當下答應會到病房看我；就在第二次手術前兩三天，果然依約而來，再度許諾爲我調班，仍然擔任協助麻醉工作，守候身邊。出院後我們成爲好友，她還帶著幾位教友到關渡探視，一起爲我祈禱。後來她離開台大醫院，遠赴沙烏地阿拉伯，兩年後回台灣，不久結婚。婚後再聯絡，竟已撒手人寰，才知她服用抗憂鬱症藥物已有多年，一個月內五度自殺，終於不能挽救。放下電話，不禁唏噓，爲什麼宗教和愛情力量以及她自身對人世的悲憫，仍然不能給予她活下去的力量？

當時另一位七年級實習的謝醫生，後來成爲大學好友金燕的姻親（丈夫朱先生的表弟），金燕特別請他安排那一場手術的實習。家人好友在手術大樓外漫長焦急的等待，全賴謝醫生的通報，進行傷口縫合之時，他先行出來報平安，形容這場大手術簡直就像做水電工程，幽默之語至今清晰記憶。十餘年不曾聯絡，民國八十七年從新聞報導驚聞他被歹徒殘忍殺害的消息，久久不能釋懷，遠在美國的金燕夫妻更是悲痛不已。想著他受國家和台大培育，成爲一個優秀的婦產科醫生，在台南造福鄉民百姓，只因耿介性格得罪黑道，因而遇害，不禁痛聲呼問：「人生至此，天道寧論？」

還有一位中文系極爲優秀的李學弟，自小右臉頰就顯得凸出，沒想到大學四年級追蹤檢查竟轉成骨癌。我在台大手術時，他已在長庚醫院做過部分切除和化療，來醫院看我時，說話和吞嚥都已相當困難，第一次手術之前他特別抄幾句經文給趙老師，讓她前晚爲我誦念，保我平安。當他目睹我陷入手術之苦時，曾對我說：「惠綿！你受苦是有希望的，而我是絕望的。」一年後李學弟果眞敵不過癌症侵襲，英年早逝。一個人間的孤兒，不知生父生母，不知兄弟姊妹，病榻中全靠閱讀佛典、朋友的陪伴和金錢支援，一個清晨因一口氣的哽咽而平靜離去，無人在身邊。林口長庚醫院，趙老師開車載我好幾趟探望他，最後我竟因嚴重感冒不能參加他的告別式，也終於來不及問他：「短短二十餘歲的人生究竟是怎麼活過來的？」也許因爲沒參加告別式，總是覺得他還在醫院療養……。

考進中文所那年，當時的系所主任是葉慶炳老師，葉老師發起「台大中文系師生獎助學金」，由師長們自由捐款幫助品德良好而眞正清寒的學生。有一天，葉老師和師母來到病房，說著說著便取出一萬元紅包，原來是葉師推薦。我不知所措，直說自己不符合接受獎助條件，葉師慈祥溫和地說：「這是全系老師的決議，算是給你買補品的，要趕快恢復體力，回來上課，不可以推辭！」剎那之間，淚眼模糊，只能點頭說「謝謝老師！」民國八十二年六月一向健康的葉師竟突然罹患肺癌，三個月後以不足七十之齡告別人世。手術病痛中，葉師帶來中文系師長的厚愛，讓我深深感覺到，活著彷彿是一種責任，是我對師長們唯一的回報。

果眞是人生無常，當年這幾位曾經助我一臂之力的老師、朋友、醫生、護士皆已不在人世；而我何其幸運活了下來，能夠在這一段「生命記事」表達我最深的哀悼懷念之情。

此外我的家人以及一大群師長好友更是投注難以計數的情意。全家支援醫療費用；母親、二姑媽、趙老師的照料和父親的陪伴；當時在台北工作的大哥每天下班都來探視；二哥因多次捐血記錄，兩次手術中使用六千CC的血液可以減半付費。中文系師長龍宇純、杜其容老師致贈慰問金；廖蔚卿、彭毅、陳修武和師母彭小甫、樂蘅軍、楊秀芳等諸位老師多次探望；而柯慶明、張淑香老師遠在美國哈佛大學進修研究，亦多次長途電話和書信鼓勵慰勉。台大訓導處人員盧文華、劉美宏小姐，圖書館人員陳錚錚小姐（趙老師的同學，每次爲我禱告、按摩）、宿舍教官和負責管理舍務的席小姐；趙老師的家人和同事、崇光女中國文張曼麗老師、舍監張媽媽聞聽消息，也都先後前來探病。

從小學好友陳麗美到研究所洪淑苓、王美秀等同班同學，以及寢室聯誼認識的男同學陳益昌、簡啓庭、陳政位、丁健原，每天病房中都是滿滿的友情。碧惠將碩士論文暫抛一旁，由她發起室友輪值排班，於是研究所室友沈冬青、林玲，大學室友鄭玉鈴、尤臺薇、胡翠娟共六人，分上下午時段輪流到醫院，大約一週輪兩次；碧惠則是每天來，甚至當時有意追求她的施志哲以及冬青的男朋友鄭永國也都受到牽連。她們每天來總是幫我按摩痠麻的雙腳，因工作不能排班的簡媜、金燕、貴美，高中摯友傅淑英、吳珊瑚及其男友張宇傑，幾度前來也都忙著爲我按摩，他們從不曾嫌棄我的雙腳，一如我的兄弟姊妹。珠美學妹當時在彰化老家等待高考分發，每天寫一封信或附上剪報文章；北上後爲我到行天宮求籤，專程送到醫院。大學同學張淑華和男友何孟佳，兩度手術都到了加護病房；我出院後回趙老師關渡家，他們還曾代替姑媽前來陪我，煮了一頓午餐，每人分配三條小蝦，一片帶魚，一份青菜，眞是難爲了她。此外樂蘅軍、楊秀芳老師更是幾度遠從台北來探望。

印象深刻的是王志銘、花亦芬這一對熱戀的朋友，星期日到淡水釣魚，晚上九點多來電話，說釣了一條大魚要到我們家煮四物魚湯爲我進補，結果他們二人吃得不亦樂乎，成爲我後來常常調侃他們夫妻的話題。

脊椎手術至今已整整十五年，聽說時間是治療創傷最佳之藥劑；而當時覺得苦不堪言之痛，幾乎很少去回憶，不知是不願回首？或是逐漸淡忘？或是沉澱心底？如今重新回到現場，能夠編寫這篇〈手術劇場〉，一方面憑藉趙老師當時用週曆筆記爲我撰寫的「手術札記」，從七十三年十月六日入院至十一月二十日出院，不曾間斷，趙老師說：「在兵荒馬亂的時日，能夠匆匆寫下點點滴滴，實在不易；即使只是三五句，都覺彌足珍貴。」

「手術札記」中除了記錄每天病情重大發展；還有趙老師密密麻麻長達四頁的心情，題爲「勇者的形象」；另有專頁記載的「師恩友情」，每一個探望的或打電話的家人師友，以及接受慰問金和各種支出款項都如實記錄下來。是趙老師用她無人可及的耐心、恆心爲我留下了生命記錄，這樣的深情厚意，當該是人世間的「唯一」。

另方面的憑藉，是我手術一年後寫下長達將近一萬五千字的散文記錄，題爲「成就苦難的恩典」（未曾發表）。當時曾將此文呈給「中國文學批評史」課程的廖蔚卿老師，廖老師分別就情節、文字、主題詳盡寫了五頁意見，其中最深刻的文字是：

人生任一種「苦難」實際都關涉到生與死、幸福與不幸、快樂與痛苦、平安與危險……等等，而病痛的苦難又常直接關涉著生死，所以這一篇作品基本上是從「生死」的問題開始，然後是歷經「危險」及「痛苦」，而後「新生」——這歷程對新生的人來說是一種「恩典」，而此「恩典」借一個醫生來完成；但是「恩典」不是純然的單面賜與，而是由於「苦難者」親自參與一種再生的努力和奮鬥才完成的。所以，我以為在主題的表現上還可以加強一些。

重讀這段文字已有更深之感悟，而今再看當時寫就不成熟的記錄，也已然有超越的眼界，變成我重寫此文的基本材料，於是〈手術劇場〉融合了散文敘述及劇本場景、對白形式，呈現新的寫作筆法；撰寫過程中，廖老師的批評意見是我思考的尺度。但願四十歲的我，回到手術現場，能夠擴大加深「苦難者」的奮鬥意涵與再生的恩典。而對於完成生命苦難恩典的陳博光醫師，更要致上我無限的感激與敬意；十五年後品味您當年的一言一語，句句動人心弦，在在顯現您身爲醫生那份不平凡的感情與道義。

＊　＊

楔　子：夢雲驚斷

時　間：民國六十九年十月

場　景：仁愛醫院、陰暗房間、夢境

醫學的進步令人嘖嘖稱奇，聽說脊椎側彎可以手術矯正，距離我得病正好二十年，眞是不可思議。趙老師帶我到仁愛醫院檢查，才知道已側彎九十餘度：「側彎這麼嚴重，要開刀兩三次，上半身打石膏，臥床一年以上。如果不矯正，第一，心肺功能繼續惡化；第二，軀幹不均衡導致不雅觀；第三，造成腰痠背痛的關節炎；第四，神經受損或痳痹；第五……。」

醫生像是滾瓜爛熟地背著演講稿，我看著醫生，一臉呆滯。

走出醫院，仰視天空，浮雲悠悠，變幻不定，不曾定形，亦不曾停留。在那一剎，彷彿已篤定要接受一樁未來的事實和命運。反正此身已殘，又何在乎更殘？也許等到生不如死時，便可自然了斷……。

一星期後，經由朋友輾轉介紹，拜訪一個脊椎手術後的病友。陰暗的斗室中，見她面色蒼白，上身裹著白色的硬石膏，直挺挺的平躺著，蓋著一條陳舊黯淡的被子，已有十個月。床邊有一盞小燈、水瓶、雜誌、便盆、電話……，像一隻困獸。問她可曾恐懼過，卻說不知道、沒感覺、忘記了。我留下一盒水果，倉皇而逃。

我繼續生活的軌道，埋首課業中，卻常常作夢。

有時夢見自己在手術台上大聲呼叫：「不要開刀！不要開刀！放我出去……」然後把自己從睡夢中喊醒。有時夢見手術中發生意外，父母家人、趙老師、師長朋友圍在床邊，放聲哭泣，我向他們一一告別；午夜夢迴，淚水溼透枕邊。有時夢見一人佇立海邊，獨看海浪層層旋起，靜聽濤聲陣陣清越；不禁當下立誓：來生再不為人，再不要這一身的累贅，於是將拐杖、肢架、背架留在岸邊，向蒼茫的海天爬去……。

總是夢雲驚斷，不知天上人間。

第一場：求診問病

時　間：民國七十三年六月午後

場　景：台大醫院外科門診室、新公園

長長的走廊，坐著一排等候看病的人群。午後的陽光，由玻璃窗透射，是長廊上唯一的生氣；但乾燥、悶熱，令人慵懶、昏昏欲睡。我尋了空位坐下來，我知道這一等將是一兩個小時。有人說，人生就是一個「等」字，等生、等老、等病、等死。那麼此刻我身在此處等什麼呢？我等簡媜來陪。

（護士機械性的將我帶來的X光片放在透視的燈鏡上，側彎的脊椎成「S」形，一覽無遺，在好友面前，突然感到莫名的自卑。像等候審判，我覺得心悸。醫師從隔壁診療室走來，身穿一襲白色長衫，風度優雅，笑容可掬。拿起一枝紅筆和三角尺，測量脊椎的彎度，在X光片上寫上數字九十度）

醫生：你今年幾歲？

我　：二十四歲。

醫生：（很自信的口吻）二十四歲可以開刀。

我　：（憂慮的樣子）不會太老嗎？

醫生：（噗嗤一笑，拉長的聲音）小姐！你老，我怎麼辦？

我　：不開刀會影響壽命嗎？

醫生：（斬釘截鐵）會！

（我右肘抵住桌面，手掌掩面，無聲流淚，簡媜悄悄遞過來手帕，氣氛凝住）

醫生：（對簡媜）去櫃子那邊拿衛生紙給她。

（我拭乾眼淚，強自鎮定）

醫生：你讀什麼科系？

簡媜：（代答）中文系。

我　：（聲音哽咽）手術有多少危險性？百分之五十嗎？

醫生：（仰頭輕聲喊叫）我的媽呀！百分之一我都受不了。（回過頭來，神情認真）不過你的側彎在腰部，會降低危險性，這算好消息吧？先做一些檢查，等我七月回國再來門診，你可以把問題寫下來。

（我起身一旁等候檢驗單，一面找出自己的手帕）

醫生：（輕拍我的肩膀）看起來不像是需要帶手帕的人嘛！

（我破涕為笑。簡媜陪我檢驗心電圖、肺功能和抽血後，陪我走到新公園）

簡媜：幾年前從趙老師那兒知道這件事，我們這群姊妹都替你擔心，誰也沒敢提，你今天真讓我心痛又心喜。

我　：（望著夕陽，神情茫然）也許會是一個轉捩點，但萬一失敗呢？

簡媜：（泫然欲泣）記得那年我遭遇挫折，是憑著你一身肝膽將我從迷津中千呼萬喚。雖然和你論生死之交，如今這一刀還得讓你自己去挨。

我　：別這樣說，人各有他的甘苦要受。想想眞有意思，我將近一歲生病，十二歲開刀學走路，二十四歲再開脊椎，不知道三十六歲又是個什麼劫數？

簡媜：（屈指）我替你算，三十六歲得博士學位，四十八歲結婚，六十歲生子，七十二歲賺大錢，八十四歲……。

我　：去去去！簡直胡說八道，愈說愈不像話了。

（二人笑聲蕩漾，紅霞映滿天色，有一種美麗的蒼涼）

第二場：門診風波

時　間：民國七十三年七月午後

場　景：台大醫院外科門診室、關渡小屋

我將初診的情況告訴系上柯慶明老師時，再度哽咽，柯師安慰：「想哭就痛快哭一場。人生有許多時候，需要有一種『賭』的精神，誰能保證我們一定成功？但人的眞正幸福，是存在於永遠積極地爲生命希望而奮鬥的努力中。」柯師決定請台大公衛系的太老師柯源卿教授去找醫師談談，了解我的身體狀況，讓我安心。

依舊是炎熱的午後，依舊是一排候診的人，似乎沒一個人和上次相同。這次趙老師可以請假陪我來。

（醫生在座位上，表情木然，沒有招呼，氣悶似地翻閱病歷）

趙老師：（打破沉默）柯教授是不是跟您談過……？

醫　生：（打斷趙老師說話，臉上一陣青紅）你有什麼事直接找我，不相信就別來，何必找關係？

我　　：（急欲辯解）不是！不是這樣的……。

醫　生：（看著X光片）中國人幾千年來都在搞「關係」，你學中文的怎麼不把它寫下來？（瞪我一眼）

趙老師：（語氣不悅）已經有人寫過了，清末的政治社會公案小說比比皆是！

醫　生：（對我斜視）那是假的不是眞的，你應該寫寫眞的。

我：……

（什麼是假？什麼是真？只覺胸中糾成一團。仔細端詳他，額頭寬廣，稍為禿頭，目光炯炯，嘴唇厚實，皮膚皙白，長得清逸高俊，自成瀟灑，也是個智慧型的男人。可是此時他面目可憎，掩蓋所有的光彩）

（僵持一段時間）

趙老師：（極力壓低語調）請問上次檢驗的結果如何？

醫生：（冷淡語氣）還可以！肺功能差些，這是正常現象。

（趙老師將我寫的問題遞到桌上）

（醫生不語，像回答是非選擇題似地，在紙上塗寫）

我：請問開刀後要多久時間才能恢復靈活的行動能力？

醫生：（不耐煩將紙條推到我面前，冷言冷語）你自以爲靈活就不要來開刀！（用力過甚，紙張在桌面飛了起來）

（我取回紙條，當面撕掉）

醫生：（見狀，語氣稍轉，斷然決定）下星期來開刀！

我：（著急拒絕）我不要這麼快開刀，總得等十月天涼。

醫生：那你今天來幹嘛？我何必要你做這些檢查？

我　：（悶悶地）是你要我做檢查的，也是你要我來複診的，我怎麼可能來門診兩次就決定開刀？

趙老師：麻煩醫生先開一張診斷證明書給我們。

醫　生：（寫完後，猛然想起）你現在不是學生，先要證明書有什麼用？（自以為恍然大悟）哦！我知道了，你有「特殊關係」。

（他將「特殊關係」四字語音拉長，對我投以睥睨的眼神，轉身走到隔壁診療室，頭也不回）

我　：（伏在趙老師身上哭泣）士可殺不可辱，我不要開刀了。

趙老師：可是你的健康更重要，能忍一時之辱，才能成大器，是不是？

回家後將複診的情況告訴柯老師，柯師勸慰我：「人總有情緒，特別是一個從國外回來的人，可能會覺得中國的人情關係好煩好囉唆。我們要能學會設身處地，並且從寬待人。」我充滿困惑，不知道以救人爲職責的醫生是否當該如此傲慢不仁？那一夜我憂思難眠，坐輪椅到後陽台。夏日的夜半，涼風如水。被白晝遺棄的淡水河及觀音山，透著一股黑夜的肅穆與死亡。我想起孔子的「天何言哉？四時行焉，百物生焉」，是否生死幻化也有其自然遞變的律則？爲什麼要讓醫師踐踏自己的尊嚴換取延長壽命的可能性？我的思潮跌宕，千百個不甘心。

第三場：誤會冰釋
時　間：接上一場，翌日上午十點以後
場　景：台大醫院醫生研究室與關渡小屋

（我在關渡趙老師家打電話，醫生研究室電話鈴響）

醫生：喂！
我　：（認出聲音）醫生！我是昨天下午看病的李惠綿，您記得嗎？
醫生：（傲慢）當然記得！
我　：（試探）您好像對我很不滿意？
醫生：（不以為然）沒有啊！你太敏感了。
我　：（開門見山）再鈍感的人也聽得懂您諷刺的話、讀得懂您的肢體語言。
醫生：（不滿）我只是認爲你直接找我，何必浪費精神去找關係？
我　：（理直氣壯）第一次門診不就是直接找您嗎？我不是政要官員的子女，只是一個單純的學生，能有什麼了不得的關係？柯慶明教授是我中文系的老師，老師關心學生，我爲什麼不可以接受？您也是教授，難道沒關心過學生嗎？何況柯老教授不過想幫我更進一步了解健康狀況，又不是干涉或懷疑您的醫術，何必這麼生氣？

（醫生沉默不語）

我：（像鼓了氣的皮球）上次門診，被您的自信和親切感動，是您打開我多年的心結，昨天卻被您重重摔下。我眞替您可惜，好不容易爲病人建立起來的信心，就這麼輕易親手砸掉。您完全不重視病人的尊嚴，根本沒有用心了解病人的心情。

醫生：（沒好氣）我怎麼會不了解？

我：（一發不可收拾）您如果眞的了解，昨天就不會用那樣的態度對待一個憂心忡忡的病人。就算您對我找關係有意見，那也不是成熟智慧的處理方式，醫術再高明也是枉然。如果醫生對病人有這麼深的芥蒂，我怎麼可能安心把攸關生命的大事交給您？

醫生：（語氣緩和）我怎麼會對你有芥蒂？不要想那麼多。

我：（喜悅）眞的嗎？那麼這一通電話可不可以化解誤會，重建醫生和病人之間的信任？

醫生：（語氣溫和）當然可以了！我很贊成你能說出心中的想法。（轉輕鬆微笑聲）怎麼樣？說完以後，有沒有舒服些呀？

我：今天打電話，主要是要和您溝通，（轉為憂慮）不過我對開刀還是很恐懼，我不是怕死，但是萬一癱瘓怎麼辦？

醫生：（自信）你放心，到目前爲止我手術脊椎的病人沒一個死亡也沒一個癱瘓，你不會這麼倒楣，我也不希望砸了自己的招牌。（語氣轉更溫柔）爲了你後半輩子的健康，還是來開刀吧？

我　：（如釋重負）謝謝醫生再度給我信心！我會重新考慮。

第四場：同意捐贈
時　間：民國七十三年十月六日
場　景：台大醫院社會服務處

任憑一身的年輕氣盛和醫師一番辯解，釋懷許多，拋開人爲因素，讓自己冷靜回到問題的原點與初衷，也就準備接受手術。暑假兩個月的心情總是反反覆覆，刻意接下國語日報語文中心作文班課程，以及出版社校對工作，轉移自己的煩惱。當時向醫生要求十月開刀，一方面是爲避開炎熱氣候便於傷口療養；另方面是等開學註冊，具有學生身分可申請台大「傅斯年病房」優待，減輕醫藥負擔。今天趙老師陪我辦理入院手續，最重要的就是社工員約談關於「傅斯年病房」之事。

社工員：你父母做什麼工作？
我　　：爸爸是理髮師，媽媽經營雜貨店。
社工員：兄弟姊妹呢？
我　　：兩位姊姊是小學老師，大哥是農藥業務員，二哥是軍法官。
社工員：誰供應你學雜費和生活費？
我　　：上學期父母和大姊支援學雜費，下學期有很多壓歲錢，當作學雜費；生活費靠每個月工讀和獎學金。
社工員：（吃驚狀）哦？在哪裡工讀？每月多少薪水？
我　　：在學校訓導處做抄寫，一個月工作二十四小時，工資八百元。
社工員：（不可思議）才八百元？怎麼得到獎學金呢？
我　　：從小為了治病，花去父母不少錢，為減輕他們的負擔和我的內疚，我很用功，申請到一些獎學金補助，省著用，夠我一學年的生活費。
社工員：怎麼會想到來開刀？
我　　：我考上了研究所，希望未來有較好的身體狀況繼續讀書，做學術研究。
社工員：（讚嘆的眼神）你真勇敢！訓導處極力推薦，你可以得到傅斯年病房補助，不過需要家長簽下自願書。

趙老師：（取過桌面紙張，疑惑狀）什麼自願書？（看後轉為驚恐）我不是家長，我……不能作主。

我　：（取過來看，眉頭一皺，定神，故作輕鬆）哦！遺體捐贈自願書，不要這麼緊張，這只是例行手續嘛！就像坐飛機買保險一樣。如果發生意外，提供醫學研究也挺好的，反正最後都是變成灰燼。（隨手拿筆，偏頭對趙老師）不要告訴我爸媽，他們一定不能接受，徒增煩惱。

趙老師：（阻止狀，聲音哽咽）一定要開刀嗎？我們放棄吧？

我　：（苦笑）到了這個地步，能回頭嗎？不要擔心，我是壞人，要禍害一千年的。

（以出征的神情代替父親簽名）

（趙老師不語，含著眼淚走出社會服務處，我看到她拭淚的背影）

第五場：手術前夕

時　間：民國七十三年十月八日

場　景：台大醫院十三病房、理髮部

我住進了七張病床的三等病房，上午做完各項檢查後，下午待在病房無事，主治醫生前來巡視病患時，特別喚我到隔壁病房，看一位二十八歲才動過脊椎手術的劉小姐。她看起來極爲痛苦虛弱，眉頭深鎖，圓圓的臉龐毫無血色。額頭固定一個鐵環，彷彿「鐵皇冠」，是開刀麻醉時釘在頭骨裡的，鐵環上吊著五公斤的沙袋；右腿膝蓋打了銅釘，腳板上再垂吊三公斤的沙袋。這樣一上一下的重量，目的是拉直側彎的脊椎，叫做「牽引」。我看得臉色發白，說不出話來。

趙老師：每個人都要這樣「牽引」嗎？

劉　父：不是，她十歲就動過手術，骨骼隨年齡成長再度側彎，已經造成嚴重背痛才來開刀，因爲情況特殊才會做牽引。

劉小姐：（低聲問我）爲什麼要來開刀？

我　　：（不知如何回答，牽強的語氣）醫生說不開刀會愈來愈惡化……。

劉小姐：（微弱聲）你看我這麼狼狽，難道不恐懼嗎？

我　　：（遲疑，該為眼前這位陷入水深火熱的病友打氣）還好啦！既來之，則安之吧！

劉小姐：（苦笑）希望開刀後，你還說得出這句話。

我　：（努力吸了一口氣）希望我能活著出來再對你說一次，你要好好保重，我們一起加油（握住她的手，不說再見）。

（趙老師推著我出來）

我　：（鼻酸）帶我回家吧！

趙老師：剛才還大言不慚的勸人，現在怎麼打退堂鼓了呢？現在要推你去剪頭髮。

在醫院附設的理髮部，無情的剪刀剪去我多年的長髮；頭髮可以再生，然而我是否還有機會重獲新生？突然想起《汪洋中的一條船》，那個和命運抗衡了三十年的鄭豐喜先生，終於抵不過癌症病魔，英年早逝。他是雖敗猶榮？還是雖榮猶枯？上天讓他來世一遭，是肯定人定勝天？還是證明天道無常？思及此處，不禁傷感萬千，眼淚盈眶。我拾起一撮長髮，恍然了悟「身體髮膚，受之父母，不敢毀傷」的眞義，而如今我竟然狠了心腸，活生生去受這一場生死未卜的刀傷。我拾起剪下的長髮，分成兩份遞給趙老師：「如果發生意外，一份您留作紀念，一份替我轉給媽媽……」手上握著黑髮的趙老師，不禁摟住我的肩膀，流下眼淚：「你一定會平安，一定要爲我們活下去……！」

那天晚上病房中圍滿了人，遠道而來的爸媽、在台北工作的大哥，中文系陳修武老師、陳師母，室友簡媜、碧惠、林玲、金燕和她的男友朱峻明先生，大學好友淑華等都在身旁，手術前夕的陪伴更讓我備覺溫馨。正當大夥兒說說笑笑的時候，主治醫師竟翩然來到，笑臉盈盈，還跟每個人握手。

我　：（嘟著嘴）奇怪！我是挨刀的，怎麼不跟我握手？

醫生：就是因為明天要為妳動刀，所以不敢跟你握手，萬一妳大小姐突然發威扭斷我的手，我怎麼動刀啊？

我　：我哪敢發威啊？

醫生：（揶揄口氣）怎麼不敢？我在電話中領教過了。

我　：那是因為您「無理」的發威，我才被逼上梁山的。

醫生：好吧！現在是有理的發威了。妳的手術要分兩次……

眾親友：（驚愕狀，異口同聲）啊！兩次？

醫生：（以手比畫）一次由前腹往上，經由胸腔到達脊椎；一次從背部。

我　：（大聲憤怒）為什麼現在才告訴我？

醫生：（安撫狀）小姐別激動！像妳這樣多愁善感的病人，可以先告訴妳嗎？如果先講，請問妳暑假怎麼過？

碧惠：（反駁語氣）可是惠綿有權利知道她即將面對的狀況，您事先不說明是有待商權的。

簡　媜：（質疑語氣）正因爲多愁善感，惠綿是不是需要有更多時間做心理準備和自我建設？

醫　生：（微笑）哇！不得了了，妳的好朋友都抗議起來了，還不替我解圍？

我　：（憎恨眼神）您都是這樣「欺騙」病人的嗎？

醫　生：（神情嚴肅）現在專程來告訴妳，就是不欺騙，只是不給妳充分時間，讓妳的煩惱只有一個晚上。明天要大手術，妳應該好好睡一覺。

金　燕：（動之以情）要開兩次刀，惠綿心裡已經很苦了，醫生可不可以溫柔一點？

母　親：（無奈狀）阿綿！莫怨嘆醫生了，妳就是出世來吃苦受罪的，一切攏是運命注定。

父　親：（問醫生，憂慮狀）這麼大的手術有沒有危險？

醫　生：老實說，我也不知道；問老天爺，老天爺知道。

趙老師：（冷靜）事到如今，醫生要開幾次就開幾次，不要再爭執了。

醫　生：（慈祥狀）好了！應妳剛才的要求，握一下手，祝我們明天成功，好不好？（伸出手來）

我無言，淚眼中見到醫生鼓勵溫暖的眼神，感受到那強而有力的手掌，那將是明天主宰我生命的一雙手。那一夜，幾度想坐輪椅逃出去，終於沒有遁逃。睡睡醒醒，輾轉反側，直到天色發白，眞是漫長黑暗的一夜……。

第六場：手術劫難
時　間：民國七十三年十月九日
場　景：台大醫院手術室、加護病房

清晨八點護理人員推來病床。從十三病房到手術大樓有一段長長的走廊，一路上父母、大哥、趙老師和一群好友浩浩蕩蕩護送著，像是經過一條生死的長廊。沒人說話，我輕輕拉上被單虛掩著臉龐，深恐流露悲傷神態，惹得他們掛心。

一道電梯門，即將把我和他們隔絕，在隔絕的那一剎，聽到他們聲聲呼喚：「惠綿加油……惠綿加油……」，我移開被單，和每個人握手，突然害怕這會是最後的握手、最後的一眼、最後的呼喚；害怕自己靜靜的離去，害怕生命這般孤獨來去……。平日總是自許有「千山獨行，不必相送」的豪情壯志，而此時此刻我終於按捺不住，一顆一顆的淚珠無所顧忌沿著耳腮流下。推入手術室之前，透過落地窗，我還看到窗外湛藍亮麗的天空，好燦爛的陽光，「蒼天哪！我一定要醒來再看這美麗的陽光」，我心中不斷呼求著。

手術室裡潔淨無塵，地板、天花板、牆壁、壁櫃、高亮度的日光吸頂燈全是白色；櫃內的瓶瓶罐罐及手術台旁的各種儀器、麻醉設備、手術具械閃閃發亮，透出一股死亡冰冷的感覺。寒氣逼人，只有自己的呼吸是熱的，流向耳際的熱淚也變成冰涼的水珠，我將在這個潔淨冰冷的密閉室空間，進行一場操之在人的生死搏鬥……。

醫生護士正以他們職業性的熟練準備一切手術用品，戴上口罩之後看不到他們的臉龐，只清楚看到一雙悠然自在的眼睛。我不知道，在手術室內看盡生老病死，他們是怎樣看待人生？怎樣看待躺在手術台上一個個無助的病人？沒人理會，我愈來愈惶恐，四目搜尋我的主治醫生，身旁護士看出我搜尋的淚眼。

護　士：（已戴上綠色口罩）妳想找誰？

我　　：我的主治醫師

護　士：他會晚一點來。

（我無言，流下淚珠）

護　士：（取衛生紙為我拭淚）不要難過，醫生很高明的。

我　　：（看到一雙溫柔的眼睛）妳會一直在我身邊嗎？

護　士：是的，我協助麻醉師全程參與（握我的手）不要害怕，我會為你禱告。

我　　：妳是基督徒嗎？

護　士：是的，我相信上帝會保佑妳！

（麻醉師走過來）

麻醉師：（親切）讓妳睡覺好不好？

我　　：可不可以等主治醫師來？

麻醉師：最好在他來以前要讓妳睡著。

我　　：那就不睡。

護　士：（打趣）我們的麻醉師可有很多套，不睡覺也有辦法讓妳開刀哦！

我　　：好吧！昨晚幾乎失眠，還是讓我睡吧！護士小姐，妳一定要記得叫我醒來。

護　士：沒問題！回病房後我還會去看妳。

我　　：（安心）好！一言為定！

（麻醉師打針後，淚痕未乾，我已不知人事）

聽說是九點四十五分劃下第一刀，家人和好友碧惠、金燕、林玲在手術大樓外足足等了將近七個半小時。被推出手術大樓外已是下午三點十五分，家人一擁而上，意識模糊中聽到呼喚聲，我知道自己活著出來。全身發抖，第一句話是「好冷！」隨即被推入加護病房。

護士爲我輸送氧氣，取過紫外線紅燈照著我，讓我保暖；鼻孔插管通過喉道到達胃部，喉嚨痛得口水難以吞嚥；手上腳上都有點滴，身上還有導尿管、排血管、輸血管及測量脈搏、血壓的儀器；腹部脹氣猶如圓球；無力的雙腿痠麻，不能自主變換各種姿勢；前腹胸的傷口，麻藥逐漸退去強烈抽痛。「超型脊椎手術」後的我像個傷兵重患，一場艱苦的奮鬥才剛開始……。晚上六點五十分至七點，是家屬可以進入加護病房探望的時間。

父　親：（紅著眼睛）阿綿！妳要忍耐！

母　親：（直掉眼淚）阿綿！敢是眞甘苦？

趙老師：（強做鎮定）妳受苦了！

我　　：（微弱聲）再也不開刀了！

母　親：（搖頭）走到這個地步，敢有法度不去割第二刀？

趙老師：（像哄小孩）好！好！不開刀了！不開刀了！……（聲音哽咽）

我　　：腳麻，幫我彎起來。

（三人為了我的雙腳，幫我按摩、找枕頭靠穩，忙亂一陣）

我　　：你們累了一天，回去好好休息。

母　親：阿綿！妳若是有法度睏，就要好好睏一暝。

我一夜卻不曾入睡。燈火通明的加護病房，竟像個煉獄。隱約知道臨床是個車禍受傷的年輕男子，被撞到腦部，變成植物人，手腳四肢被捆綁在床沿，他的母親放聲痛哭、肝腸寸斷，不忍聽聞。受傷男子隨時發出無意識的叫喊聲，不斷在耳畔回繞；用力抖動踢床也成爲令人焦慮的音響。牆上的時鐘滴答滴答，和我身上分秒不停的刺痛感內外呼應，幾乎變成令人發狂的節奏。床頭上的儀器「嘀、嘀、嘀」發出尖銳單調之聲，聲聲刺耳。大約是凌晨，護士發現我的血壓突然降低，緊急通知家人買血。那晚體貼善良的碧惠堅持讓趙老師回關渡家中休息，由她睡在我的病床，是她聞聽狀況，未曾驚擾沉睡的母親，單獨至血庫買血，親自送到加護病房。在深夜危急關鍵時刻，碧惠以其素有的冷靜沉著及時購來鮮血；死生至交之情，也是永遠刻骨銘心。

加護病房裡哭喊、踢床、時鐘、儀器、護士交談等各種聲響，以及全身痛如針刺的苦境，手術之夜眞是度秒如年。

第七場：療傷剪影

時　間：民國七十三年十月十日至二十三日

場　景：台大醫院十三病房

雙十國慶，總統府前熱鬧歡騰，我在加護病房躺了一天一夜，身心劇痛，煩躁不安。好不容易等到傍晚六點，終於可以送出。趙老師在「手術札記」上寫著：「等待焦慮竟交織成麻木的感受，正無奈的翻閱《笑傲江湖》，突然聽到佳音『拿衣服去接惠綿回病房』，高興得連去加護病房的路都迷失了。」重讀此段，不忍之情油然而生。刀刑受難固然是千山獨行，但牽掛等待之情卻是諸多親人師友默默相陪。十一日晚上六點左右醫師首度來探視。

我　：（像看到救兵，微弱聲）肚子脹氣，好難受。

（醫生一手按住我的腹部，另一手指輕敲，發出通、通、通的聲音，像打鼓）

碧惠：（心疼狀，問醫生）怎麼會這樣？隔壁劉小姐都沒這樣。

醫生：（狠狠瞪她一眼）妳情況最好，妳最幸運！

我　：（懇求）不要那麼兇嘛！我喉嚨好痛，不要插胃管，好不好？

醫生：（遲疑一下）好！應觀眾要求。（輕鬆抽拔）

母親：阮阿綿手術有順適否？

醫生：（喘一口氣）：妳查某子的骨頭有夠硬，用力斬伊的骨頭，害我指頭又紅又腫又生水泡。

（眾人一陣笑聲）

我　：還誇張說風涼話，不知道人家苦得不想活了。

醫生：誰沒有不想活的經驗？這麼多人守著妳就該好好活。（彎腰將床稍微搖高）讓妳坐起來一下下，這樣舒服吧？還想不想活呀？

我　：（苦笑）這樣就想活，活著也未免太簡單了。

醫生：這兩天有沒有睡？

（我搖頭）

醫生：待會兒我叫護士打一針鎮靜劑，讓妳好好睡一覺。

鎮靜劑只讓我睡了半小時，鎮不住傷口和腰部的疼痛。我的脊椎從左腰側彎，右腰背突起一塊「肉峰」，手術後肉峰消失平坦許多，醫生所謂「斬骨頭」是指將側彎的脊椎骨一節節切開，重新歸位矯正，再用四個鋼釘鎖住固定，這四個鋼釘自國外進口，價格昂貴，高達三萬四千八百三十元。這樣的「工程傑作」製造出來的傷痛，實非筆墨所能形容。雖然如此，左腰仍成一大幅度的彎曲，不能著床，以致嚴重瘦疼。後來趙老師想到以涼枕墊在腰部空隙處，才逐漸舒緩。當晚懇求醫生拔除胃管，才能吞嚥口水，並用塞劑幫助排氣。十二日拔除排血管、導尿管後，能正常排尿、排便，稍覺輕鬆。原來手術後，排泄消化系統能正常運作，還是一件值得慶幸歡喜的事，然而我當時毫不以爲喜。

十五日上午主治醫生親自爲我換藥，碧惠正好在旁看顧，我悄悄問她：「傷口如何？」她說：「從右前腹到後背成一彎刀狀，長約四十公分。」我黯然神傷，「刀傷」可以療養，「心傷」如何重建……？十九日順利拆線，第一階段的手術暫時告一段落。我可以嘗試自己翻身，可以直坐半小時。原以爲可以積極加強補充營養食品，儲備第二次手術的體力，沒想到卻發生新的痛點。右邊大腿開始感到腫痛不堪，連母親爲我擦身時完全不能碰觸，彷彿有個因子在右腿上下游離，不時抽痛，成爲我最大的困擾。醫生來探視時：

我　：爲什麼這麼痛？

醫生：這是神經痛，可能是開刀時拉扯的關係，神經受到刺激傷害。

我　：（憂慮）大約多久可以復原？

醫生：（不耐煩）醫生又不是全能全知。你們學中文的不是一直考證什麼人什麼時代的作品，有的也還沒得到答案。我們醫生只能盡量小心，誰能保證手術中沒有意外或不留下任何後遺症？有人開兔唇，才麻醉一下就死了，妳怎麼說？

我　：（惱怒）所以我應該慶幸自己沒在您的刀下死掉，是不是？您就承認這可能會是手術留下的後遺症，永遠不會恢復，不就得了，難道我會拿這個後遺症去告您嗎？

醫生：（沒好氣似地）像妳這樣追問究竟的病人，醫生很累，知不知道？

我　：我不是個無理取鬧的病人，您只要誠懇相告，就不會累。您今天不高興，我們也別再說下去了。

耐不住性子冒犯頂撞醫生，可知我心情之惡劣，雪上加霜的病痛逐漸啃噬我的意志。神經痛果然變成後遺症，而且從右腿延續到左腿，十五年來不曾間斷。「問君何能爾？」我只能回答：「反正此身已是千瘡百孔，又何在乎多一種痛楚？」不知道人類對痛苦的煎熬，是否也有「麻木」的本能？不過當時我是沒這份能耐的，有時痛得厭煩，更擔心再次手術是否又有新後遺症出現，不免憂慮而央求趙老師：「帶我從後門逃走吧？」「好！我去開車，可是逃那兒去？萬一脊椎骨斷掉怎麼辦？」趙老師總是運用太極拳技巧，把難題反推給我。我覺得很沮喪，人生的苦難果眞無所逃於天地之間？

第八場：二度手術

時　間：民國七十三年十月二十六日

場　景：台大醫院手術室、加護病房

同樣是清晨八點的時間推往手術大樓，好友王珠美前一天去行天宮爲我求了一張籤，及時送到，籤曰：

佛說淘沙始見金，只緣君子苦勞心。
榮華總得詩書效，妙裡工夫仔細尋。

我當時並沒有心咀嚼詩籤的含義，只能帶著親友的祝福被送入手術室。主治醫生竟在我麻醉之前來到，有一次看他心情甚好，曾趁機向他撒嬌，沒想到他記得了，眞是有心人。他拍拍我的手背：「這次比較不怕了吧？妳可以安心睡一覺。」

彷佛經過長長的世紀，我從遙遠的地方被喚醒，其中有主治醫生的聲音：「李惠綿忍耐一下，等病床來馬上就好。」我意識到自己趴在手術台上，下唇腫痛，全身冷得顫抖，睜不開眼，說不出話。然後是一陣混亂，被翻過身來，被推出去，又聽到親人的呼喚，有一隻溫暖的手輕拍我冰冷的雙頰和腫痛的嘴唇，卻無法回應。

完全清醒時已是下午兩點左右，再度置身加護病房。我仍然發抖，呼吸困難，護士給了我氧氣罩。我發燒嘔吐，護士忙用小鐵盆接在嘴側，細心擦拭唇邊的唾液，直叫我深呼吸。稍一用力，背部傷口即劇痛。口乾舌燥，如鯁在喉，不能喝水，護士只好用棉棒沾水潤濕我的雙唇。

當我感覺到全身痠麻而想挪動身子時，才發現自己的頭部、頸部、雙肩完全無法動彈，左右手吊著點滴，雙腳無力自主移位，我甚至不如一個機器人。護士讓我睡冰枕時，還是替我偏著頭慢慢拉移到頭部下方的。正覺得痛楚不堪時，竟說要照X光片，醫護人員合力從肩膀兩側硬生生將我抬起，塞進X光片，這樣折騰了兩次。不能理解為什麼照X光片必須急於一時？我對於這樣不人道的舉動非常憤怒，卻敢怒不敢言，更無力反抗。

不久，醫護人員拿著洗出的X光片，在燈光下照看，我看到自己的脊椎骨有兩條鋼棒，用鋼絲和脊椎骨繫綁著，像彎曲的枝幹，用繩子和木條固定一般（我後來知道兩條鋼棒價值四千元）。被折騰之後，見到X光片照射出來的鋼釘和鋼棒，眞是悲從中來。不禁設想死後焚化，後人撿骨時，如果他們知道我曾經爲這些金屬棒釘受盡錐心刺骨之痛，是否會回首爲我沾衣？

二度手術之後，我的傷痛是等比級數加倍於上次，加護病房中，仍是分秒不能入眠的一夜。而趙老師在〈手術札記〉寫著：

下午一點半，惠綿病床被推出電梯，瞪著兩眼，茫然張望，似乎麻藥未醒，隨即推入加護中心。眼睜睜地看她推入禁地，我失望的出來。晚上還去師專上了兩節課，八點半回到醫院，睡在惠綿的病床上，很不是滋味。一夜睡睡醒醒，半夜有人叫鄰床：「去買血，要輸血」，我嚇得醒來，以爲是惠綿的血不夠。眞如驚弓之鳥。

當下的文字記述，流露眞情至性的疼惜、牽掛、耐力與驚恐，這份情感我是幾生幾世也還不完、還不清啊！想當年她在振興復健醫學中心許下承諾，要照顧幫助我、直到我長大獨立，而今我在如此艱困的手術中掙扎奮鬥，趙老師仍然持守諾言，從不放棄，一份「造次必於是，顚沛必於是」的師生之情，深深撼動著我的心靈。

第九場：徬徨失志

時　間：民國七十三年十月二十七日至十一月七日

場　景：台大醫院十三病房

回到普通病房後，極少說話，進食亦少，劇痛的傷口使我感到了無生趣。除了家人朋友爲我按摩雙腳，上半身的姿勢已經躺了三天三夜，麻木僵硬之感已到達忍受的極限。二十九日上午護理長替我翻身時，牽引傷口痛得我幾乎五臟俱裂。這一翻，像是翻出我胸中的長江大河，奔流不止。我狠狠咬著手背，另一隻拳頭緊握拚命捶床，大聲哭喊……。趙老師像搶救人命似地抓住我的雙手：「惠綿！不要這樣，不要這樣，會咬傷自己……，詩籤上不是說『淘沙始見金』嗎？要付出代價，不是嗎？」我如泣如訴：「我不要金子，我不稀罕金子，我也淘不到金子……。」轉過身子，看到手背都是自己的指印和齒痕，誰知我是身痛可忍，不可忍的是心痛？二十四年來不堪回首，不堪的是生命苦難的寥落與滄桑。如果眞有天門，我是一定要去擊鼓申冤的……。

我將珠美代求的詩籤拿出來細讀，卻加深我的困惑：人類非要淘沙、非要金子不可嗎？可否放棄淘沙的遊戲呢？可否捨棄金子的誘引呢？淘沙就一定能見金嗎？要淘多少沙才能見金呢？淘盡沙子見不到金子又如何？淘沙見金又當如何？……愈思愈想，愈覺沮喪。趙老師「手術札記」記載：「情緒不佳，晨一小雨，午一大雨，下午又一大雨，三次哭泣，不知哭完了心中悲喜否？」怎麼哭得完心裡的痛？卻是哭得心力交瘁。翌日上午主治醫師才來病房巡視，正是我陷入最低潮的時候。

我　：（生氣）開刀五天醫生才姍姍來到，可見您根本不重視病人最需要的時候。

醫生：（似無緣無故被丟了一顆炸彈，吃驚，反問）你認爲醫生是最無情的嗎？

（我眼睛轉向一邊，不答）

醫生：（諷刺口吻）聽說你昨天哭了好幾場，哭夠了沒？如果還有眼淚現在就繼續哭吧！我知道這個年齡眼淚最豐富……。

我　：（打斷，氣勢凌人狀）您知道，您知道，不要老是用你那自以爲是的醫學知識去評斷病人的感情，您以爲別人的眼淚像白開水那樣不值錢，您以爲別人哭的是什麼？

醫生：（冷靜）一個眞正成功的手術，一部分是醫生，一部分是家人，絕大部分靠自己。好好休息，過兩天再來看你。

（很有風度的走出病房，從背影裡，我看到醫生的愛莫能助）

（三天後，醫生帶了三個實習生進來）

醫生：（玩笑）我帶三個男生來看你，你最想看誰？

我　：（不睬）

醫生：（用英文對實習生講解病情，轉用中文）一切狀況很不錯，可惜病人自己缺乏信心。

我　：（出言頂撞）一份完整的信心，一部分靠自己，一部分靠家人，絕大部分靠醫生。因爲病人完全不知道病情會怎樣發展，所以是醫生根本沒把信心給病人。

（醫生氣得舉手要打我疼痛的右腿）

我：（大叫）哎喲！打不得（醫生的手在半空中停住）。

我想，醫生必是恨鐵不成鋼。從醫學成就的角度，他將我側彎九十度的脊椎矯正到四十度左右，可說是創造了神奇的醫學工程，除了大腿神經痛的後遺症，我完整保有清楚意識與健康狀態，確實是他足以傲人之處。然而，被改造的身體結構，卻使我的生活能力完全陷入退嬰式的行爲，無能自行料理一切。我已瀕臨崩潰情境，拒絕吃藥、拒絕進食、拒絕復健。一天傍晚用飯時刻，醫生再來探望，見我躺在床上呆然不語，飯菜不動。

醫生：（走到床邊伸出手）我們握個手，一起絕望，好不好？

我：你絕望什麼？是你鼓勵我來開刀的。

醫生：（振振有辭）你二十四歲才來看病開刀，本來就是一個謎。再說後悔開刀的也不是只有你。我鼓勵開刀，病人後悔，那是兩回事。

我：（批判語氣）爲什麼您那麼多的病人都會後悔？表示你事前交代不清，誰知道要開兩次？誰知道要放鋼棒、鋼釘那些鬼玩意兒？誰知道會造成神經痛？誰知道將來還會有什麼後遺症？這一切都只有您知道。

醫　生：（自以為是）哈！我有那麼多時間嗎？告訴妳這麼多，妳還敢開嗎？

我　：（不屑）哼！沒時間？推託之詞未免太不高明。您不能因材施教嗎？爲什麼不能讓我完全清楚可能遭遇的情況，然後對自己的選擇無怨無悔？現在我不會自己坐起、不會翻身、不會下床、不會走路，不會爬樓梯、不會料理自己，像個嬰兒，我的復健遙遙無期，我不該絕望嗎？

醫　生：那有什麼稀奇？我現在什麼都不會，只會砍骨頭。我從前會吊單槓一百下，現在吊單槓，像廣東店裡的燒雞（雙手舉起，做垂吊無力狀，引起病房一陣哄笑）。再說，妳也不是什麼都不會，從頭學起呀！

我　：您把我這十二年來辛苦建立的生活能力徹底破壞，一句從頭學起，說得簡單輕鬆，叫我把所有的苦頭重新再嘗一遍？

醫　生：誰說是破壞？是讓妳爬得更高，從爬十層樓再爬到第二十層樓。

我　：（沒好氣）恐怕沒爬到就先累死。

醫　生：（轉頭對趙老師）放心！她有野心，很快會坐起來的。（出病房前偏頭對鄰床）阿婆！拜託妳多講些故事給小姐聽，讓她歡喜。

趙老師：（苦口婆心）好了！跟醫生吵架，力氣也該用完了吧？可不可以吃點東西？不然哪有體力復健？

（我看著趙老師，猛然發現她衣帶已寬。一個多月來，關渡、醫院、辦公室、兼課學校，來來回回不知多少回，心中不忍，開始吃飯）

醫　生：（走進來，逮個正著）這不是坐起來吃東西了嗎？

我　：是把床搖高，才不是自己坐起來的。

醫　生：（顯然準備了訓詞，理直氣壯）妳知道有多少人不能坐起來吃東西？經年累月躺在床上，沒有知覺，家裡的妻兒子女在等他。要不要我現在帶妳去看一看？

我　：我從沒說過自己是全世界最糟糕、最可憐的人。我也不要去比較別人的痛苦來壯大自己的信心。我承認每個人都有痛苦，可是我不問別人，只看待自己的一份，只問自己如何自處，我的絕望來自對命運的無力感……（哽咽）

醫　生：（搖搖頭，一陣沉默，拿了一把椅子坐下，有意換話題）出院後要不要寫篇小說？

我　：您要當主角嗎？

醫　生：妳自己當主角。

我　：（苦笑）在命運之神的掌控下，誰能當主角？也許人類永遠只是丑角。不過可以考慮把您寫進去，您應該是改寫我命運的另一個主角。

醫　生：（微笑）我同意「借」給妳寫，不過妳得努力康復才有可能寫作吧？

那天醫生停留甚久，病房中只有我們二人的談話聲，我甚至忘記問他是否用過晚餐。他才說過，沒有很多時間向病人解釋詳細的病情發展，而爲了激勵我即將喪失的鬥志，他卻用了一個多小時坐下來和我談話。主治醫生對我這個「學生病人」的用心與情義，剎那之間感動了我的內心。最後我們約定，等他退休開始環遊世界時，會先到我家關渡小屋，同對山水，煮茶論劍。

第十場：努力復健

時　間：民國七十三年十一月八日至十九日

場　景：台大醫院十三病房

和醫生論辯之後，我終於能稍微冷靜面對病痛，接受醫生所說「從頭學起」的復健工作。醫生仍然每天來關心我的情緒，還曾經帶著即將出院的十歲小女孩來，輕描淡寫的說：「小朋友也有很多故事。」八日下午，復健系的實習生開始來病房指導我坐、臥、側、翻等動作，每一個原來習以爲常的動作都變得高度困難，倍加艱辛。我慢慢能自行左右側身，能自行起臥，能坐起五分鐘、二十分鐘、半小時乃至一小時；能經由復健師抬腿之協助，從床上坐到輪椅上，到病房外的花園呼吸新鮮空氣、欣賞綠意盎然的樹木，感受到活著的氣息。病房復健的過程中，實習的復健師給了我許多實質的幫助，各種行動能力頗有進步，我深深感受到同校的同學之愛。

由於身體結構已經改變，必須重新量製背架和肢架，自然又經過一翻折騰。師傅要爲我上石膏，做出合身背架的模型；下半身要精確測量肢架的長度、寬度、圓度以及皮鞋的尺寸，爲了配合量製時不同角度的變換，往往牽引背部傷口，痛得咬緊牙關。一星期後試穿新背架肢架時，嘗試拄杖站立，卻因脊椎劇痛無法下床，更遑論移步行走，我當時知道要恢復站立行走乃至上下樓梯，還有一段非常遙遠的路途，忍不住流下沮喪的眼淚。

住院時間主要由孤苦伶仃的二姑媽日夜照顧；母親因看管雜貨店，則在兩度手術關鍵時間遠從台南來親自照料；國定假期及週末假日則是趙老師陪伴，讓姑媽和母親休息。十八日是個星期日，亦是出院前兩天，窗外下了雨，不能到花園。午覺後，趙老師推我到前往手術大樓的路徑繞了一遍，回憶兩度出入死生的心情，竟有恍如隔世之感。我們駐足在病房外的走廊觀賞雨景，儘管秋末入冬的雨，使人感覺蕭瑟而微有寒意，但是我們依然欣喜慶幸能夠活著，一起感受四季的更迭和人間的冷暖……。

時間：民國七十三年十一月二十日
場景：台大醫院十三病房後門停車場

住院整整四十六天終於可以回家，經過兩次脊椎超型手術，表面看來，似無兩樣，實已重獲新生，出院是另一段復健里程的開始。趙老師代辦各種手續，大哥開車護送，準備將我背上趙老師家居關渡的四樓。主治醫生親自推著輪椅送我上車，言道：「回去後要好好調養，努力復健，快樂生活。」慈悲溫情的聲音從背後傳來，那是非常熟悉的聲音，像一個醫生對特殊病人特別的叮嚀，也是一個教授關懷學生的聲音。在握別、互道珍重中，我交給醫生一張紙條：

感謝您極度包容我病中一切的頹唐任性與傲慢無禮，感謝您點燃我努力爬上二十層樓高的意志。如果人生的苦難都是上帝的恩典，那麼醫生幫助病人完成生命的苦難，應當也是一種恩典。

車子慢慢轉至出口時，我從玻璃窗看到醫生站在原處，讀著紙條，似有欣慰的笑容，當時正是暮色蒼茫……。

忘名之交

〔生命記事〕

在台大醫院住了將近一個半月，同病房的人進進出出，唯有我和臨床的阿婆住院最久。兩家人不但因此認識，還時常交換食物。民國七十七年《中央日報》副刊曾有「難忘的小人物」專欄，本文乃描寫阿婆橫遭公車之禍後的人生態度。曾因感動阿婆之慈心善念而升起的願望，亦已化爲具體行動。民國八十八年十一月台灣大學校慶前夕，訂購兩台輪椅送給甫落成啓用一年的圖書館，提供需要的讀者。台灣大學當然不缺購置輪椅經費，然我自大學以來，接受台大栽培教育，又幸運忝爲台大教師，只是略盡棉薄之回饋。此外，台北中山堂整修之後，正門規劃成設有柵欄的廣場，沒有設置殘障機車停車位，搭坐計程車也得步行通過廣場，我也致贈兩台輪椅。姑且算是回應當年「病裏因緣」結識的阿婆吧！悠悠歲月，已過二十年，音訊隔斷之後，那不知名的阿婆，可還健在否？

我們各自領受一份人世的苦難相聚了五十個朝夕。在相聚的時空裡，從不需要知道彼此的名字。

* *

記得那是我脊椎手術後從加護病房回普通病房的第一個晚上。病房裡，當家屬們逐一離去漸趨靜寂時，突然一陣人潮，又一個病患被送進我的右床。那晚，我的傷口痛如針刺，分秒無法入眠，鄰床的阿婆與她女兒聊了一夜，全然不像從煉獄回來的老人。

年輕如我，歷劫歸來，猶然覺得失去與世抗爭的勇氣，且不免怨天尤人；而七十五歲的阿婆橫遭公車之禍，輾碎了半條胳臂，折斷了兩根胸骨，擦破了鼻樑臉頰的肌膚之後，竟能不呻吟她的病痛！甚至當親屬圍繞病床，忿忿不平要提出告訴時，她也能無所責怨：「伊也不是刁故意，告伊害伊無頭路要按怎？」阿婆隨即嘆口氣：「告伊有啥路用？這攏是劫數啊！當初時若不是算命仙仔叫我吃菜，哪有夠活這十冬？今仔日斷一肢手胳眞好加在囉！」於是，阿婆的親友、到病房做筆錄的刑警和她那身爲律師的兒子，所有勸告皆一無所用。

因失血過多，身子虛弱，加之失了右臂的阿婆，逐漸意識自己的無能爲力。有天我請她吃小籠包，她溫婉辭謝：「小姐多謝啦！我是吃菜人！」第二天阿婆央她女兒買小籠包去，她羞赧地告訴我：「昨暝阮有給菩薩講過，要身軀有氣力才會卡緊好起來！」

療養一段時日，阿婆逐漸能起身進而下床，她相信這是吃葷的緣故。終於能自行如廁，雖然搖搖欲墜仍喜不自勝，同房病友皆予以賀喜，阿婆嬌羞地展開一臉的波紋，流露一股小兒女的情態。過了一陣子，阿婆見葷即噁心，她認眞說道：「一定是菩薩叫我繼續吃菜啦！」每次說起「菩薩」她就神情肅穆。

阿婆能起身而坐時，我還只能平躺，偏頭瞧她的側臉，隱約看到她鼻頰上的疤痕。直到她下床走到我旁邊，才揭開神秘的面紗。我驚愕阿婆行年七十五猶有嬰兒之色。她一頭銀白短髮平齊地梳向耳後，娃娃似地圓臉烘托雙垂的大耳，我竟有一種錯覺，彷彿見到人間菩薩。

阿婆會下床後就不安於床，經常走到各病床邊和病友聊說菩薩故事。我一請她多休息，她總是笑咪咪：「伊愛聽我講古呢！講古給伊聽就不會艱苦啦！」病中歲月，對生命的存在，感覺格外艱難，阿婆念念不忘的菩薩總不在我夢裡顯現。我二度手術回房時，阿婆歡喜得流淚：「小姐！阮一暝無睏替你念阿彌陀佛呢！眞感謝菩薩哦保庇你平安！」往後她更是苦口婆心地叮嚀：「你每日念阿彌陀佛，一直念一直念，求菩薩給你會走路，免提拐仔，也免坐輪椅，伊一定會答應你，敢知影？」我不忍心說破，只好打折扣說：「阿婆！這願望會給菩薩爲難哩！求菩薩保庇我卡緊恢復元氣，我就心滿意足啦！」阿婆搖頭，她執意相信誠心求之，必有以應之。但願阿婆果眞是天上菩薩，可以彌補我的遺憾。

有一天，來了做義肢的師傅，阿婆竟如驚弓之鳥，問明來意後，堅決反對：「阮莫愛！手胳斷去是運命，裝假手也無路用啦！」阿婆女兒向她解釋：義肢費用是賠償醫藥費之一，她睜亮了雙眼：「敢眞實呀？做手胳的錢給阮攢起來，後日仔去做善事，敢好？」我好奇問阿婆，她自信說道：「阮要攢錢買十台輪椅送給花蓮慈濟病院！」突然之間有一份意念升自心底：阿婆啊！盼望有朝之日，我能助您遂了這份心願！

出院時，我們相互約定電話聯絡，每次阿婆來電話，總是理直氣壯：「阮要找小姐啦！」

眞的！我們從不需要知道彼此的名字。

生死結

〔生命記事〕

儘管多麼理性勇敢接受兩度脊椎側彎手術，但度過死劫之後，從臥床翻身到復健站立長達一年，這期間我幾度天人交戰，試圖求死。自從罹病之後，開刀數次：三歲在屏東基督教醫院，右腳腳踝、右小腿外側、左大腿外側、左臀部就已經動過幾次手術；十二歲在振興復健醫學中心開刀右膝內側；脊椎手術後更有兩條四十公分的傷口，眞是刀痕累累……。我不問「生」的價值，卻不斷思索「死」的意義。既然人不能自主決定誕生，究竟有多大空間可以自主死亡？而人們究竟又有多大權力主宰別人的生死？

撰寫〈生死結〉至今，植物人及安樂死的問題依然存在，譬如已經臥床三十五年的王曉民，其雙親皆已罹患癌症相繼過世，直到死前，他們奔走呼求合法的安樂死仍石沉大海。不禁令人困惑：生命的價值與對待，是否全然聽命於醫學的技術進程和法律限度而定奪答案？

本文中提到的畸形連體嬰，指的是眾所皆知忠仁、忠義兄弟，民國六十八年九月十日，台大醫院醫療群進行十二個小時的分割手術，二十年倏忽而過，兩兄弟皆已成年。在接受電視專訪時，他們面帶微笑、語氣平和說道：「二十年雖然走過風風雨雨，但還是要說能活著眞好！」我無言以對。

*　　*

人人心中都有兩條生與死的彩線，任憑個人的巧手慧心去編織各式各樣的生死結。在編織的過程中，總是結了又拆，拆了又結。有人可以自許編織了美麗的圖案；有人則像被風吹破的蜘蛛網，永遠結不完整；有人卻終其一生也編結不成，是無意編結？或是胸壑之中自成無形無色之結？還是不解生死之結？

不知道自殺者的生死結是什麼？是結不成？或是解不開？還是編織了另一種生死結？我常常想起自沉的屈原和王國維，這兩個在文學上具有輝煌成就的人物，本可以在天命之年，繼續創造生命的光熱，但他們卻在不同的時空自絕，走向死亡的國度，把種種人世的缺憾還諸天地，而留與人間論是非。

我們實在無法思議，在生死之間，人如何能夠這麼毅然決然地選擇自絕？即使我們在理性上能夠參透宗教與哲學的「超越死亡論」，深信在感情上仍無法避免面對死亡命運的憂懼，因此古人才說：「一死生爲虛誕，齊彭殤爲妄作」，畢竟「修短隨化，終期於盡」是人類共同興懷的事。然則，自殺行爲卻在世間各個角落，隨著不同的因素發生在各階層的人物身上。這些人非但不懼死亡，甚至以各種方式結束生命。如果自殺是人類行爲中一種獨特性的表現，它存在的現象，已然也有一種普遍性。

文學家將這種兼具獨特性與普遍性的自殺行爲納入作品當中，成爲探討人性的主題之一。尤其是小說戲劇，自殺情節被運用於展現人物與外在內在世界的糾葛和衝突，表現人物在生死邊緣的掙扎及其悲劇的性格，可見人類的自殺意識，是極受關注的問題。

王文興的短篇小說〈最快樂的事〉，便是以精鍊的語言，刻畫一個年輕男子，因尋找不到「快樂意義」而自殺的主題。故事的焦點像電影的一幕場景：一個年輕男子，套上毛衣，離開床上的女子，佇立於一扇掩閉的窗戶。他高高的額頭，抵住冷玻璃，垂視著樓下的街景——冰冷、空洞的柏油路面，宛如貧血女人的臉；天空灰濛，分不出遠近的距離，水泥建築物皆停留在麻痹的狀態。就在這麼一個寒冷的上午，男子蒼白麻木的臉龐透著憂鬱深沉，自言自語：「他們都說，這是最快樂的事，but how loathsome and ugly it was.」幾分鐘後，他問自己：「假如，確實如他們所說，這已經是最快樂的事，再沒有其他快樂的事嗎？」這年輕人，在是日下午自殺。

年輕人的自殺並非盲目衝動而是經過內心轉折才付諸行動。他已冷眼旁觀兩個多月，卻發現同樣的街、天空、建築及陰寒的氣候仍沒有轉變的徵象；他也去體驗所謂最快樂的男女情事。這都意味他在生死邊緣掙扎的情境，猶如一隻欲奮力掙脫牢籠的困獸。他多麼期盼暖陽能輕躍在蕭瑟的寒冬，一如渴望在死寂的生命裡試圖追尋生之喜悅；而別人口中最快樂的男女情事竟成爲他黑暗死角裡的一線希望。表面看來，以男女情事作爲印證是否爲「最快樂的事」甚爲荒謬，但這不過是一種形式，只要他能在其中感受到生命裡還有喜樂之事，也許這種轉變的契機可以使他找到活下去的意義。然而眾所稱道的快樂情事，在他「體驗」後竟如此齷齪和醜陋，不禁對人們建構的「快樂」感到質疑，終於絕望而自殺。

由於創作者的匠心獨運，使人物內在的心靈活動完全披露出來，讀者可以透過文字訊息，尋求小說人物自殺的心路歷程；但我們卻無法如此透徹地理解現實生活中的自殺者，在生死之間的猶豫以及選擇自絕的原動力。屈原行吟澤畔，不應只是感時憂國，他個人獨特的際遇，讓他悲哀地意識到自己已然無法安置在幽昧溷濁的人世，而在「哀民生多艱」、「國人莫我知」的煢獨孤絕下決定「從彭咸之所居」。至於王國維留下「五十之年，只欠一死；經此世變，義無再辱」的四句關鍵語，至今仍是不解之謎。王國維自我反省五十之年對人世的無所虧欠，以其能「自傲」俯仰之間，不愧於天不怍於人，故能「自覺」未來處於世變中不容自己再受絲毫屈辱，因而以自沉作爲保全潔身之道。何況人皆一死，在他看來，自絕不過是提早將生命還給命運之神罷了！如此詮釋屈原和王國維的自沉也只是片面之見，他們的自絕恐非當代後世所能完全理解。我想，他們憔悴憂傷繼之以死，所傷之事所死之故，不會止局限於一時間一地域而已，定有其超越時間地域的理性存在。像這類在生死邊緣經過冷靜理智、沉潛思考而做的抉擇，是否可以稱爲「理性型自絕」？

我們不去歸納分析人類自殺的原因和類型，而更關注是人應該以何種心態正視自殺行爲？如果我們認同理性型自絕，是否也能以理性態度視之？誠然我們不必鼓勵自殺行爲，自殺行爲也不該受到讚許，而對那些無所聽聞於人間是非褒貶的自殺者，我們是否慣於以道學家的姿態加以批判？我們可能直覺地認爲那是懦弱膽怯、逃避責任、消極悲觀、辜負父母師長養育栽培之恩的行爲，因爲我們總是相信天無絕人之路，執著人貴爲萬物之靈的信念，肯定生命裡沒有人類走不過的難關，人沒有必要將自己推入死亡深淵。只是我們也不得不信天道無常、人力有限的事實，在天人之間，未必都是「人定勝天」的。而人性總有先天的軟弱缺失，並非知識理性能平衡。那麼當人處在「失行孤雁逆風飛，江湖寥落爾安歸」，自覺無所逃於天地之間，像一個遠遊飄蕩而無所歸依的魂魄時，我們是否可以諒解那些以自我毀滅做爲安身立命的人？對於一個陷入自我封鎖的絕境，自覺沒有任何生命契機的人，當知識理性和生存的原理原則，甚至人間情愛都不再產生作用力量時，我們是否能夠允許人可以有權利選擇自殺，以解脫絕望痛苦的生命？我想這種自絕已經不是知識理性、道德人格教育可以預防；也非宗教的天堂地獄或輪迴之說可以制止的。我們總是說，生命乃天地父母賜予，人沒有權利扼殺自己而應該愛惜生命，然而自殺者果眞都是不珍愛生命嗎？屈原的自絕所抱持是「余焉能忍與此終古」的情懷，這種不肯「苟活」的心志，豈不也是一種「自我愛惜」？宇宙萬物不曾言語，依舊四時行焉百物生焉，象徵天地之間自有其運作的規律。如果生死幻化也有其自然遞變的律則，如此，在生死一念之間，是否自殺也是「物競天擇，適者生存」中人類自我淘汰的方式？我們何妨借用莊子的圓融通達：「適來，夫子時也；適去，夫子順也」，或許自殺者的「自我完成」何嘗不也是一種「安時處順」？

自我了斷不是人人可以做到的，它需要無比的勇氣及自主能力，像植物人就是身不由己。植物人具有「人的形體」，卻是「植物的本質」，說是「植物的本質」似嫌不夠貼切。植物吸收大自然精氣餐風飲露自能生存，在不同的季節裡姹紫嫣紅，而植物人必須依附各種進食與排泄的塑膠管道才能存活，病人除有呼吸現象，實質上已無表現生命的活力。這些失去思考意識和行爲能力的病人雖生猶死，即使有心自絕亦無能爲力。他們是求生不得求死不能，除非透過他人中止給予食物和醫療措施才能助其自然死亡，然而這種中止延長植物人生命的「安樂死」，卻非當事者能自行決定。

自殺者生死的抉擇操之在己，所以他的行爲只對自己負責；而安樂死決定在他人，涉及法律、醫學、宗教，沒有人能對安樂死負道義責任。因此法律學家認爲植物人不能被視爲死亡，安樂死等同殺人行爲；醫學家認爲安樂死有失醫德，不合救人職志及延續病人生命的責任；宗教家認爲人都有生存的權利義務，安樂死不合人道主義。於是安樂死問題在專家們知識理論的界定下懸而不決。

而一般人卻有相對差異的看法。試問：「假如你變成植物人，是否願意安樂死？爲什麼？」可以預測大多數人會回答：「因爲不要拖累家人，所以願意安樂死。」我們何以不能將心比心地設想植物人的處境？他們何嘗願意如此苟延殘喘的活著？何嘗忍心讓他的親屬耗盡心力財力備受長期的煎熬？我們又何以不能設身處地體諒病人家屬的精神負擔？他們定也不忍眼見親愛的病人，日復一日年復一年受著沒指望的無期徒刑？如此，爲什麼不能認同安樂死的意義？假如我們強調「好死不如歹活」，也要有做一個人「歹活」的條件，而植物人已然失去做爲「人」的實質意義；假如我們肯定人類生存的價值，植物人也已然沒有奮鬥的意義。那麼，延續植物人生命的意義又何在？如果我們諒解自殺者皆有其選擇自絕的理由，植物人是否更有理由放棄生命？他們既然已經不能做爲人有尊嚴的活著，爲什麼不可以透過安樂死，使他們「回復」做爲人有尊嚴的死去？是否植物人需要的並非我們以倫理道德情感的規範延長他無法挽救的生命，而是「慈悲地成全」？從另一方面，或者一些尚未完全失去意識的植物人不願安樂死，即使明知在死亡邊緣，他們仍有求生意志；而他們的家屬也願意與病者共同接受長期的痛苦折磨，期盼生命的奇蹟出現。由此看來，安樂死的抉擇豈不也是不解之結？

有時覺得，人生下來就像是被「神」遺棄到世上，這樣更像「人」的孩子，先遺棄再予以拯救。人生來世一遭豈不是「死而再生，生而再死」的意義？是否我們成全安樂死，如同成全生──老──病──死所象徵的循環，一如歸根自然大地的落葉？

安樂死和自殺都是刻意以人為的手段結束正在受苦的生命，由於生命之窗的絕望而導致他們投向死亡之門。這兩個同時跨越生與死的問題，似乎又不及畸形連體嬰分割問題來得複雜。

若干年前，一對連體兄弟分割手術成功，帶來醫學成就的震撼，此事在當時引發相當尖銳的爭論。贊成者以為既然構成分割的條件，運用神奇醫術予以拯救，使他們得到個體生命的獨立，既合於人道立場，也足以誇示醫學科技的「巧奪天工」。反對者則認為人各有命，透過人為的力量予以分割，是違背天意和自然的行為。畸形連體嬰兒分割後生理器官的不健全，是製造兩個殘缺的生命；讓他們一生為畸形身體痛苦是否合乎人道？

我們回到問題的本原，如果不假藉人力，畸形連體嬰兒將可能「絕望」而死，人為的努力卻為他們帶來生存的「希望」。醫學家使他們「起死回生」的能力如同華佗再世。然而他們殘缺地存活，無疑是投入苦海的人世，我們無法想像，他們得熬過多少心理衝擊和生死掙扎才可以果敢地面對自己、面對人世？許多自殺未遂者被救活之後，總是理直氣壯地問：

「爲什麼救我？爲什麼剝奪我選擇死亡的自由？」對那些不更人事可憐無辜的畸形兒，我們自以爲滿腔慈悲地予以分割，有一天他們長大，是否也會質問：「我們原可以自然無知死去，是誰強迫我們活著接受這場苦難的人生？」因而，畸形連體嬰兒的生存或死亡，操縱於別人的手中，使得生命的抉擇陷入「兩難式的情結」。

其實我們不也經常困在生死兩難的情結？當我們活得心力交瘁時，腦海裡不也閃過厭世求死之念？甚至可能在抉擇自殺的當刻又裹足不前，仍然走回生命的軌道。我們何嘗不是經常徘徊游離生死邊緣？我想每個人都有內在深處的精神痛苦，每個人也背負著自己的十字架，而儘管求生需要更充沛的勇氣更豐富的智慧，活著有時往往比求死來得艱難，但並沒有人人都選擇自絕而仍然願意繼續活下去。每個生命都有殘缺，莫非人之所以爲人的驕傲，即在於人類能尊重生命的「不完整」，而爲自己創造生生不息的契機？

有時在黃昏，站在屋後陽台憑闌眺望淡水河、觀音山，想千百年後，此山此水依舊是千里煙波、暮靄沉沉，只不過觀音山上一排排灰白色墳塚所埋葬的屍骨，都隨塵泥灰飛煙滅吧？此時也不禁困惑，既然生命終將化入塵泥，又何必如此辛苦走這一趟風雨泥濘的人生？彷彿我們的生活，亦如被天神處罰的薛西弗斯，每天推著石頭上山一樣的機械單調和空洞茫然。但是否每個人都有自己的「石頭」？也各有其推石頭的意義？是否就在日日推石的歷程中展現了人類與生死之神的抗爭？完成了生命「知其不可爲而爲之」的奮鬥意義？好讓我們在來日可以對這悲苦的人世作含笑地告別？

在生死邊緣，如果是操之在人，究竟做爲衡量人類抉擇生命存在或死亡的尺度何在？如果是操之在己，我們又該憑恃什麼決定自己的腳步是跨向生命之路或死亡之門？是否生死之結如同參禪，人人皆可自己編織自己了悟呢？

輯三

感念雙親　長憶鄉情

一切都是命運注定

〔生命記事〕

五個月大時，鄰居一對不孕夫婦對我甚爲喜愛，母親慷慨將我送給他們。年長我六歲的世賢二哥放學回家看不到小妹，大聲質問母親：「爲什麼會生不會養？」兀自跑到人家裡竟將我抱了回來。聽說當時抱在二哥懷裡的我哭得像個淚人兒，母親於心不忍，將我留了下來。十個月大，我罹患了小兒麻痺症，而那對夫妻生了蒙古症的孩子。母親每憶及此事就嘆氣：「當初時若是送給別人，不的確會逃過這個劫數，今仔日也不會這麼淒慘……。」我不知道是否眞如母親所說，一切都是命運注定；然而當年的不忍心，卻造就母女在人世間這一份「捨不得」的因緣。

* *

總是在離家一小時前才有心緒整理行裝。其實行李非常簡單，除了幾本書和日常用品，大多是換洗衣物。那些衣服母親都用手洗過，她不相信洗衣機比得過她的雙手。回家的日子，每天清晨，母親推開房門，問醒睡夢中的我：「有衫褲要洗否？」有時不忍心讓她洗太多，故意藏幾件厚衣，想帶回台北自己洗；但臨行前，她會到房裡檢視衣櫃，每件取來聞一聞，嘴裡嘀咕著：「這些衫褲攏有你的油垢味，不洗洗，藏著生蟲啊！」說完便一股腦兒抱在懷裡，洗衣服去了。傍晚時，母親像捧回寶貝似的，一邊拍拍那疊得高高鬆鬆的衣服一邊說：「日頭曝過的有夠好！」母親特意遞上一件，我接在手裡，彷彿撫觸到陽光的溫熱，有如母親那雙暖暖的手心。每件衣服都可嗅到陽光曬過的香味，潔白平整得像熨斗燙過。

都這麼大了，還讓母親洗衣呢！每年寒暑假回家住上個把月，才能偷著不必自己動手洗衣的閒適。而打從十二歲，母親就難得為我洗衣。因此回家時，這成了她能為我做的大事。洗衣，彷彿蘊藏著母女間不盡的情意。我一件一件摺疊，放入皮箱。想到回台北後，諸般生活仍得自己照料……，突然一種傷情湧上心間，床上的衣物都模糊零亂起來，一時之間竟不知如何整理？

「阿綿！車叫來了！」母親見我遲遲不下樓，揚起她的大嗓門叫喚著。急性子的她，每次都早早叫好計程車，好讓我從容到站。可是每到出門，我便是漫無心情，似乎錯過班次也無妨。母親終於按捺不住，急步上樓，推門就念：「每遍出門親像割肉，連這一點點物件也收不了？」不一會兒工夫，就替我整理得妥妥貼貼；母親料理事情的秩序和章法我永遠學不會。

母親替我拎著行李，外帶一大包吃的，頻頻問我還需要什麼，恨不得爲我儲蓄半年的食物。她將行李放入車內，再抬起我的雙腿入座，安頓我的拐杖。一會兒又敲窗，伸頭進來湊到我耳邊細聲相問：「錢有藏好否？」我輕輕點頭，應和母親神祕的神態，此時的母親最溫柔。車子離去的一剎，透過玻璃窗，我看到母親以衣袖拭淚。數十年來，我們就是這麼聚少離多。而儘管經過無數次傷別，仍然抑不住心底的悲情。每次，看到母親紅著眼睛，總是不忍。

母親有一對美麗的眼睛，明亮而清澈。但每要縫衣時，她的眼睛就瞇成一條線，必須將視力集中在一線之光，才能將細線穿過小小的針孔；有時費力穿空了幾次，便沮喪的將針線遞給我，然後揉著雙眼嘆氣：「就是爲著你流太多目屎，才會自少年目睛就霧霧看不清。」有時我會傻傻的問：「媽啊！你會怨歎否？」她總是無奈的回答：「怨歎有啥路用？一切攏是運命注定好好的！」我無言以對，母親一生不服輸，卻不得不承認命運。

母親雖未曾受過教育，卻也懂得安之若命的哲學。不知何時母親才學會把這樁事實視爲宿命？至少在我得病、治病的悠長歲月，她是用盡心淚來哭訴千般的不甘願。她已生了四個健康的孩子，怎知小兒麻痹症是什麼？突然這不足一歲的女兒由發燒轉爲雙腿軟弱無力，再不能站立，驚慌失措四處求醫，像一個欲投告天帝而不知天門何處的無依女子。常常替母親設想她當年的辛酸，都覺心疼不忍。假如我在稍懂人事的年齡得病，也許會懇求母親放棄，讓我自生自滅。終於在二十四歲之年對母親迸出這句話，不是懇求，而是吶喊。

那年爲矯正脊椎側彎，進入台大醫院手術。躺在病床上的我，一直壓抑傷口的疼痛，唯恐牽動母親的心情。終因無法忍受極致的傷痛時，悲憤的情感像沖毀的隄防，淚水如長江大河翻滾而出：「爲什麼要生我？乾脆死死去，免得活著艱苦！」母親被我逼出一脈清泉：「既然要死，何必等到今仔日？龍骨（脊椎）多割兩條傷口，流一堆血，敢不是太冤枉？」

母親用「冤枉」二字，如神來之語。如果我來世一遭是冤枉，母親何嘗不是更冤枉？母親的痛語把人生看得比我透徹，她似乎明瞭生命的難關總要度過，冤或不冤並非我們所能決定了。

住院的日子，是我們母女最接近而親密的時光。病床上，母親親自餵飯，料理所有的私事。在母親眼前，我如同嬰兒，不用害羞，可以安心把最狼狽的自己交出去。每天她爲我擦澡，看到我身上兩條如蜈蚣般長約四十公分的傷痕，許是想起她的女兒從小到大，開刀數次：「全身軀割得攏是一條一條，敢眞正出世來食苦的？」朋友來探視時，母親會撫摸我的脊背，對朋友招呼：「你來看！伊的龍骨有直沒？」有時她不太相信朋友肯定的回答，還轉頭再問我一次。同樣的問題，她總是問上好幾遍，似乎這才能證明女兒的苦沒有白受。

剛從手術大樓回病房時，身體感到極度虛弱和刺痛。左右手腕輸著血液和點滴，脊背如幾千支細針穿透，毫無自主運作能力的雙腿更是僵直、痠麻得無以復加。母親不時地助我變換各種姿態，為我做腿部運動，那冰涼的雙腿，握在母親熱熱的手掌，格外溫暖。全身的血脈一下子都通暢起來。到了夜晚，腿又麻痛，難以入眠，喚不醒熟睡的母親，她想了法子，拿條繩子，一頭繫在我觸手可及的床沿，一頭繫在她的手腕，微笑地說：「你若不爽快，就揪繩仔，我就會驚醒啦！」那個晚上，我每隔一小時拉一次繩子。天色將白時，母親已經疲累不堪，她一邊為我按摩一邊睏頓，迷迷糊糊說了一句：「一暝攏在無閒你這雙腳。」說著說著竟睡著了。

還記得小時候母親替我洗澡的情景，她常撫握著乾瘦、毫無生氣的雙腿要我使力，我無能為力，搖搖頭。母親很失望，卻突發奇問：「這雙腳給它斬斷，敢好？」我分不清母親是玩笑或認眞，趕緊「用手」搶回來：「不要！不要斬腳！」「為什麼不要？你不會走，留這雙腳無路用。」我嘟著嘴說：「留著就有路用啦！」那時候和母親同床共眠，每天夜裡，她一上床就在被子裡尋我的腿，一把將冰冷的小腿夾在她的大腿之間，讓我暖和地睡到天亮。

直到十二歲離開了母親，她不再提起鋸腿之事。那年小學尚未畢業，父親送我到台北振興復健醫學中心治療。母親忙於生計，一直無法抽身北上探望。有一天，我在上課，坐在最後一排位子，眉角之外彷彿有一位熟悉的身影站在教室外四處張望，我正眼看去，竟是母親，急忙推著輪椅衝出教室，直喊媽……。母親蹲下來，撫摸我打石膏的右腿，淚珠不斷滾到白色石膏上，哽咽的問：「敢是眞痛？會艱苦否？」我依在母親肩上泣不成聲：「媽……我要和你轉去……轉去咱厝……」。

後來才知道母親是跟著隔壁家的貨運車來到台北，問人尋路才找到她日夜牽掛的女兒。我可以設想，當年三歲時，母親千里迢迢送我到屏東醫院開刀，是多麼不易？正如她說過的：「若有仙藥，天邊海角攏會想辦法去找。」有時眞不可思議，她是憑著怎樣的意志與命運之神奮爭到底？然而母親很少在我面前誇耀，倒是常常感慨：「一定是前世欠你的債！」

記得有回放學前一陣暴雨，水深及膝，母親無法騎腳踏車，只好涉水來校背我回家。母親身子微胖，尚能承受我在她肩背上的重量。我緊緊環抱她的頸部，可是母女身上濕冷的雨衣互相摩擦，總是往下滑墜，母親得不時挺直身子，調整我在她背上的位置。那日雨勢猛烈，視線模糊，路面的積水使母親寸步難行。不想，母親竟失足跌至水面，雙膝跪地，我哭叫著：「媽！別管我了，放我下來。」看不到母親的表情，只聽得她哽咽的聲音：「抓緊不可以放手！」母親以手掌撐住地面，努力幾次才站了起來。十分鐘的路程走了一小時，回到家中，母親將我從背上重重地摔到床板，擤著鼻涕泣不成聲：「前世欠你的債……欠你的債……還不了……。」我也猛搥自己的雙腿，拚命的說：「我不要這筆債……我不要……。」

我算不清這筆債究竟是怎麼來的？一直以爲是那年八七水災之故，使得小兒痲痺症濾過性病毒像瘟疫般大流行，因而不幸感染。直到三十歲才知道是母親的鐵齒，當年鄰居阿清嬸和阿雲嬸都要帶她們的孩子打預防針，亦曾前來邀約，母親不以為然回絕：「查某子隨在捏捏就會大漢，哪有需要去注射？」於是那兩位與我同年同月生的女孩都安然無恙，唯獨我不能倖免於難。總以為是天災，原來也有「人為」！

有一段時間久久不能釋懷，不肯相信母親的一念之差，竟主宰了女兒一生的命運？近年來已慢慢懂得母親那份「還債」的心理背景，彷彿只有以「前世債今生還」的理由，才能說服她承認當年錯誤並接受這份苦難。果真一切都是命運注定嗎？

從振興復健醫學中心回家，我拄著拐杖，穿著肢架，亦步亦趨地走到母親面前，以撒嬌的口吻：「媽啊！以後莫要斬我的腳啦！」她紅著眼：「好加在沒斬去，眞正留著有路用哩！」不料能站立行走後，卻和母親聚少離多。時空之隔，總讓我們在親密與疏淡的邊緣游離。

長年在外的生活歷程，對母親而言是模糊的，甚至是陌生的。她彷彿都還來不及細看，歲月已經描繪出女兒長成的畫像。有一日，我聽得她對鄰居說：「伊就是愛讀書，二十幾冬攏住在外頭，不像是我的查某子！」

記得考取大學時，她問：「敢是同名同姓的？」考取研究所時，她將信半疑：「敢是報紙有刊才準算？」也許她無法置信，這會是當年與她發生衝突執意要讀書的小女兒。國中畢業那年，母親反對升學：「跛腳跛手讀書無路用啦！還是去學打金子卡好，會賺錢卡穩當！」我以強烈的口氣回應：「既然無路用，應該讓我去死死……！」就這樣哭著逃離了家，到台北參加高中聯考。

如今母親已經認同我堅持讀書的理想，不過她賜給我「鎮家寶」的封號，並非因爲我取得博士學位，而是保全了她的左腳。母親患有糖尿病，幾年前左腳大拇指被牙籤戳傷，傷口嚴重化膿甚至擴及腳掌腫大發黑。家人送她急診入院後，醫生只是每天來爲她消毒換藥，一星期後未見改善，醫生透露可能要截肢的消息。當年母親砍斷雙腳之戲言猶在耳邊，豈料今日竟是母親面臨截肢的危機？我在台北聞聽消息心焦如焚，母親爲我這殘障女兒已然付出代價、受盡苦楚，焉能忍受她自己也變成形殘的命運？我南下趕到醫院，請父親準備一包家中售賣的白木耳，寫好一封陳情信，信中暗藏紅包，找到醫生的診療室親自呈交這份禮物。第二天早上，醫生終於爲母親切除潰爛化膿的傷口，然後喚我到病房外誠懇的說：「你的信寫得很感人，難爲你這麼孝順，媽媽不會截肢，紅包還你。」我一心爲母親，只得拋擲自己的好惡，不惜做出「入境隨俗」之事，反而得到這樣的讚美，眞是哭笑不得。看著醫生轉身而去的背影，想著處於幽暗與光明之間的人性，竟是如此複雜。

那一段時日，我留在醫院陪伴母親，除了和她說話、吃飯，每隔一小時要到護理室換取冰塊裝成兩袋，供她冰敷止痛消炎。我將冰袋繩子繫在左右手腕上，才能空出手掌握著拐杖慢慢走回病房。醫院的地板光滑無比，每次總是走得戰戰兢兢，我告訴自己絕不能摔跤，否則母親會下令讓我回台北；而好不容易爭取留下陪伴的心意將會前功盡棄。我暫住離醫院較近的朋友家，以便可以自行坐計程車往返。每天早上一定在醫生巡視病房換藥前到達，有時來得稍晚，醫生會問母親：「妳的女兒呢？」母親頗爲得意，對同病房的人言道：「伊是阮的鎮家寶。」

兩三年前母親視力遽減，卻未告知父親，經由鄰人介紹，自己坐車遠赴高雄一家眼科診所，進行白內障雷射手術，前後只間隔一個星期。手術後依然未見好轉，卻爲雷射後的傷口輾轉求醫，一時聽信他人任意吃藥亦是枉然。她非常沮喪，終於接受我的建議，到台大醫院徹底檢查。我打聽親切知名的眼科醫師，爲她掛號，用無線電叫計程車陪她到醫院。爲減輕走路負擔，我在服務台借輪椅，利用電動升降機上台階，我指引母親眼科門診的方向，母親則以其微弱視力推著我。穿過醫院走廊時，可以看到十餘年前爲矯正脊椎側彎而被推入手術大樓的路徑，回想當年母親的視力還能前來照顧重大手術的女兒；再設想幼年罹病時，母親背著我屏東、台南、彰化、台北等四處求醫的情景；而今竟然是我做母親的眼睛，陪她來到我任教的台大附設醫院。今昔之比令我心中千折百回、黯然神傷……，我偷偷拭去眼角的淚水。

號稱「鎮家寶」的我，上次是幸運搶得治療契機，使母親免於被截肢的苦刑；而這次母親則是因爲糖尿病併發症，致使視神經萎縮，華佗再世亦無能爲力。沒能提醒她及早注意糖尿病飲食、檢查保養眼睛，加上倔強任性的母親擅自主張，同時雷射雙眼，鑄下不可挽救的錯誤，成爲我心中永遠的遺憾。原以爲我這個鎭家寶可以從台南移轉到台北，卻只能徒嘆奈何！事實上無人能抵擋母親自我作苦的悲劇性格，猶如無人能抵擋她當年斷然拒絕爲我注射預防針的決定，難道眞的一切都是命運注定？

母親一生孤苦艱困，五歲喪母，十二歲喪父，爲了謀生，七歲即幫傭替人看小孩；曾經賣檳榔、粉圓、仙草、甘蔗、湯圓，學會做米糕、發糕、菜糕、包粽子、糯米腸等手藝，自行謀生。十七歲嫁給父親只有「兩個碗公兩雙箸」，不畏困難經營小雜貨店，以其過人的智慧記憶各種物品價格，學會心算加減乘除，甚至書寫阿拉伯數字。半世紀以來和父親赤手空拳打下了這片家園土地，栽培五個兒女成家立業。長年爲多病之身所苦所累，外加照養一個重殘女兒的辛酸，晚年又可能面臨失明的危機……。如今即使我功成名就，又豈能收回母親此生在顚沛困阨中所流的淚水，怎能還給母親明亮清澈的雙眼？

數十年來，母女在各自被注定的命運下歷練掙扎，感情由疏離而了解而親密。有時我們相對閒談，竟不約而同的說：「後世莫要再出世做人了！」我對母親說，如果一切眞的都是命運注定，就好好修完這輩子苦難的功課，修得來世再不爲人吧！也許這會讓我們面對命運的諸般苦難時，活得甘心些！

百年坐不壞的椅子

〔生命記事〕

生命中除了父親爲我精心設計的特製椅，還有一些意義深刻的椅子。一把是母親找隔壁藤椅店編織訂做的「生活椅」。十個月大病後，全身軟弱無力；此後匍匐而行，脊椎側彎日益嚴重。因此必須有一把生活椅讓我安全坐上，不致於翻仰或跌下去，故椅子得有靠背、有扶手；也爲了讓我安全自行爬上爬下，椅子的高度得要恰到好處。因此這張藤椅只有二十公分高，椅面是平穩的正方形，靠背是完整橢圓形面，椅背兩邊藤條連接扶手而下，可以使無力的脊背完全憑靠，讓雙手舒服的、自然的安放在兩旁。

這把生活椅平常大都放在屋簷下或門前黃槿樹下，母親一面看管雜貨店一面餵食；洗澡後將我放置其上，爲我擦拭穿衣。上小學後，坐它寫功課、下跳棋、讀故事書、替母親看店，或在樹下睡午覺或乘涼於星空下。學會拄杖站立行走後，再無法使用低矮的生活椅，就像告別伏地而行的歲月。上大學後依稀記得還曾看見它，只是被當成一把普通的小藤椅，供小孩坐坐，沒人知道椅子的來歷。有一次返鄉突然不見它，問起母親才知道坐壞了、丟棄了。使用二十餘年的藤椅也夠堅固，但畢竟毀損了；然而生活椅的故事卻點滴在心頭，不曾消失遺忘……。

另一把是恩師趙國瑞女士為我訂購的第一台「輪椅」。國一就讀彰化仁愛實校，雖是為殘障生設立的公立學校，卻以水療室為澡房，洗澡設備極為簡陋。從宿舍到澡房頗有一段距離，我的腋下撐著拐杖，手掌握住拐杖中央的橫木，左手還得伸出三隻手指扣緊洗臉盆，右手手腕還得圈住裝著換洗衣物的塑膠袋。這樣一步一寸，大約要二十分鐘；有時走著走著，一滑手，衣服臉盆落地，甚至人也跌倒。沒人經過時，自己要慢慢爬到牆壁邊，先將拐杖靠著牆，才有著力點可以支撐，總是要費許多力氣才站得起來，然後一手用拐杖將塑膠袋勾起來，另一手去接；再用拐杖技巧的將臉盆底部靠牆，用拐杖頭抵住，讓它沿著牆壁往上推到伸手可及的高度。這豈是馬戲團能訓練出來的？其實不過是情急生智、智中生巧而已。如果恰巧有輕度殘障同學經過，他們也只能幫我撿起臉盆衣服，仍然得自己跌倒自己爬起，同病相憐的同學，能有多少相互扶持的能力？心有餘力不足啊……！洗完後，再走回宿舍，往往已是汗水淋漓。

趙老師第一次來學校探望我，陪我走了這一段路，非常驚訝：「這樣的洗澡實在太辛苦了！不行！一定要買一台輪椅給你。」我趕緊拒絕：「不要！輪椅太貴了，不要讓老師破費，我會適應……。」說著說著不禁哽咽。「傻孩子！金錢是身外之物，金錢買不回你的健康，可是金錢買到的輪椅，可以節省體力透支，可以節省許多寶貴時間，可以代替你的腳，不讓你這麼勞累……。」趙老師非常激動。那天傍晚，我們在校門口道別，離情別緒的黃昏，顯得淒清孤單，趙老師忍不住摟著我的肩膀，含著眼淚說：「讓你來這兒求學，好像把你丟棄在荒郊野外，實在不忍心，不知是對是錯？」「不是老師的對錯，是我活下來究竟是對還是錯？」一時之間，我竟在趙老師懷裡傷心飲泣起來。

趙老師回台北不久，專門製作復健器材的廠商就來爲我量身訂製；一個月後送來一台光燦奪目的輪椅，同學都投以羨慕的眼光。有了輪椅，我經常替同學搬運臉盆衣服到澡房、回宿舍，我當時想應該要將趙老師的愛分享給朋友才是。從此我在宿舍與澡房之間來回輕鬆自如，洗澡後也不用再穿束縛全身的鋼鐵肢架，輪椅直接滑到餐廳用晚飯，到校園乘涼，到教室晚自習。這一台輪椅從國中運到台北，陪我十幾年住校的時光；直到寄居趙老師家仍繼續使用；四、五年前，不鏽鋼輪軸終於斷裂。第一台輪椅整整使用將近二十二年，雖然也是損壞，但是輪椅負載著深厚的師情，卻如江上清風明月，取之不盡、用之不竭。

還有一把是台大中文系樂蘅軍教授贈送的「墊腳椅」。夜間部二年級時，樂老師講授「現代散文課程」；那時沉浸在老師講課時精彩的輝光之中，總是被老師深入解讀文學作品的內在意涵所感動。後來一直沒機會修老師的「古典小說課程」，博士班四年級時聽說老師將提前退休，於是把握機會前去旁聽，重溫老師上課的光彩。我習慣坐在第一排，教室椅高度不合適，坐上時兩腳懸空不能著地，其實這樣的不舒適已經十幾春秋，倒也習以爲常了。開學後第二週進教室，發現我常坐的位置下多了一張正方形矮板凳，椅面是竹子形狀花紋，與一般的木頭板凳不同，極爲古雅。老師走過來低聲對我說：「上課時無意中看到你懸空的雙腳，想必難受，所以買張小椅子讓你墊腳。如果墊得太高也不舒服，走了幾家店才挑選到，你看合不合適？」我一時語塞，感動得說不出話來。

人生相與，有幾回這樣的師生之情？這樣溫柔細膩、善體人意的女性情懷怎麼會出現在大學校園裡的小教室？我由「學生」角色走過來，如今忝爲人師，我深知，不是每一個學生都能像我這樣幸運，也不是每一個老師都可以和學生有如此深厚的緣分。這樣的師生情緣，不是短暫的歲月，是十幾年的積累，用「心」用「情」才能造就而成的啊！而如果連如此動人的師生情誼，尚且不能永恆持有，又豈能對抗紅塵俗世中種種不眞不誠的感情？因此當樂老師說「你永遠是我的學生朋友」時，讓我刻骨銘心；猶如爲我尋訪「墊腳椅」的情意，讓我永遠珍藏記掛於心。在動盪不安的時局和冷暖幻化的人世中，誰敢說「永遠」？

母親用心良苦訂製的生活椅，象徵她從不放棄我；趙老師不惜高額訂購的輪椅，象徵她替代的雙腳，陪我峰迴路轉；樂老師耐心尋訪的墊腳椅，椅面上的竹紋，象徵彼此清高淡雅的情誼，它們在我心中都是「永遠」。

* *

一把椅子代表一個「座位」，一個座位象徵人們可以擁有一個「位置」；在古代這個位置還是「身分地位」的標誌，如皇帝坐龍椅，公侯將相坐太師椅，庶民百姓坐木板椅。人類就依靠這個位置生活，顯現其生命或窮達、或尊卑、或貴賤、或榮辱。

在現代，室內椅子的擺設仍然可以顯現主人的氣派奢華或平實簡樸，但多半朝向實用性功能，如書桌椅、餐桌椅、沙發椅、化妝椅、休閒椅、電腦椅等；不論什麼椅子，終究只是一把供人作息的椅子。而在公共場所，例如博物館、美術館、畫廊、醫院、銀行、郵局、公園、遊樂場所等，更少不了椅子的設置。即使深山小徑，總也會看到天然不規則形狀的石頭椅或人工設置的木頭椅，讓登山旅遊者可以歇歇腳。如果是荒郊野外尋不著任何一把椅，仍然可以席地而坐。

對形體自由的人，只要有一把椅子便可以隨遇而安；就算以地為椅，還是瀟灑自在。但是對形體不自由的人，「無入而不自得」之境可就不能盡如人意了。正如我的狀況，全身從小腿到背部穿著直挺挺、硬邦邦的鋼鐵肢架，既不能彎腰亦不能扭身。於是椅子太高坐不上去；太矮蹲不下去；太輕的椅子，一旦站起來沒有平衡點，必定跌倒；太軟的沙發坐下起不來；太硬的木板椅會和鋼鐵肢架摩擦而夾傷皮肉、磨破衣裙；沒有靠背的坐不穩會往後翻仰；會轉動的座椅或有輪子的不能固定，必然滑倒；一般的圓板椅不僅無靠背且椅座面積太小，沒有支撐點……。這些椅子都不要，席地而坐吧！可是我連坐在地上的本事都無有。多盼望拋擲現實生活中所有規制化的椅子而能夠「以天地爲椅」，仍是奢求。

當別人拿一把椅子請我坐時，眞難以向別人說明自己需要什麼樣的椅子？於是經常只能撐著雙拐一直站著；就像在講台上授課時，木製高腳椅太高太硬，一站三小時，站得雙手發痲、兩腿發痠。體貼的學生總是私下來問：「老師！怎麼不坐著？」我只好回答：「站著方便隨時轉頭寫板書。」

對只能站不能蹲的我，也經常爲無法上洗手間煩惱，因爲許多場所都沒有座式的設備。走過三、四十年沒有殘障福利、缺乏殘障設施的年代，如果沒有父親巧手創意的設計，我將不知如何渡過。國中三年級上學期，堅持從殘障學校轉學回到鄉下普通國中的升學班。雖然距離聯考只有七個月，完全沒有把握在短短的時間究竟能彌補多少實力，然而一心渴望升學，也只有孤注一擲，不料卻面臨沒有座式馬桶可用的障礙。從早上七點到下午六點，在校這麼長的時間該如何是好？於是父親爲我設計訂製一張「馬桶椅」，雖是仿照馬桶形狀，卻必須穩固牢靠，高度恰到好處，放在蹲式馬桶上必須尺寸寬窄符合，使用時可以正中排便池，不致於流到外處，弄髒洗手間。在諸多因素考量下，父親設計了一張堅固實用的馬桶椅：它的椅腳底部長三十四公分，椅面寬三十公分，四周鑲邊二點五公分，椅面距離地面高三十六公分，全用上等檜木材質製成。馬桶中空處是圓柱體，直徑二十三公分，必須改用不鏽鋼材料，才能禁得起長期使用以免腐朽。從繪製的圖樣，可清楚看到這張椅子的立體造型，以及從其中透射出來的重量與能量，蘊含著父親無限的感情與心思（見圖一）。

我並不是每節下課都能來使用它。鄉下學校因陋就簡，只有一樓設有廁所，而教室在三樓最邊間，我必須穿過長長的走廊，到達樓梯口；下樓後再走一大段路才到目的地，然後原路上樓。那時我才開始學會上下樓梯，每次走一趟大約要四十分鐘，因此只能利用中午下課上一次洗手間，回到教室才吃得下父親送來的午飯。每次都是同學輪流陪我，尤其酷熱的夏季，總是又飢又渴、又熱又累。直到下午放學父親來接時，用摩托車載我再去一趟洗手間，才能安心回家。

每當我回憶這段歲月，總是忍不住心裡的酸苦……。在學校一天只能上兩次廁所，也因

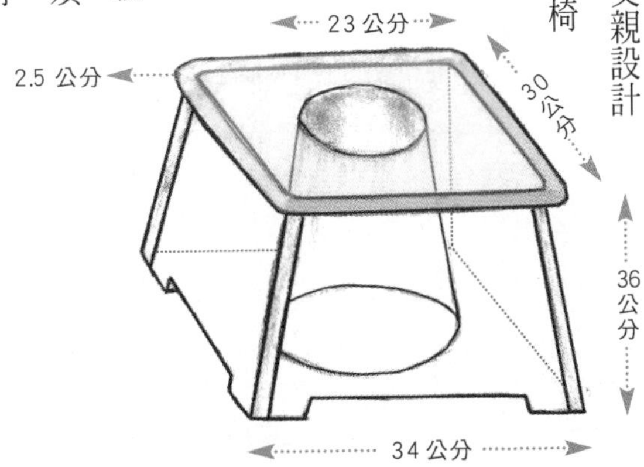

圖一　馬桶椅

此不敢喝開水。如果我沒有罹患膀胱炎或腎臟病，醫生都該視爲奇蹟吧！果眞是上天的悲憫嗎？祂必然看到父親那張巧奪天工的馬桶椅；看到陰晴風雨下，那摩托車上苦難無辜的父女，因此祂必須賜給父親過人的智慧與耐力，讓父親創造設計一張馬桶椅，因而可以扶我、助我渡過艱困的求學生活。

這張馬桶椅隨著我到了台北崇光女中，再到台灣大學，宿舍裡依然是相同的困難。母親特別將它洗刷乾淨，使其煥然一新，陪我開始新生活。父親千里迢迢從台南縣的小村落坐公車、轉火車再搭公車。父親一向克勤克儉，即使拎著六公斤重的馬桶椅，仍捨不得坐計程車。當父親親手將椅子安置在宿舍時，我看到父親不斷甩著痠疼了的手，手指盡是條條的紅色痕跡，那是被麻繩勒緊的傷痕，我忍不住去搓搓父親的手，眼淚不禁滴在那勒痕累累的手掌上……。母親曾說是他們前世欠我的債，其實是老天給了我形殘的命運，讓我今生如此虧欠雙親，不知該用幾世才能還完……？

生活的障礙從如廁轉到洗澡問題，那是就讀台大研究所時期。平常卸下鋼鐵肢架後即不能站立，必須輪椅代步，但進不了浴室，到洗澡房門口，只得爬下輪椅，蹲著走進去，坐在矮板凳上沐浴更衣。大學畢業後，經過脊椎側彎矯正手術，兩根鋼條支撐脊椎，再也不能彎腰蹲在地上走路，洗澡成了新的困難。研究生宿舍有了坐式馬桶，但只有蓮蓬頭沒有浴缸，父親設計的「沐浴椅」要讓我可以安全入座淋浴。因此它必須有靠背，以免翻仰；必須有相

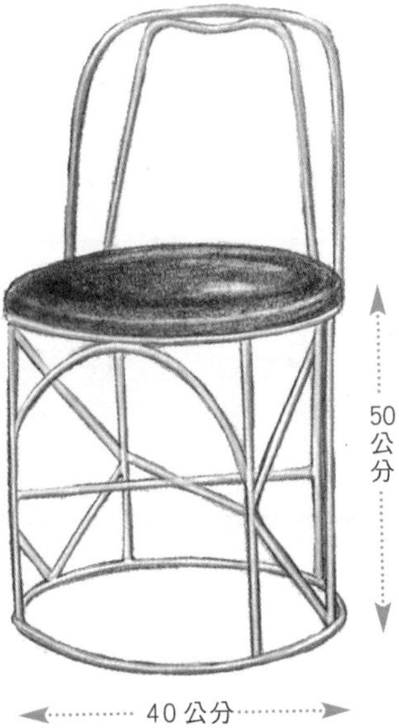

圖二　沐浴椅

當的高度，以便能伸手觸及水龍頭開關，拿得到高高在上的蓮蓬頭。於是洗澡椅是圓形的造型，要能讓我從洗澡房門口，以三百六十度的圈圈轉進浴室內。椅面直徑四十公分，先用鋼條作成圓形，再用若干鋼條焊接此圓，成爲具有支撐點的椅面；爲避免身體接觸鋼條椅座產生疼痛，再用塑膠皮縫製一層厚約三公分的海綿，成爲一張柔軟舒適的椅墊；椅腳高度五十公分，和靠背全是不鏽鋼，才能禁得起每天熱水沖濕；椅腳其實只要四支鋼條即可支撐，但在各鋼條之間還加上不同的線條，增添椅子的美感造型。父親不僅讓它產生實用的功能，更讓它具有視覺的美感藝術，我想他是當成一件藝術品來設計的（見圖二）。

鋼製的「沐浴椅」比木製爲主要材料的「馬桶椅」更有分量，重達九公斤，父親依然親自送來宿舍，並要我馬上試坐是否能達到預期的功能。室友都好奇起身來看，我想對她們而言，沐浴如廁乃是人類生活的一種本能，沒想到一個失去形體自由的朋友面對環境障礙時，連生活本能都變得如此波折。於是殘障兒女的雙親必須練就一身披荊斬棘的好工夫，以便隨時支援子女過關斬將。室友不禁驚嘆：「伯父您好棒哦！」在異口同聲的讚美中，我看到室友的眼眶微紅，看到父親被稱許得有些羞赧，而就在父親羞赧的微笑中，我深深體會父親無言教給我的智慧，那慈祥的微笑彷彿告訴我：與其埋怨環境的艱困或咒罵命運的撥弄，不如學會「兵來將擋、水來土掩」的機智與應變。

同樣為了解決沐浴如廁的困難，父親再設計一張「渡橋椅」。學業完成後留任台大任教，多年來一直寄居恩師趙國瑞女士獨居的家。坐式馬桶和浴缸雖然具備，但公寓式房子浴室空間有限，輪椅仍無法直入。有了先前圓形鋼製沐浴椅的經驗，乃就地取材將趙老師家中的圓形藤椅，當成從浴室門口過渡到馬桶和浴缸的「渡橋椅」。那兩張原是一組藤椅沙發的小配件，雖然椅腳高度只有三十五公分，未能與輪椅同高，費些手力還是可以讓我在輪椅與藤椅之間轉換自如；而且圓面座椅直徑四十五公分，有相當的寬度可以讓我將完全無力的雙腿盤坐其上，然後一手抓緊沿著浴室的牆壁、門把、馬桶椅面、洗手台和浴缸邊緣，一手著力使圓椅旋轉而入。接觸地面的圓圈藤條，經年累月旋轉摩擦，終於斷裂，就這樣坐壞了那兩把圓藤椅。趙老師為我再去家具店選購，都是椅面太小或太高或太矮，再也買不到相同的尺寸。圓藤椅只好將就再用，但旋轉時已感到相當吃力。

父親來時，我問藤椅是否可以修補？再次來時帶了兩條粗電線，沿著藤椅斷裂部分纏繞成圈，因而可以繼續旋轉使用。父親回去不久，來長途電話要藤椅的尺寸，於是全部以檜木訂製而成、完全合乎身體需要之圓面又符合輪椅高度的「渡橋椅」誕生了。為了增強與地面接觸的堅固，下方特別用完整的圓木板，中間用四塊粗厚的木條連接上下圓木板，木條中央皆有半圓形弧度，兩兩對稱，形成一種透視感，從任何一個角度看去都可看到中空的心形圖案，如同父親透明光亮的愛心。仍然是一把厚重結實而具有美感造型的椅子。渡橋椅訂製了兩把，一把送來台北；一把留在台南家中，便於寒暑假返鄉時使用（見圖三）。

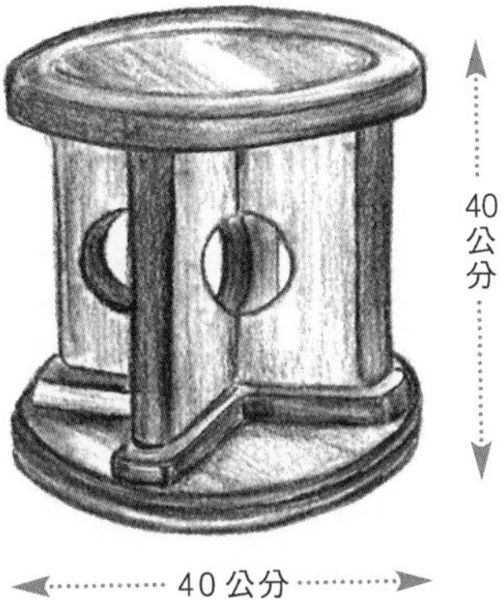

圖三　渡橋椅

父親不是專業的鋼鐵匠或木匠，亦未曾學過專業設計，卻有這般令人歎爲觀止的設計能力和美感心靈。母親告訴我，製作這些椅子時，父親都是放下手邊工作，整日在師傅工廠參與監督，廢寢忘食。

細細回想父親精心設計的椅子，送來馬桶椅時已稍見灰白頭髮；送來沐浴椅時黑髮更爲稀少；送來渡橋椅時，年過七十的父親已是鬢髮如霜……。他從不誇耀每一把椅子花了多少心血、時間和金錢，但一定向我保證每張椅子的堅固耐用，總是以非常篤定的神情說：「這是讓你坐一百年也不會壞的椅子。」是的，馬桶椅用了九年，最後留在大學部宿舍，可讓行動不便的學生繼續使用；沐浴椅帶回趙老師家中成爲待客椅，可以向朋友展示父親的愛心；而渡橋椅用了兩年，仍然完好，未見磨損痕跡。當該是可以坐一百年的椅子。

但願眞能坐上一百年。事實上我眞正擁有的，不止是這些百年坐不壞的椅子，更有父親那永恆不滅的「愛心椅」，那是生生不息、傳之久遠的心靈寶藏。走過多少泥濘的歲月，是父親給了我無數安全、安定、穩固、厚實的椅子，讓我可以在風雨飄搖中屹立不倒。

而百年之後，也但願我的魂魄形體都能得到完全自由，再不要紅塵俗世界定的「位置」，也不需要這些特製椅子，可以眞正「以天地爲椅」。

回鄉偶書

〔生命記事〕

少小離鄉，每年寒暑假方得返鄉度假，一年在家的日子眞是可以屈指計算。雖有五個兄弟姊妹，但只有任教小學母校的二嫂黃秋玉和兩個孩子與老人家同住。二哥原爲軍人，早先還得個把月才能回家一次，升遷後每個週末假日可回家；退役後遠在台北工作，仍然如此。身爲現代女性，我的二嫂卻有其不平凡的忍耐力與包容力，她的內斂自持與涵養工夫是我極爲欽佩的。我一直感謝二嫂，代替我們這些子女盡孝。

儘管每次返鄉，生活及行動多有不便，但是與父母、兄嫂、侄兒相聚仍是我最大的期盼與快樂。父親每天必吃消夜、淺酌一杯，我縱容自己的體重時，偶爾享受父親的美食好酒。夏天時，母親每晚飯後總是在家門前斜躺於涼椅上乘涼，我會和她一起在星空下聊天，講一些教書生活上有趣的事情給她聽。二嫂也放寒暑假，白天往往是我們無所不談的時間，眞正能夠分享傾訴心中的悲喜煩憂；而回家時生活所需及上下樓之扶持更多依賴二嫂。晚上侄兒們輔導課放學，做完功課後，總是在我房間賴到深夜十一、二點，從小教他們玩各種撲克牌遊戲、下跳棋、五子棋、象棋等，現在卻經常是他們的手下敗將。二哥世賢放假回來泡茶時，總是在一旁和他聊些人事往來的疑難雜症，往往多有啓發。二哥讀法律，頭腦冷靜，每當我自以爲說出天大的煩惱，他都是四兩撥千斤，我笑他是個不知民間疾苦的法官。自從十年前他開始接觸古玉、石頭、茶壺、繪畫、雕刻等藝術之後，變得溫情多了。他知道我對生命有不少心結，有意無意總是講些禪理，不厭其煩教我一些靜坐的基本功，要我每天用十分鐘做功課，調整心靈的秩序與生理的運轉，使身心維持平衡狀態。有一次他淡淡地說：「不要再用聲嘶力竭的方式生活。」這句話對我如醍醐灌頂，原來生命不該用吶喊，而該學習用太極工夫。

* *

離家時才小學六年級，悠悠一過二十年，家鄉多已物是人非。一年一度返鄉，對周遭的人事物，每次總發現多了些什麼，又覺得少了些什麼。不只是兒童，有些孩提時代的玩伴，甚至鬢髮霜白的長者，乍然相見，也都不相識了。

打從少年時代即偏愛詩人鄭愁予的情懷：「我達達的馬蹄是美麗的錯誤，我不是歸人，是個過客。」雖然我尚無法肯定命運的安排是否美麗是否錯誤，但流浪的情懷依然濃得化不開。多少年來，我只偏執地認為自己是個飄泊者，直到有一次，鄰人問我：「你要回來住幾日？」猛然驚覺，原來在鄉人眼中，我早已是個過客。

回家的日子，總愛佇立於家門前，放眼觀望。這一帶仍舊是全村最熱鬧之處，左鄰右舍多是店鋪，又近臨十字路，更覺繁華。街道兩旁的房子，幾年前陸續蓋起四、五層的高樓。記得建蓋第一棟高樓是在村裡開業數十年的牙科診所，當時村人們對龐然建築猶議論紛紛；才幾年光陰，一棟一棟的高樓漸次聳然而立。從前原是鱗次櫛比的水泥平房，各家店鋪屋簷相連，幾戶人家可以穿梭其間。那時街道尚未拓寬，車輛稀少，家門前還有棵枝茂葉盛的黃槿，放學後便呼朋引伴，在樹下寫功課，晚飯也經常這麼吃將起來，感到格外香甜，彷彿點點星子都是晶瑩剔透的調味品。大人們也喜歡納涼夜空之下，母親索性搬出竹製的躺椅，一邊看店，一邊閒話家常，總是聊著聊著就睡著了。前年由台北返鄉，小侄兒興奮遙指觸目可見的紅綠燈，急於分享新奇的信號燈給遠道歸來的小姑。顯然橫行跋扈的車輛已侵入這片悠然自在的小鄉村，我站在門口都感受到威脅。星空下的閒情成了神話。

尚未改建高樓的是十字路轉角的小屋，上層是木板加蓋而成的小閣樓。下層是父親當年的理髮店。小時候，頭髮才稍稍長些，母親就下旨讓父親為我剪髮，一剪髮即淚滴直流。亮麗的髮絲總被無情的剪裁，因此最厭惡到父親的理髮店。可是每年農曆三月初三，迎神賽會的日子，卻迫不及待請母親背我上小閣樓，以便能夠一覽無遺迎神賽會的行陣。

一頂一頂的神轎經過，我都依母親之意，合掌膜拜。看到坐在白鶴上的小仙女，我則暗自祈求，請她們回天上時懇請觀世音，讓我來生也是個能騰雲駕霧的仙女。迎神賽會中，最期盼是千里眼和順風耳頸上垂掛的大餅，母親每次都身手矯健的摘一兩塊餅給我。傳說吃下耳神、眼神的糧食將受到護佑。母親用心良苦，總希望每年能讓我吃到神明所賜的糧食，積累一些後天的造化吧！最怵目驚心是那些鮮血淋漓的乩童。他們大多是壯年之人，手持鋸形木劍，像失了理性般砍斫自己的頭部和赤裸的上身，令人不忍卒睹。但是在迎神賽會後第二天看到他們，竟然髮膚無傷。我好奇地問母親，被叱了一聲：「猴囝仔不行黑白問！」直到現在，它仍是我心中之謎。

母親所謂的不可問，也許就是一種「天機」吧！這種信而不問、存而不論的態度也許是傳統中國人一種堅執的信仰吧！每次迎神賽會皆耗費巨資，卻能年年沿襲不輟。那座歲歲年年供人焚香膜拜的玄天大帝廟，近年更由村民自由樂捐，重新修建。不論文明如何變遷，卻無傷於這份虔心的信仰，這股力量不必借助語言文字，而是發自庶民百姓心中自然的流露！

離開家鄉後再沒看過村裡的迎神賽會，反而在台北青年公園的「民間劇場」看到類似的活動。所謂「高蹻陣」、「牛犁陣」、「車鼓陣」原都是鄉村所見，只是當時不知其名而已；

而鄉村一脈相傳的信仰在大都會中竟被視如珍寶的展現發揚。或許在新時代巨輪下，總有些不被碾壓而一再被喚醒的民俗文化吧！

今年農曆三月，我專程回鄉，重溫迎神賽會的熱鬧慶典。我不必再到小閣樓，當年蹲地爬行，如今我已能拄杖而立，且亭亭玉立站在人群中同享盛會。

散會之後，只見一群人紛紛擁向理髮店對面的轉角處，原來他們都買香腸去了。孩童時代，阿旺伯就在這兒賣香腸。每天下午三四點左右，我在家門前黃槿樹下寫功課，當陣陣香味撲鼻時，便知道是阿旺伯騎著腳踏車緩緩前來了，十字路口的轉角處是他賣香腸的據點。阿旺伯烘烤的香腸，顏色調味深淺濃淡兩相宜，我沒有零用錢，只有考一百分時才理直氣壯地要求母親獎賞。一小片香腸的餘味總是繚繞唇邊，久久不去。客居異地的歲月，每遇香腸必買來嘗之，然後不以爲然地搖搖頭，似乎普天下無人能及阿旺伯烘烤香腸的眞味。朋友總是笑我：「什麼都是你家鄉的好！」

我也湊興去買香腸，第一次走近阿旺伯的車攤前，親眼見到他純熟的烹調技巧，且仔細端詳阿旺伯臉龐的風霜以及他自得自在的神情。「阿旺伯！烘醃腸有秘方否？」「哪有啦！幾十年攏是這樣烘！」他隨手遞給我一根香腸，那正是我念念不忘的家鄉風味。阿旺伯的香腸一賣四十年，聽說嫁女娶媳，也蓋了大樓；而賣縫紉機的阿清伯，生意卻隨著工商發達而日落千丈。

阿清伯受過小學教育，裝配縫紉機之餘，閱報自修，故見識頗廣，出口都是文言的閩南語。阿清嬸為人縫衣製裳，可謂夫唱婦隨。他們大約同時與家父母來此定居，我和他們的女兒阿玉小學同窗，感情甚篤，是為兩代之交。後來阿玉家便成為我唯一可以串門子的地方，經常和他們一家人聊得忘記回家。我因雙腿穿著肢架，長褲需特別裁製，自然非阿清嬸莫屬。阿清嬸不像鄉下的歐巴桑，言語輕柔，有一股溫婉古典的氣質。沒想到剛上大學時，阿清嬸竟因腦溢血猝然而逝，那是我生平第一次體會長輩的死別。

阿清嬸的離去，阿清伯突然蒼老許多，中年喪偶，加之生意蕭條，更使他寡言少歡。曾經以剩餘積蓄投資生意亦告失敗，幾度試圖轉業都不得志。每次回鄉去探望，都覺得他像落寞孤獨的老人。

誰也料想不及，咱兩家會因蓋房子而決裂三十多年的世交之誼。我家房子前後兩進，後進屋舍早在我高中時代即已建蓋四層樓房。前進屋舍仍是舊式平房，做為雜貨店鋪，由母親經營。阿清伯與我們僅隔三戶人家，三戶都是高樓。這五戶房子屬共同土地，任何一戶改建，須得其他四戶同意。大學畢業那年，父母親有意改建店鋪，阿清伯要求我們遊說其他三戶分割土地後才簽章，家父母則說先簽章再商量土地分割之事。雙方僵持不下，終於決裂，斷絕往來。滄海果真可以在一夜之間變成桑田？

阿清伯和家父母之間的恩怨，使我和阿玉也尷尬起來。我以為上一代的恩怨不當波及故舊情誼，仍以平常心去找阿玉，三番兩次，終覺對待之心已有差別，果眞是「情隨事遷」的人生？

就這樣兩家的平房一直沒有改建，夾在新的高樓之間，顯得格外不協調。誰知道它會是個永遠的僵局？如今母親也收拾起經營了三、四十年的雜貨店，她說：「三、四間雜貨店拚生意，實在無法度，爲賺一兩塊銀，和厝邊變成冤家，何必如此艱苦？」母親選擇做一個急流勇退的人，以保全鄰居之間的情誼，何嘗不是一種智慧！

母親開始全心全意做父親的「助手」，替父親包裝木耳。我上中學以後父親不再當理髮師，理髮店先是出租，如今也變賣了。父親轉業木耳生意後，蒸蒸日上，十年來，打入全省各重要市場，成爲木耳中盤商。這些年，家中經濟改善，皆因父親轉業成功。在現實的洪流裡，在社會的蛻變下，父親是極能應世而有所成的人吧！

雖然經濟改善，雜貨店關閉，但多少年來，全家生活仍以舊店鋪爲中心。母親依然使用古老的廚灶，睡堅硬的老木板床。一家大小也都擠在紅檜木的小長桌用飯，有時還得站著；晚飯後，仍是坐在店鋪裡聊天飲茶，看著已有二十多年歷史的黑白電視。而若干年前建蓋的樓房，除了兄弟姐妹的臥室在使用外，父親精心設計的客廳，柔軟舒適的沙發，新購的音響、電視及設備完善的廚房，都成了裝飾，偶爾招待客人而已。父母親還是習慣在舊房子生活，全家人也跟著習以爲安，是否潛意識裡還依戀過去的生活模式？

我何嘗不是如此？不也是依舊喜歡站在家門前觀看人來人往嗎？尤其在黃昏或入晚以後，更習慣性地佇立門口，仰望星空，獨自歌詠，不自覺吟唱的竟都是「老黑爵」、「菩提樹」、「憶兒時」、「重相逢」這些古老的曲子。家門之前已然是我唯一能憑弔的地方，而唱歌抒懷也成爲我唯一能憑弔的方式。當年的玩伴，今皆各自離散，我已經找不到「共翦西窗燭，卻話巴山夜雨時」的友伴了。

門前的黃槿雖因拓寬道路而砍伐，但是黃槿下的嬉戲依然記憶猶新。記得自己最喜歡參與抓米袋和彈龍眼核兒的遊戲，經常勝過其他的孩子。而當別人玩陀螺、跳繩子、跳橡皮筋、踢毽子、跳格子時，我只能在一旁觀看。有一天，我突然大膽要求：「我也想踢毽子好不好？」「你也要踢毽子？……好啦！」他們滿臉困惑。我挪動身子，端坐地上，背靠樹幹，左手拋毽子，右手抓緊右腳板迎毽而踢，只踢了一下，他們看得目瞪口呆，拍手說好。熟練之後，踢的次數多達二、三十次，我已能掌握毽子在手腳所及的方寸之內。別人「腳」踢毽子，我卻用「手」，不亦樂乎！後來我以同樣的方式玩跳格子，又平添一項可玩的遊戲。孩提時代，眞是貪玩得不知害羞，天眞得不知憂愁。

上學讀書，學得算數，開始玩「撿紅點」，與其說玩撲克牌，不如說是數字遊戲。四、五年級時，更著迷下跳棋，同齡的玩伴都不是我的對手。我轉而向就讀國中的阿輝挑戰。阿輝住在另一個村子裡，他和對面鄰居阿進同班，所以經常騎著腳踏車來此一起玩耍。阿輝功課好，一臉俊逸，他有一股特殊的氣質，村裡的男孩皆不及。我們經常在下完跳棋後，坐在門口樹下單獨聊天，我喜歡聆聽他磁性的嗓音。以後我只認定他，再也不與別人下棋。

離家後，難得再見阿輝。每次返鄉站在門前，總是朝著他騎腳踏車來的方向遠望。偶然遇到阿進，只能從中得知一點一點阿輝的訊息：高中—大學—結婚—定居台北。人海茫茫的台北，我也住了十幾年，卻不曾與他相逢。果有一日，乍然相逢，是否相識？是否還有年少的情懷再來幾回合的天地乾坤？

多少的友伴早成為生命的過客，甚至已記不得幾個名字，然而我的心版上，他們的足跡烙印最深。

回到家中，我一向足不出戶。有一回，心血來潮，拄著拐杖獨自走到就讀的小學，足足走了三十分鐘，汗流不已。以前都坐大姐的腳踏車上學，現在是第一次自己走來，為的只是尋找當年上課的教室以及教室前一整排的榕樹。仔細尋遍皆尋不著，所有枝椏相連、盤根錯節的老榕一無所存，觸目所及盡是一間一間現代化的新教室。我無限悵然：「為什麼改變得這麼多？那些老榕樹都哪兒去了……？」它們如果不材，亦當該因其不材而終其天年啊！

學校的老榕樹不在了；門前的黃槿不見了；阿輝也不知去向了；當年在樹下嬉戲的玩伴，也不知在何處了？還有當年為我挺身而出不惜與罵我跛腳的臭男生打了一頓的阿俊，更不在人世了。阿俊在國中時，因無照駕駛「機車」慘遭「卡車」之禍。一個曾經仗義相救的小英雄，卻因血氣之勇而年少夭折，不知對他而言，算是盡其天年？還是不假天年？

沒人能預知未來這小小村落還會有什麼改變？我自身又將如何轉變？然而，百年之後，昔日的、今日的，一切人事都會灰飛煙滅。

那麼，什麼是變？什麼是不變？誰又能參與其變？也許，該學學莊子「與時俱化」的人生態度吧！

輯四

跛行忘殘　獨行忘情

鞋

〔生命記事〕

脊椎側彎手術後整整休養一年才復學，我的交通工具從輪椅升級爲三輪摩托車，有更自由、自主的行動能力，好像從烏龜幻化成小白兔。原來碩士班同班的洪淑苓和王美秀都已升上二年級。我們三人每週在女九宿舍有個現代文學讀書會，並約定每月創作一篇互相指正批評。她們運用文學語言的藝術技巧及對現代作品的欣賞分析都在我之上，那一段「奇文共欣賞，疑義相與析」的日子對我收穫良多，令人回味無窮。這一篇〈鞋〉是當時的創作，得到二位好友頗多修正。我與之所至參加七十四年時報文學獎散文組，竟進入決選，雖未得獎，仍欣喜不已。《中國時報》副刊登出後，阿盛主編《一九八五台灣散文選》收錄此文；警察廣播電台「文藝之窗」節目主持人李文，專門選出報刊佳文配合音效播出，李文以眞情婉轉動聽的嗓音播放了這篇文章，十分感人。對初試啼聲的我留下美好之紀念。

這篇文章所寫的「母親」是融合了家母和趙老師兩位女性，最後以輕踩淡水河燈影的場景及遐想收束全篇，是為強化「鐵鞋」的重量及其背後透顯出來一生無法穿美麗輕便涼鞋的遺憾。

＊　＊

已經二十五歲了，眞沒穿過一雙涼鞋；當然，其他任何流行時髦的鞋子也未曾上腳過。常常，會忍不住偷偷欣賞別人以柔細的絲襪搭配各種款式的鞋，再看那走路的姿態，優雅得令人生羨。有時在難得一次的逛街，也會情不自禁地在鞋店的櫥窗前佇立癡想，假如她也能穿一雙自己喜愛的鞋……。

她的雙腳經年裹在密不通風的皮鞋裡，尤其是夏天，得不著陽光、空氣滋養，即使腳趾間撒些痱子粉，塞上棉花，仍然抵不住一季的腳病。只有回家從那雙皮鞋中解脫，坐在輪椅上時，一襲洋裝或便衣短褲，方得自在。但是腳板沒力氣，穿不住拖鞋，穿著穿著便自動滑到地上了。人在輪椅上，光著腳丫，袒露雙腿，一副沒生氣地模樣垂在踏板上，實在不雅。朋友來訪，顯得腳上沒個著落，又無從躲藏。

始終不願讓人看見她那被鋼條束縛的雙腿，像機器人般僵硬，畢竟她是個女孩。所以外出時，總是穿著長褲，只露出皮鞋。別人無法想像那被緊裹的，終年不見天日的，是一雙怎樣的腿？骨瘦如柴，扭曲畸形吧？別人只是猜測，不會說出來的。直到有一天，朋友去她家，見她卸掉那雙不起眼的皮鞋，呈露出被鋼條緊束過度而遍佈鞋印痕跡的雙腿，才揭開謎底似的：「原來妳的腿這麼潔白勻稱，夏天穿起涼鞋豈不是好看的！」涼鞋？她笑，幽了自己一默「這不是叫和尚梳頭麼？」

然而她竟然認眞了，開始考慮要買一雙涼鞋。但她有什麼理由呢？猶豫很久，她終於鼓足勇氣跟母親說：「我想……我想……買雙涼鞋，好不好？」語氣遲疑，好像提出一個無理的要求，使她感到有些羞澀，便要轉身離開，卻見母親回頭深深看她：「涼鞋？……好！」母親一向不忍心對她說「不」字，對她要的東西也很少拖延。可是過了一星期，仍然不見買鞋回來。

「媽！有沒有幫我注意合適的鞋嘛？」她迫不及待地提醒。

「有啦有啦！上街就會留意啦！」

以後幾乎每天一坐上輪椅，就在母親面前搖晃一雙光腳：「人家的鞋呢？」

「還沒找到合適的……」拉長了聲音，母親總是耐著性子，笑臉盈盈。她開始懷疑，母親根本就沒意思給她買鞋。

無意中聽到一齣廣播短劇，劇中的母親給他兩個大女兒分別買了溜冰鞋、球鞋、給小女兒買一頂帽子，小女兒泣訴：「我不要帽子，是不是我長得難看要用帽子遮醜？爲什麼不也給我買鞋？是不是因爲我跛腳？……」稚嫩的委屈聲，教人疼憐。

其實只是一個簡單平凡的短劇，不會賺人眼淚，然而她能懂得要一雙鞋的癡心。她眞是想穿涼鞋，即使是一雙最便宜的，她也會覺得滿足。如果母親再不買鞋，她決定自己「想辦法」。

有一天上午，她在書房，突然眼前亮起一雙彩色涼鞋，在母親手裡。她驚呼——好漂亮的鞋，坐在椅子上，仍情不自禁地伸出右手擁抱了母親一下。是一雙平底涼鞋，咖啡色的鞋底，鞋面是三條寬約一公分的帶子，綠黃相間並列，一條黃帶子由外側交叉貫穿而下纏繞在後跟，才一百元而已。

她趕緊上床脫掉那笨重的皮鞋，「用手」輕輕地把鞋穿在腳上，小心翼翼的，惟恐捏碎「玻璃鞋」似的。只見它大小尺寸相宜地呈現在小巧細嫩的雙腳上，兩腮笑得像花朵綻放，冬陽燦然。她不停地搖擺那唯一可以自主運作的右腳板，還翹起腳趾頭，左顧右盼地從每個角度注視穿起涼鞋的姿態。她的腳生平第一次感受到涼爽舒適的夏季，感覺自己的身子輕得彷彿羽化登仙一般。那天，她一直穿著那雙涼鞋，皮鞋冷冷的遺棄一旁。腳板心興奮流了汗水，也不捨得歇息。

她想起第一次「學習」穿拖鞋的興奮。當時七歲，爲了能去上學。在那以前，沒穿過拖鞋，並非赤腳走路，而是穿不著——她是在地上爬的。不知是誰教她，還是自己想出來的辦法，以手掌撐住地面，膝蓋著地，便是用這四個支點伏地而爬，從屋前到屋後，從室內到室外，像隻爬蟲。每天爬得遍身污黑，灰塵總是拂了一身還滿……。還是個不知愁的孩子。

入學那年，母親擔心的說：「這樣子怎麼去呢？還是別讀書算了。」她哭得絕望，天眞地說：「我可以不要小熊不要洋娃娃不要任何玩具過年也可以不要壓歲錢不要玩耍就是不能不讀書別人家的孩子可以上學爲什麼我不能？……」一邊傷心，一邊搖頭，氣也不喘一口，連發「一串」咽語。

她變得沉默，不愛和鄰居小孩玩樂，也不愛和母親說話。每天坐在屋前大榕樹下發呆。她是爬行的，所以不能上學，如果蹲著呢？像天外飛來的神思，她找出姐姐的拖鞋，坐在矮凳上，把小腳放進拖鞋，露出半截後跟，她試著蹲地，幾次不能平衡，蹲得不穩，便跌坐到地面上。然後用手指抓緊鞋面，以手腕的力量使腳板向前挪動，先左邊的手——腳，再右邊的手——腳。一步一步，她終於學會「蹲」著「走」路。她像拾得滿筐張羅在潔淨藍天上的白雲，神氣地走給母親看：「我會蹲著走路，這樣不會弄髒，每天可以乾乾淨淨上學了。」母親蹲下來摟著她的肩膀，眼眶濕潤……。

母親、大姐輪流騎腳踏車載她上下學。別人穿白襪、黑皮鞋，她則是一雙拖鞋。母親特別在鞋面上縫一條鬆緊帶，繫住她的腳跟以免掉落。在學校裡，她曾穿著拖鞋和同學玩跳格子、踢毽子。以後她經常換各種堅固的拖鞋，所有拖鞋都不是腳「穿壞」的，而是手力「抓壞」的。

童年歲月的她，是個用手走路的人。

現在一年四季，年復一年，她只穿著那雙鞋——咖啡色的。那是特製的高統皮鞋，夾扣在左右鋼條兩側，鋼條由腳部一直到背部，成爲她的「外骨骼」，支持她的身體，乃得站立行走。那雙鞋連同塑膠背架和鋼條肢架，稱之爲「鐵鞋」（次頁圖）。任何鞋子都無法替代。

她必須永遠持著雙拐、穿著鐵鞋才能走路。那麼，執意請母親給她買這雙涼鞋有何用？什麼時候才穿得上？記得她央求時，母親的眼神充滿困惑，卻始終沒說破。見她穿起涼鞋時的雀躍，只是笑說：「可以穿好久好久，不會壞掉。」

「恐怕這一輩子也『穿』不壞。」她想。那晚她夢見自己穿上涼鞋，和朋友同去爬山，沒想到走壞了鞋，人在半山處，對鞋哭泣。同伴皆不以爲意：「不過是一雙涼鞋，再買就是，何必如此悲傷呢？」

午夜夢醒，憂思難安，到客廳將涼鞋取來，端端地放在輪椅上，和鐵鞋一同於床側相陪。那一夜未曾安眠。夢中的悲傷情景，是很熟悉的情緒，每次穿壞了鐵鞋都是這般沮喪的。

小學畢業她才穿上那雙支持她站立行走的黑色鐵鞋。六公斤重的外骨骼，讓她每天來來

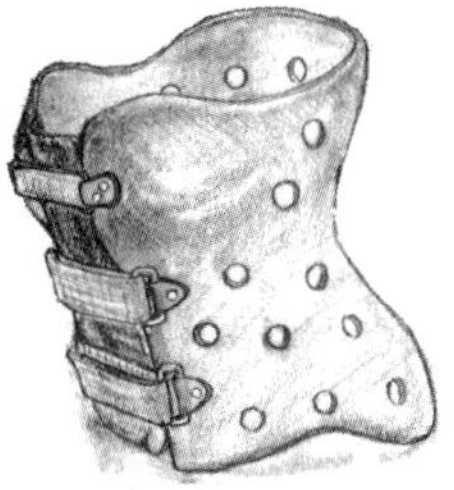

塑膠背架

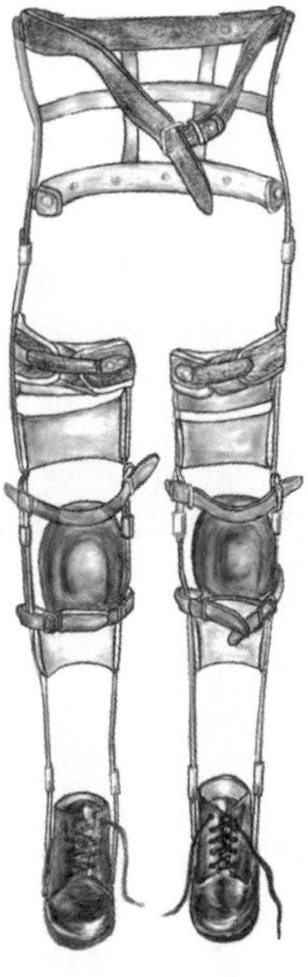

鐵鞋

回回在教室、宿舍、校園中，毫不以爲重。經年累月的磨損，不免折斷，送廠修護。從前爬行於地，房子和人都只看到一半，人一站起來後，物事百態，盡收眼底，感覺天地間頓時寬廣起來。而一雙鐵鞋，一雙拐杖，便可以跨越階梯、斜坡、石子路、雜草地，一旦毀損，就像手腳骨折般動彈不得，彷彿強迫自己的心緒回溯到蹲地爬行的歲月。

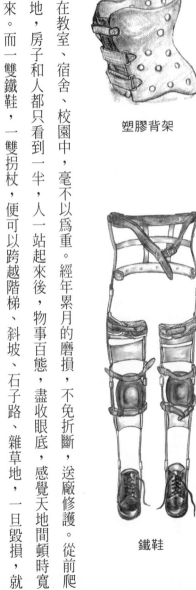

詩人東坡說他自己只要有一枝竹杖，一雙芒鞋，儘管道中遇雨而雨具皆去，仍然可以「一簑煙雨任平生」。她不知道，要有怎樣的修爲方能如此超曠？鐵鞋總是在無形中主宰她的哀喜之情。

她看過好些朋友紛紛前去把鐵鞋改裝成活動式而隨季遞換不同款式的鞋子。腿部仍是鋼條肢架支撐，腳上可以任意套上皮靴、球鞋，甚至是高跟鞋、涼鞋等，而各種式樣繁複、五彩繽紛的鞋，將可以搭配各式服色的衣飾，不再只是那雙一成不變、老氣橫秋、色樣黯淡的皮鞋。本來只要死心塌地穿一雙「制服式」的鞋就可以了，這樣卻又必須爲買鞋而傷神，她對這種形式的改變無動於衷，直到大學重新訂做鐵鞋時，不禁也動了心。但技術師認爲這對於她——一個雙腿毫無力氣的人極不牢靠。她只好作罷，僅將黑皮鞋改成咖啡色的。以後她經常把鐵鞋擦得「雪亮」。

她畢竟只能擁有一雙樸實無華、穩固厚重、和大地顏色最接近的鐵鞋。

如果那雙拖鞋曾經開啓她的求知生涯，那麼，鐵鞋無疑是她的骨幹，支持她十幾年來異地求學，克服困難的生活環境，豐富人生的閱歷。那是一雙扭轉命運的鐵鞋。

然而夢中竟穿著涼鞋去爬山，自以爲可以步行千山的，卻不堪一走的毀壞了，莫非陪伴她一生秉持雙拐，行路人間的鐵鞋，畢竟不能爲涼鞋取代？但是十幾年的鐵鞋在身，有時也不免沉重得令人厭煩，常常感覺重得將她的心一起沉下去。

如今這雙涼鞋，既不是給腳穿著站起來走路，也不是蹲著走路穿的，只是在坐輪椅時給腳作裝扮的。然而輕靈的款式，鮮亮的色彩，美麗的外觀，在在使她欣然沉醉。那一陣子，逢人便炫耀：「我買了一雙涼鞋哦！」不懂的人，只糗她：「什麼時候改穿涼鞋了呀？」有一次特意撥電話，像中愛國獎券似地告訴朋友，對方感到莫名其妙，反問她：「妳買涼鞋幹啥？」她不惱，因爲朋友也是一個只擁有一雙鐵鞋的人。

有好些日子，她不時地將涼鞋拿在手中把玩，總是擦拭得一塵不染。她不願意將它封鎖在鞋櫃裡，或與家人的外出鞋並列，結果涼鞋沒處落腳，於是客廳的沙發和長條櫃上，臥房的妝台和書桌，都有它的「足跡」。母親笑她，世間的涼鞋這樣被「供奉」該是第一雙。

每天晚上，儘管雙腳被鐵鞋禁錮得印痕累累，一坐上輪椅時，仍然興高采烈地再穿上涼鞋。有時穿著涼鞋，故意把腳平放地面，竟錯覺得以爲自己可以站起來了，不自覺地踩在地板上，先懊惱後才覺悟——那永遠只是一雙不爭氣的腳。有時對涼鞋凝視，想像自己若能搭配那件鵝黃色洋裝參加朋友的生日舞會，在輕歌曼舞之後，品味古人高唱：「歸時休放燭花紅，待踏馬蹄清夜月」的歡愉，該是何等情趣之事？

母親說的是，這雙涼鞋可以歷久彌新，如此，不是也可以憑藉它編織無限無數的夢境？

那個夜裡，她和母親一同欣賞關渡大橋的夜景，橋上一列銀燈，閃亮著藍紫色的十字光芒，投射在淡水河上，相互輝映，宛如天上一顆顆星光沉落水央。她看得呆住了，恍惚之間發出「夢語」——我想穿這雙涼鞋，輕盈地跨越那映在水上一盞盞的燈影，去捕捉盪漾的波光瀲灩，滿載一船星輝的情懷……。

拐杖

〔生命記事〕

〈鞋〉一文受到肯定後引起了寫作的興趣，再寫〈拐杖〉，成爲姊妹作。趙老師戲言：「這兩篇題材恰好都是身上的特殊裝備，以後沒得寫可就江郎才盡了。」我不是一個計劃性寫作的人，無心而隨緣，完成一篇作品都覺得像蜘蛛結網，不論完整或美麗與否，都有自己的用心，都是自己對眾相人生與生命體驗再做一次觀照與反省。我試圖將自己使用拐杖的特殊經驗，推展延伸到人與人之間相互成就的「精神拐杖」，再深入體悟每雙行路世間的拐杖終究是千山獨行。這篇文章以第一人稱的敘事觀點切入，虛構「我」結婚生子，寫出親如丈夫畢竟無法相顧相救的黯然，凸顯千山獨行的感悟。文末安排孩子教導「我」學他走路，則呼應篇首母親牽著孩子學走路的情景，從孩子天眞的要求與疑問，點出拄杖者的悲喜之情。

本文參加《中央日報》、《明道文藝》合辦七十五年第六屆全國學生文學獎，榮獲大專散文組第三名。得獎那年正在修王叔岷老師的「校讎學」，呈寄給老師，老師用書法賜贈一首詩：

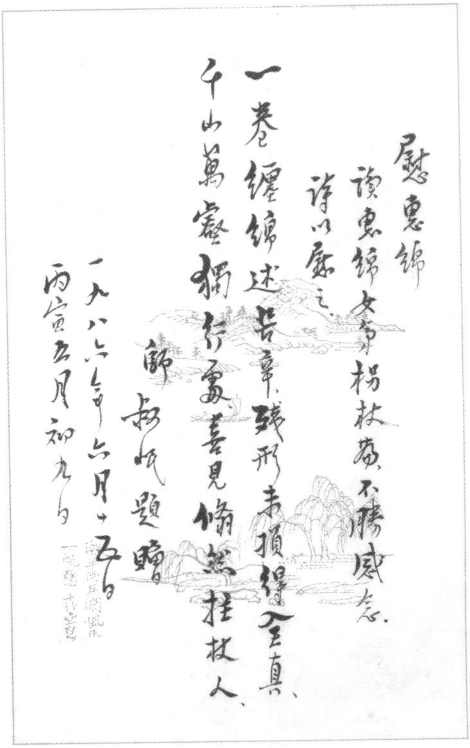

*

*

我喜歡聽小孩學走路故事，這樣的故事不一定在童話裡才有。

一個母親牽著孩子的手，先左腳，再右腳，一步一步，緩緩地。孩子總是走得搖搖欲墜，但在母親的牽引下，搖擺中自有一種安穩。孩子嘟著小嘴，好像走路時要費盡吃奶的力氣；圓胖的小臉蛋顯出專注的神情，彷彿學習走路是何等神聖之事。有時，母親蹲在不遠的距離，展開手臂，迎著沒有雙手扶持的孩子，一步一搖地投進母親溫暖的臂彎裡，母親歡愉地拍著孩子的背：「寶寶好聰明哦！」孩子的笑聲如春鳥之鳴，喜悅的雙眼瞇成一條線。

每次，我總是被這樣的情景感動，想起自己也曾經童年，卻不曾學過走路。

在蹣跚學步的年紀，我已經患病，那時才十個月大，剛剛會扶牆而立，那種「站立」的感覺太短暫，至今早已印象模糊。做爲一個小孩子，學習走路時所經驗的快樂，我不曾體會過。也許在懵懂無知的心靈，我幾乎不知道人可以站起來走路吧！而今我雖不記得在多大的時候，開始意識到周圍的孩子可以在父母手中牽手玩耍、奔跑跳躍，地上爬行並不是理所當然；但我相信，童年爬行的歲月，一定曾經羨慕那些被父母大人牽手走路的孩子，也一定曾經盼望父母的雙手能做我的拐杖。

有自己的拐杖，已經十二歲。我的手掌必須緊握雙拐才能使力前進，不曾體會父母大人牽手走路的溫馨，也不曾與人攜手同行。我只能自己持拐，自己走路。

我開始拄著拐杖學習走路，是在醫院裡，當時已離家北上求醫。我一心嚮往能站立行走，忍著離鄉之苦，受著物理治療之痛。當我穿起由鋼條特製的鐵架直立起來時，如獲新生，那股驕傲，彷彿向命運爭回一個公道。我走得很辛苦，鐵架束縛我的雙腿及胸背，不能如常人前一步後一步，必須雙腿同時前進。我是一步一滴汗、一步一寸地，拐杖摩擦我腋下的皮膚，我用手帕，摺疊厚厚地墊在腋下，到晚上，白絹上透著點點血跡，像一顆顆紅色的珍珠，和著我的淚水更加晶瑩剔透。在枕被裡，我內心千折百回，呼天地，喚父母；回應我的，只是窗外不堪的蟲鳴，聲聲悲吟。十二歲，應該還在父母的呵護下，我卻已獨自咀嚼生命的悲歡離愁。人生行路，我比別人晚了十二年，我不知道，怨到深處，是否仍然應該合掌感謝上天賜予我一雙鐵鞋，一雙拐杖。

持杖行走是一段艱難的路程。由爬行到站立，生活種種都得適應和歷練。當我能運用拐杖，以跳躍的方式、來去自如行走時，已經過漫長的時間。拐杖是我生活的輔助，我能用拐杖關燈、關門、關電扇；放在高處的物品，用拐杖弄到地上，再以拐杖撿起。上下樓梯，拐杖是我另一隻扶手；跌倒了，拐杖做為我的憑藉，助我站起。拐杖就像延長的手臂，支撐了我無力的雙腿。

這些年異地求學全憑拐杖一雙。我向沒見過面的人介紹自己是持杖的女孩，並且以自己能持杖行走而自豪。當年醫生曾宣判我必須終生坐輪椅，不料我竟創造了讓醫生都驚嘆的奇蹟。拐杖成為我形影相隨的伴侶。

曾幾何時，我再度意識，拐杖也象徵命運的一種缺憾。它使我失去美好的形象外觀；總是擦破我的衣裙，使我不能如女孩般，有著美麗的裝扮。朋友去登山跳舞，我亦無法共遊共舞。山川名勝的遊歷，生活歡娛的享受，對我都是奢求。

有時，在上教室的樓梯中，一不小心，拐杖溜了手，我急忙抓緊扶梯，穩住身子，卻眼睜睜看著拐杖從樓梯上一階一階滾下去，靜靜躺在地下。鋼鐵製的拐杖與地面摩擦，發出尖銳刺耳撞擊聲，聲聲刺心。我站在樓梯處，像失去手腳般無法動彈。我不禁設想，如果滾下去的是自己……，猛然，一陣寒意襲上心間，一時竟無法平復眼前這一幕的怵目驚心，好像我對整個命運的束手無策。我呆立許久，直到有人替我拾起拐杖。我深深呼吸，繼續上樓。

曾經在照相時，刻意尋個依靠之處，把拐杖擱置一旁，就這樣拍了一張沒有持杖而戒慎恐懼的照片。那張照片一直擺飾在床檯，每晚入睡前看一眼，竊自得意照片中看不出跛腳的自己。但是，我從來沒做過一場不要持杖行走的夢！

有時我的情緒極度不安，瘋狂似地將拐杖重重的摔在地上，或扔得遠遠的，突然覺得一切努力都是枉然，都是徒勞無功。我深深困惑，生命一遭是讓我來見證什麼？我頹然哭泣，待我筋疲力竭，再爬去撿起拐杖，神思恍惚地回到床上。沒有夢想。

曾經多少次應徵工作，在相同的條件下，我永遠最先被淘汰，理由是：我有一雙拐杖。我漸漸習於被拒絕，打從十個月大時，沒有商量、討價的餘地，我就被命運之神拒絕做為一個四肢健康的人。我不得不承認，拐杖成爲生命另一種限制。有時，我仰天長嘆，不知道如何安頓自處，只好姑且相信，上天既然給了我一雙拐杖，只要我不放手，就會有一條持杖行走的道路吧！然而，我怎能修得時時保有如此安之若素的功夫？大海需要多少千丈的淵底，才能承受海面的大風大浪而平靜如故？拐杖使我時而以物喜，時而以己悲。

那雙主宰我哀喜之情的拐杖，在孩童們看來可以成爲一種新奇的玩物。他們持著拐杖，裝成跛腳的樣子，由於個子太小，需要費力地踮起腳跟，才能勉強的把拐杖撐到腋下，像穿了一雙大人的鞋子。他們的雙腳懸空，在拐杖的支撐下，搖搖晃晃，像是盪鞦韆，他們很興奮地搖盪到我面前：「好好玩哦！你看我學得像不像？」我反問他們：「像什麼？」「咦！像你啊！」說完後便笑聲蕩漾地離開我身邊，繼續玩著，樂此不疲。孩子雖然無心，我卻不能懂得孩童們爲什麼喜歡像我？有時候，他們發出奇想，想像拐杖爲長長的手槍或堅硬的鋼劍，互相擊打，嘴裡喊著鏗鏗鏘鏘的聲音。槍戰比劍的結果是：某一方裝死倒地，一會兒又活過來，再較量比畫。他們輪流輸贏，把拐杖玩具化、遊戲化，孩童的世界，自有一套法則，不可違規。然而，他們何嘗知曉，命運的遊戲不一定都按了牌理。眞正使用拐杖的人，是沒有什麼道理的。

這種沒法詳說的道理，讓我永遠無法回答孩童們經常指著我的拐杖問：「你爲什麼跳著走路？爲什麼要拿這個？」如同那些追求的男孩問：「你爲什麼不接受我的愛情？」一樣地難以答覆。我只能說，去尋找沒有拐杖的女孩吧！我沒有心力可以同時負荷我們兩雙拐杖組合起來的重擔。也許，在他們看來，這是不成理由的。

也許潛意識我在期待一個健壯的男孩做我的伴侶吧！可是，有那麼一天，我還是拒絕了。我無法向他坦述，是拐杖使我必須扼殺自己對愛情、婚姻的信任與追求。忽然，他握著的雙手，以出奇嚴肅的口吻說：「請相信我！讓我照顧你，我的雙手可以做你另一雙精神拐杖！」我滿臉驚愕，他那麼誠懇，我卻像中了子彈似的，負傷而逃，丟下一句：「這是美麗的謊言！」

我獨自到了海邊，用心思索男孩的話。我一向自傲，是自己憑著一隻拐杖走出人生大道，儘管命運給了我一些難堪的情境，我還是創造了自己宇宙天空。男孩怎能做我的拐杖？我遠望天際，海天共色的水面像一張白色的大銀幕。突然，所有在我生命裡走過的人物，過往的、現今的，不論是有緣深識或無緣淺交的，甚至是不知名的陌路人，都在這張大銀幕上一一浮現。他們經過我人生的跑道，看我踽踽獨行，有時他們是參與者，有時是旁觀者；有的過而不視，視而不見；有的卻耐心陪我慢跑一段，不論這一段跑程是長是短，他們一個個都是我人生跑道上的接力棒，每一雙手也都曾經是扶持我的拐杖。就像那一來一往的潮水，沖來了無數的沙石貝殼，又捲走了一些。被席捲的沙石貝殼，都像沙灘上的過客，而留下的沙石貝殼，則像沙灘上佇足的旅客，也許過一些時日，再來一陣大浪潮，它們又被帶回海裡。沙灘永遠熱鬧，也永遠孤獨。假如沙灘是多少風雨海水沖蝕、多少沙石貝殼累積而成，我又何嘗不是多少雙拐杖的牽引，才造就這麼一個亦悲亦喜的人生？

我決定接受男孩做我的拐杖。在教堂的婚禮上，我拄著拐杖，父親陪我緩緩地走過紅色地毯，將我交到新郎手中，無言中有不盡的傳遞之意。短短紅毯象徵著生命之愛的綿延。當神父問新郎：「你是否願意做她的丈夫」時，他偏頭對我凝視：「我願意做她一生一世的丈夫，更願意做她生命裡永遠的拐杖！」在上帝面前，我流下感激的眼淚，是祂賜予這份姻緣，安排這個男孩引領我對這番人生際遇有更謙卑而感念的情懷。

我開始持家理務，煮飯洗衣，一如世間女子。外子甚爲詫異，拄著雙拐的我，料理家事竟也能如此井然有序。有一次，他病得厲害，無法起身，我一直在旁看顧。他望著疲倦的我說：「曾經大言不慚要做你的拐杖，如今才體會做爲我的伴侶，你也是我的拐杖！」我再度驚喜，這麼多年，以爲自己總是得之於人者，從未思及自己也曾經做了別人的拐杖，在別人生命的軌道，我何嘗不是一個接力棒？我深歎外子，他總有一些出人意表的哲思注入我的生命裡。

我的孩子學走路時，也嘗試著做孩子的拐杖，牽著他一步一步走。但是，母子只能在室內空間走一小段路。外子頗知我的無力感，他常拉著孩子的說：「寶寶！來！我們一起牽著媽媽的拐杖去散步！」孩子那麼幼小，似乎也能善體人意。

有一天晚上，我在廚房洗碗，沒留意地上的水漬，拐杖一滑，摔了下去，直挺挺地躺在地上，破碎的磁碗，割傷我的手指。外子聞聲趕來，見我又倒地、又流血，焦急得不知所措，一直問：「怎麼扶你站起來？」我一時疼痛難忍，悲從中來，躺在地上，放聲哭泣，猛烈地搥打自己，他拚命地抓緊我的手。二人交戰很久，我才逐漸冷靜，含著眼淚告訴他如何助我站起。這時我那四歲的孩子，默默站在我們身邊，紅著眼睛，怯怯地將從地上撿起來的拐杖遞給我。不知不覺，孩子也成爲他母親支柱力量。

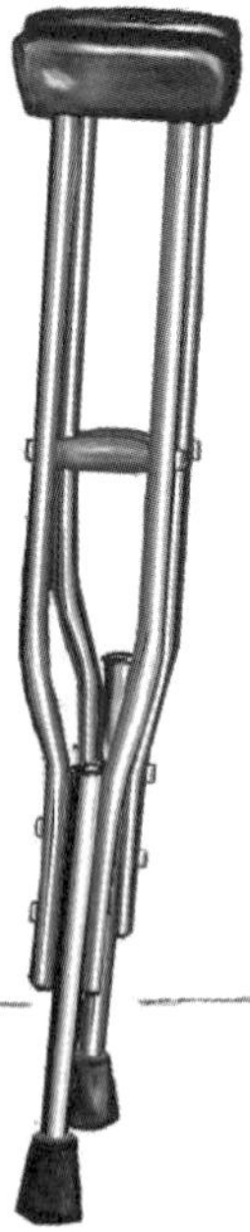

可是，那晚我們發生強烈的爭執，我始終不能接受在當下情急之時，外子束手無策的樣子，我以爲無人能比他更清楚我的狀況，然而在那一剎，連他都不懂得如何幫助，我感到沮喪。他終於不耐煩鑽牛角尖的我，悶悶地說：「用拐杖的人是你又不是我！」

頓時，我相信了「父子斷崖」的傳說——在通過危聳的懸崖峭壁時，即使父子不能相顧，更不能相救。

當所有拐杖都遠離時，最後只能憑恃自己的拐杖。行路人間的拐杖，終究是要千山獨行。

前些日子，孩子對我提出要求：「媽媽！你不要用拐杖，你學我這樣走路，好不好？」孩子先左腳、再右腳，示範給我看，很認眞的神情。我撫慰他的小臉頰，微笑地說：「不行啦！沒有拐杖媽媽會跌得好痛好痛！媽媽一定要自己拿著拐杖，自己走路。」孩子很失望的樣子，臉上充滿了疑惑：「那甚麼時候媽媽可以不用拐杖？」我紅了眼睛，刻意將臉偏向一側，無法回答……。

我想，有朝一日孩子長大，可以告訴他用拐杖學走路的故事。也許，孩子會體悟，原來每個人都需要拐杖，每雙拐杖都蘊藏一個亦悲亦喜的人生！

迷路

（生命記事）

升上碩士班二年級，創作較少，最大的煩惱是思考論文寫作方向及尋找指導老師。曾想追隨廖蔚卿老師、柯慶明老師做文學批評；或追隨樂蘅軍老師做古典小說；或追隨何大安老師、楊秀芳老師做聲韻學。幾位親近的師長都異口同聲要我再深思自己的志趣性情，那個暑假猶如失去指南針的舟船，茫然不辨方向。

碩士班二年級，曾老師主編《中國古典文學辭典》，透過弟子徵求其他研究生，同班同學淑苓約我加入撰寫行列。那天曾老師和所有參與的研究生討論後，便邀大夥兒到學校舟山路側門旁的僑光堂共聚午餐。我騎著三輪摩托車在後，沒能與大家緩步而行。只見十來位學生簇擁著老師，三三兩兩並肩同步從文學院穿過椰林大道，笑語之聲劃過校園上空，傳入耳際。這個場景我至今不曾忘懷，多年以後追憶此情此景終於了悟：在人聲喧騰繁華熱鬧的戲曲殿堂，我注定要踽踽獨行……。

戲曲因緣，就從那一段暫時的疏離開始，當時的我完全置身其外。另一位同學王美秀走在曾老師身旁：「老師！您收學生需要什麼條件啊？」豁然大度的老師笑著回答：「只要用功就好，怎麼？妳還沒有指導老師嗎？」美秀趕緊回應：「不是我啦！是惠綿正在煩惱。」曾老師立即展現一貫有教無類的精神：「有什麼好煩惱的，就讓她來找我吧！」

美秀轉述這番對話時，我著實愣住了；並非我不願意，而是我壓根兒不曾想過要以戲曲爲研究方向，豈料我正在尋尋覓覓的「終身大事」就這樣被決定了？我竟對美秀的善意有些埋怨。

回家後想起童年受母親熱愛歌仔戲影響，每天爬行至鄰居家中看電視歌仔戲和布袋戲的著迷；回憶一人在木板床上拿兩條大手巾充當水袖哼唱歌仔調的快樂；而在振興排演聖劇的情景亦一一浮現，原來戲劇的種子早已不知不覺埋下。一時之間，母親、童年、鄉愁以及土生土長的劇種，片片段段的影像剪輯成篇，竟讓我淚光熒然不能自已，原來戲曲是我精神生命的土壤與根源。

就這樣我帶著一枝黑筆、一張白紙拜見曾師，成爲曾老師的入室弟子，蒙受老師一路提攜，直到如今。經過這一番回首，既要爲當年埋怨美秀而致歉，也要爲其無心穿針引線而致謝。許多年以後才知道和曾師同爲台南下營人。歲月倏忽，沉浸戲曲領域轉眼二十餘年，沉思這一段生涯，總是慶幸自己走進戲曲桃花源。在浩瀚的戲曲海洋我乘著小舟悠遊，與戲曲永結無情遊。陶醉在春江花月夜之下，我無須飲酒忘憂，卻也可以與李白一樣，享受「對影成三人」的熱鬧。

之後兩年，我如同飢餓的蠶寶寶大量咀嚼桑葉，然後吐絲結繭。研三下學期五月底完成論文，隨即於六月中參加博士班考試。因埋首寫論文而無暇研讀筆試科目，結果以兩分之差落榜。放榜在黃昏時分，我遠在關渡，學妹王珠美去看榜，事後才知道她在校園徘徊甚久遲遲不敢打電話，最後才鼓起勇氣告訴趙老師；雖然落榜已在預料中，但仍然非常悲傷。那晚淡水河月明星稀，我在窗前守了一夜的月光。傳說李白為水中撈月而死，我竟幻想追隨詩人的浪漫……。

落榜那年十月，趙老師由關渡小屋遷居至台北信義區，從此可免去上下四樓之勞累。趙老師積蓄不多，當時只有少數存款買得起偏遠的關渡小屋，每次看我上下四樓總是內疚。七年來除行政工作，還到師院夜間部和文化大學兼課；加上爸媽的補助，終於如願更換一棟有電梯的房子，對我們眞是一大喜事。

因爲遷居心情轉喜，我在多位師長的鼓勵下決定重考，每天從早到晚規律的讀書，計畫性地閱讀中國文學史、中國思想史、中國經學史，各科逐章做筆記。雖然如此，愈到考前心緒愈焦躁不寧，放棄重考意念反覆出現；報名前呈交研究計畫請曾師批改時，在樓下遇見曾師母陳媛女士，見我患得患失之神色，以非常冷靜嚴厲的口吻說：「這一場賽跑即使會輸，仍然要強迫你去，沒有商量餘地！」結果我第一名考取，趙老師說幸虧師母的「庭訓」。

博士班一面修課一面擔任系上兼任講師，講授大一國文，充實而忙碌，記得升博四時頗受世情之衝擊。對人世的熱情一再被扭曲被辜負，不能承擔人情的反覆變化，不能忍受自己的眞情至性竟換得一身的鮮血淋漓，我幾乎崩潰。那天哭了一夜，第二天要註冊，竟覺了無生趣；到學校交還東西給中文系張淑香老師，老師見我眼睛紅腫，問我要去哪裡，我說去註冊，然後和老師說再見。

趙老師不放心我出門前的神色怪異，打電話給張老師，張老師趕緊請柯慶明老師查問我是否去系辦註冊。柯師不知我何時去註冊，只好在文學院門口等我，一直到將近中午。當年如果沒有柯師當機立斷幫我請假，將無法補辦註冊手續（感謝林鶴宜學姊，三天後，是她為我補辦註冊手續），柯師和張師伉儷的恩情讓我沒齒難忘。多年以後回想此事仍有錐心之痛，不知道這是不是一種迷失？

回到生活軌道久久未能平復。年底左右，曾師接下文建會策劃、台大文學院主辦的「關漢卿國際學術研討會」，指定要我參與會議籌備工作。不久因體察他人對我「行動不便」之疑慮，為避免延誤籌備事務，我立刻向黃啓方院長和曾師表明推辭之意。黃院長微笑反問我：「行動不便就不能做事嗎？那麼你怎麼來求學的呢？」曾師則以斬釘截鐵的語調說：

「老師認爲你有能力參與，不要找任何藉口。」兩位師長一柔一剛，竟不著痕跡化解我當下的心結。古云：「士爲知己者死」，憑恃師長這份賞識之情，我理當掃除他人對我之疑慮，義不容辭。而多年以來曾師對我之肯定信任與栽培提拔更是用心良苦，始終以平常心看待來磨練我的心志。從籌備到會議結束長達七八個月的時間，我終於證明身體不自由者，亦有適度參與事物性工作之能力；並體會人際關係中的「有所爲」與「有所不爲」。在鍛鍊過程中，爲維護一己尊嚴，我不曾妥協。走過那一段日子，寫下了〈迷路〉，其實我不曾迷失，只是充滿困惑。

* *

好漫長的雨季。時而狂風陣雨，時而微風細雨。無論多麼泥濘的日子，該出門時總得出門，行止坐臥，晴雨皆然；而即使在風狂雨驟中，淋了一身雨，仍然知道如何回家。

突然，天晴了，陽光微現，暑熱的六月，竟有如和煦春陽的日子。那天，從學校回家，一如往常，有兩條路可選擇；一條捷徑，有時擁擠不堪；一條遠路，雖然轉街繞巷，卻頗順暢。對我而言，走近路或遠路，完全視路況而定。因爲是週末，在十字路口觀望一番，決定繞遠路。這條遠路，摩托車來來回回已走過好幾年。不料，一直走一直走，卻找不著轉彎的出口……。久雨初晴的日子，在回家的路上，我竟然迷路了？

我只好沿著原路，回到原點，走另一條交通堵塞的路。在車潮人陣中，我亦步亦趨、小心戒慎地走著。迷路之後，又陷入混亂車潮中，使得原來只要十五分鐘的路程，彷彿變成無盡的延長。我終於在人車洶湧的聲浪中，安然返家。

下回再遇類似情況，該當如何？走一條看似通達無阻而可能迷失自己的路？還是走一條千難萬阻而終能保持自我覺醒的路？固然，不論順境逆境，人都可以努力不迷失，若是在槍林彈雨中仍能全身而退，是否更值得喝采？但恐怕的是，在力求全身而退的過程中，早已鮮血淋漓了。

童年至今，一直酷好下跳棋，而且喜歡三人成伴的跳棋遊戲，才覺得深具挑戰。遊戲的棋盤上，有人用盡心機，專以堵住他人出路爲樂；有人只認定一條路，一旦被敵方阻擋，便不知所措。我不執著一條路，直行、橫行、斜行，甚至倒行，總會在棋縫中，找到可行之路。又因爲從不用心刻意阻擋他人，故而輸贏之間，泰然自若。可以輸得心安理得，也可以贏得理直氣壯。棋盤天地之中，便有一種勇敢、創造、自足、快樂的情懷。人生行路，我總是如此自勉，期許自己也能安時處順而通權達變。曾幾何時，我開始經常迷失而不知所往？人生棋盤上，竟不見遊戲棋盤中意氣風發、自得自信的我？在人生的交叉路口，我躑躅猶豫，困頓疑惑；人，究竟該堅持什麼？

這種困惑，使我每讀一次太史公的文字，便潸然落淚。司馬遷的質疑是：如果眞是天道無親，常與善人，何以伯夷叔齊積仁潔行卻餓死首陽山？何以顏淵安貧好學而卻早逝？又何以盜跖日殺無辜竟以壽終？太史公強烈的吶喊：「儻所謂『天道』，是邪非邪？」顯然「天道無親，常與善人」是虛妄之言，則人立身行世，又該何去何從？走一條操行不軌而終身逸樂的路？還是走一條擇地而蹈之、行不由徑的路？在人間世中，該隨波浮沉？該持善守志？或者回到山林曠野，無爭無憂？還是勇敢地留在萬丈紅塵，煉得金剛不壞之身，求得不迷之心？或者，人活著原本是無所遁逃於天地之間？

葉落歸根，人去歸土。每個人終究要回到自己來自「泥土的家」。那時，再沒有選擇的餘地，再不會爲抉擇去路而困惑，再也不會擔憂迷了路。只是，人究竟要等待最終的時刻，走一條無從選擇而不迷失的路？或是要在生命過程中，堅持走一條由意志抉擇而不迷失的路？

退路

〈生命記事〉

「關漢卿國際學術會議」之後我受命負責論文編輯工作，對我而言，人事的干擾與會議工作仍然繼續蕩漾；此外，原本多年相交的好友竟無端誤解，變故在須臾的人情再度席捲我的內心，我是問天天不語，獨愴然而淚下。果眞如白居易〈太行路〉詩歌所說：「行路難，不在水，不在山，只在人情反覆間」嗎？

從此我亂了方寸，不知如何做人；同時對人產生強烈的恐懼感，開始害怕看到人，尤其是一群人。心情的困頓，加上升博士五年級，爲專心寫畢業論文，考慮再三，決定辭去兼任教學工作。閉門寫作的生活如同隱居，雖然如此，人情的傷感依舊起起伏伏，〈退路〉一文即是當時完成的作品。定稿後我才稍稍放下心靈的包袱，原來創作也有一種自我洗滌和沉潛的作用。

寫作論文期間，突然收到系上轉來陳維昭校長嘉勉我「授業解惑之餘不辭辛勞，盡心盡力輔導學生」的公文信。大一國文班上有位同學，原就讀某醫學院，因對實驗課程產生過敏反應而休學；接著去服兵役，又常常莫名脊椎痛、頭痛、發高燒，遂因病退役；回家自修讀書參加台大轉學考試，成爲農學院二年級的學生。在交給我的學生資料表「自我描述」一欄，特別向我說明他的病症，如有缺席請我諒解。一學期下來，約四、五次遲到，健康狀況頗爲穩定。下學期以後常常缺席，春假之後仍未見來校，我開始追蹤。就在此時他的導師劉嵋恩教授打電話給我，問我是否發現這位學生的異常狀態？因該生曾向導師提及國文李老師對他的關心，所以劉教授來電商量共同輔導。

我先打電話勸他來上課，課後約談，知其宿疾再犯，依然不適應實驗課，雖然盡力，成績卻不理想，自覺能力程度不如同學而羞愧自責，也爲不良的親子關係而苦惱。從他痛哭流涕、一再透露自殺意念的情狀，可知其瀕臨精神崩潰的狀態。我鼓勵他考慮改念社會人文科系，轉系或轉校，但先決條件是不能被退學，所以必須趕緊回校上課，於是他找到一條新路而開始振作。結果校內轉系不成，暑假轉至他校改讀別系。

因輔導過程中經常和劉教授保持聯繫，原以爲該生順利轉校後身心穩定，此事即暫時畫上句點。沒想到劉教授寫了報告書，我才會收到校長的信。就這樣，因爲共同輔導一個學生，拜識了風格奇特的劉教授。寫論文時還是劉教授慷慨相借筆記型電腦，讓我冬天可以坐在家中的和室，一面寫作一面熱敷電毯，使血液循環不通的腿部免於受凍僵硬。

寫作論文期間，結婚定居台北的二姐經常做好一週的食物，請二姐夫彭雲珍從永和騎摩托車專程送來，一個個便當裝好，微波即可食用，省去不少做飯時間。我每天十二小時工作，大約每隔一星期至十天就會週期性劇烈頭痛，學妹陳玉芬習過中醫，每月來一兩次爲我針灸；偶爾臨時發作無法忍受，哭著坐計程車去她家。在我對人幾乎失去信念的時候，在我寫作論文的壓力病痛下，玉芬不辭辛勞往返爲我治病調養，像荒漠甘泉般成爲當時重要的支持力量。後來玉芬因緣際會信仰基督，冥冥之中像是上帝派遣祂的兒女，前來看護我、爲我療傷。

爲掌握論文進度，那年我沒有返鄉，留在台北過年。趙老師必須回她父母家中守歲，我則到陳修武老師家吃年夜飯。堅韌溫婉的師母彭小甫教授一手好廚藝，簡直超過飯店水準。老師和師母待人情眞意厚，總是將熱情愛心、美食佳肴分享朋友、溫暖學生。那晚樂蘅軍老師、柯慶明老師一家人也來團圓，師生暢談盡歡，享受了另種除夕的人倫之美，成爲我內心深處甜美的、永恆的回憶。

原來在我的退路中，仍然擁有親人、師友患難疼惜的眞情。

*　*

我，一雙鐵鞋，兩支拐杖，行路人間。

十二歲才開始用拐杖學走路，十五歲學習上樓梯。穿著的鐵鞋，由脊背延伸至下肢，因此練就上樓的功夫——背對著樓梯，一邊搭著扶手，一邊扶著雙拐，左右手同時用力，將身子騰空，往後一跳，躍上台階。不須羨慕他人可以一步作三步拾階而上，我一階一階，慢慢地，也行之將近二十年。

暑假期間，和朋友同去中研院拜訪精研老莊之學的王叔岷老師。老師第一次看我上樓，頗爲驚奇，替我戰戰兢兢，在旁陪著，直叮嚀「小心」。我一邊上樓，一邊與老師談笑，戒愼之中，總還從容。到了樓上，老師這才心上一塊石頭落了地，面露微笑，辭氣溫婉地說：「原來你是以退爲進啊！」朋友和我不禁驚呼，深深佩服老師的智慧之語。對我而言，倒行上樓，只是尋常動作，從不知行走之間，尚可以有如是的玄機！

幾天後，整裝南下，準備回鄉度假。我搭乘國光號汽車，照例購買半票優待。剪票員看我一眼：「殘障證明呢？」我歉意地回答：「我忘記『攜帶』了，人站在這裡，不能『證明』嗎？」他冷冷地說：「這是規矩，否則你只好補全票。」我一時愣住……。入口通道兩旁設有欄杆，僅容一人單向前進，爲不妨礙他人上車，我隨即退身而出。我看到旅客一個個魚貫而入，剪票員面無表情。突然我的視覺模糊，那狹窄的入口通道，彷彿變成一座獨木橋……。眼前浮現寓言故事中黑羊、白羊過橋的景象，想像著故事中各種可能的結局。

黑羊、白羊好強爭勝，互不退讓，兩敗俱傷。

黑羊體強，予以威脅恐嚇，白羊識時務，只好先退。

白羊先已上橋，卻主動退讓。

白羊未上橋，等待黑羊通過後再上橋。

黑羊、白羊同時退讓，互相成全。

黑羊存心阻擋，白羊不上橋，另選一條退路。

轉念之間，王老師的話語如暮鼓晨鐘。我背著行囊轉頭離去，走向火車站，依然買了一張半票通過入口。那張汽車半票，我收藏起來，留作紀念。

家人聽聞此事，甚為氣惱，問我何不據理以爭？我啞然失笑，真的！我不知道要爭什麼？爭一個是非對錯？爭一個正義公理？爭得半價的差額？還是爭得無價的尊嚴？

我獨自走到後院，緬懷前塵往事。

十個月大，被上天決定形殘的命運，在醫藥罔效的情境下，父母親大人決定將我抱回，親自照料。當時是他們為懵懂無知的我抉擇一條退路——回到他們溫暖的懷抱中成長。

童年時代，無法和同伴戲耍，又沒玩具。常在近傍晚時分，做完功課後，一人在門前黃槿樹下讀著從學校借來的故事書。有時同伴們玩累了，三五成群地路過，將我正看得津津有味的書搶了去。我便由他們，退到一旁，躺在涼椅上，欣賞天邊夕陽染紅的雲彩。

國中就讀仁愛實驗學校，因爲一心希望升學高中，曾試圖轉至台北私立崇光女中。校長看過成績單，無可奈何地說：「成績很好，可惜你行動不便，學校無法收容你！」我含著淚水，舉步維艱地走出校門，仍然回到母校，繼續學業。

高三時，班上幾位首腦人物懷疑我向老師打小報告，聯合全班同學排斥我。在宿舍，我獨住一間小寢室；在教室，我選擇最角落的座位，埋首讀書。直到畢業前夕，他們終於知道眞正說小話的人。當他們紙片紛紛向我致歉時，我竟放聲大哭，不能自已……。

長大了開始戀愛，深情之後，發現對方竟有第三者，我揮揮衣袖，不說再見。進入社會後，開始面對成人世界中某些不按牌理、不具規則的遊戲。有時以誠相待的多年好友，一夕之間因誤會而成陌路人。孩提時代，隨時隨地可聽到鄰童坦率無知地以「跛腳」相嘲，如今卻變成另一種語言包裝，字字如針。我經常在這些「語言遊戲」中落荒而逃……。

歷歷事件，猶在眼前。人生路上，總是得學習在最難堪的情境之下，及時抽離出來，找一條退路；或者是退回唯一屬於自己的、內在的心靈之路，然後「隱居」起來，自我療傷。

我永遠不及范蠡的急流勇退，更不及張良的功成身退；而時時不忘尋求一條退路——只爲養心，只爲全性。

於是，在退路之中，成全了自己的堅持，也完成了每一段該走的路，不也是以退爲進？

那天夜裡，做了個荒誕的夢：趕著參加一個同學會，抵達後方知聚會場所竟在十樓頂上，沒有電梯。迴旋式的樓梯，如同山間的九拐十八彎。我以多年練就的上樓功夫，上上停停，停停上上。有人從旁而過，但無人伸出援手。不知道經過多少時間，等我到達頂樓時，已曲終人散。我靜靜地坐在那兒，和一彎殘月，共渡黑夜……。

以退爲進且孤軍奮鬥地攀登高峰後，竟成縹緲孤鴻?竟是沉寂黑夜?原來，進進退退的人生，不論是庸庸碌碌，不論是叱吒風雲，終究仍得退出人群，退出戰場，乃至退出世界。

殘全禍福、是非恩怨、成敗得失、榮辱生死，最後也都只能留與人間論之。然後，也許是灰飛煙滅……。

人生旅途，不論有多少退路；或者終究只有一條退路，我只祈求：在紅塵俗世中，最後能全身而退!

椰林道上淚讀〈跛行〉

〈生命記事〉

博士論文如期完成，八十三年五月順利取得學位。畢業典禮的日子，趙老師著意盛裝打扮，更加顯現她的雍容氣質；爸媽和大姊專程遠道而來，二姐也攜家帶眷前來祝賀。他們一個個都曾經接送牽引我走過每一段求學的里程，漫長的歷程中，需要多少血淚、多少心力、多少財力、多少白髮、多少皺紋、多少風雨，才能造就這麼一個重度殘障的孩子？才能換取今日的苦盡甘來？點點滴滴都已無法細數。當天上午畢業典禮，下午便是台大中文系審查教師聘任的教評會，靜待家中坐立難安；而當曾師來電告知我通過聘任時，我們竟相擁喜極而泣，不堪回首的悲歡苦難已然在我們交互揮灑的淚水之中。

聽說教評會上，曾師敘說著趙老師護持我的感人故事；轉述我兼任教學中輔導學生，獲得校長寫信嘉勉的事蹟；以編輯《關漢卿國際學術研討會論文集》證明我參與工作的能力；

試圖用這些具體事件得到諸位師長的了解與支持。每當有人稱讚我不平凡時，我都回答：「真正不平凡的是台大中文系的師長，是他們不嫌不棄我的形殘，肯定我的能力。」回想當年母親不讓我升學，所說的理由埋藏心中成為隱憂：「形全之人求職尚且不易，何況是形殘之人？」長久以來我一直陷入求職的恐懼中，其實是這份深切的恐懼讓我不斷以讀書為避風港，而免於太早面對求職不得的無力感；而台大師長們賜予一個肢體障礙者工作機會，知遇之情對我真是恩同再造，也同時證明台大中文系具有超越世俗價值的氣魄與格局。

留校教學擔任三班課程，對我的體力確是挑戰。母親教誨的是：「有才調進入大學去教書，就應該有才調擔當（「才調」指能力的意思）。」母親不曾識字，卻總是以其果敢剛強的生命體驗，說出智慧哲理的話語。我一面教學一面調養透支的體力，使自己的身心可以如常應付。由於特殊的身體狀況，加上近些年來人情挫折，逐漸變得寡言少歡，過的幾乎是一種自我疏離的生活方式。

甘心選擇孤獨，是我學習與他人之間保留「空白」的起點，這一份空白可以讓我學習拋擲一些世情的罣礙與負擔。涵養「跛行忘殘，獨行忘情」的境界，是我重要的生活功課。

我選擇校園之外的研究室，除了因為有電梯，主要是可以「心遠地自偏」，那兒只有少數幾位同仁，有時一病也久久不能去。偶爾遇到大我兩屆的蕭麗華（證嚴法師取名慈婷）教授，她會到我這兒坐坐。我讀碩二時，麗華從師大考入台大博士班，我們一同修曾永義老師的「元明文學專題」。聊到剛來台大時，才知道在陌生的人際關係中，我是第一個主動親近她的人；我淡然回答：「倘若是現在，也許沒這份熱情了。」麗華似乎聽出我的傷情，不久打電話給我，說是寫了〈行路二曲〉現代詩送我，其中一首就是〈跛行〉。讀罷此詩，感動之情，不能自已，即以此文賞讀，並爲詩文交會的情誼，留下記憶。

〈跛行〉詩中，麗華運用了十九世紀末挪威籍，表現主義畫家孟克（Edvard Munch）的畫作〈吶喊〉（The Scream），我行文解讀此畫深恐有所偏差，曾請專攻西洋藝術史的曾師母陳媛女士賜正。因爲這篇文章，那年暑假師母和曾永義老師出國旅遊，特別買回一本以〈吶喊〉爲封面內容的口袋書（little books），由 Ted Mico 編撰，書名題爲 *Life Stinks*（《生命之抗議》），令我驚喜不已。這本書提出盲目的樂觀主義者相信人們生活在一個盡善盡美的世界裡；而悲觀主義者卻總質疑它的可靠性；只有洞察實際眞相的人才體察，黑暗隧道盡頭的亮光通常是漸行漸遠的列車，而生活品味並不永遠是令人愉快的。人生眞實的情況是我們都被局限在「莫非律則」（Murphy's Law），也就是「人生不如意十常八九」的律則之中。也許前一分鐘生命正豐盛甜美猶如滿籃鮮豔的櫻桃，下一分鐘手上滿籃甜美鮮豔的櫻桃可能撒了一地，並且遭人踐踏踩碎，變成慘不忍睹的斑斑血跡……。作者強調別把這律則看得太個人化，巡視周遭那些失意或冷漠的臉，將會領悟到生命的紛擾與不完美，人人皆然。因此全書分別從歷史、商業、政治、運動等不同方面，以實例印證命運總是向無辜的人踢沙弄石，從而證明在 Murphy's Law 之下，命運女神（Dame Fortune）會小心地瞄準，毫無忌憚地射出她輕率鎖定的目標；而一旦命運女神插手其中，任何力與美的精采表現都會瞬間成爲鬧劇。當我了解 *Life Stinks* 一書的主題思想後，恍然了悟師母飄洋過海訂購此書相贈的用心良苦，盡在不言之中。（特別感謝王韻儒女士爲我翻譯該書導論及重要文義段落，讓我得以更精確掌握全書意旨，本段敘述多引用王女士之譯文。）

我在研究室將賞讀之文面交麗華，當時就讀政大中文系博士班的彭雅玲正好抱來兩大袋古典詩歌的書籍借我教學用，無意中看到要了一份。不久寄來一封信，並影印一幅畫像，信上寫道：「初讀〈椰林道上淚讀跛行〉一文，當時腦中浮現貫休一幅〈羅漢〉畫。貫休畫的羅漢坐在崖壁苦修，面貌苦野，眼神深邃，扭曲的身軀幾近物化，又似乎如觸電般地扭動起來。這幅畫很明顯的是強而有力的線條，筆力表現出悟道者的堅毅；羅漢下半身幾乎與崖石合而爲一，既表現修道的堅苦，也表現出天地人漸合爲一的境界；深邃的眼神，是悟道者的智慧，彷彿笑視著說天地一片清風。」信末還以一首詩相和：

我坐在堅硬的磐石上
風雨削蝕我的體膚
晦日啃剝我的心靈

我極度倦了
漸漸　寂然的我化為磐石
倏地　靈光乍現電擊著我
扭曲著物化的身軀和臉龐
原來
我是行動的巨人

雅玲對貫休〈羅漢〉的解讀，與孟克的〈吶喊〉成爲耐人尋味之中西名畫對照，充滿哲思；師母相贈的 *Life Stinks* 更是直指人生普遍存在的荒謬與無理；而這些都源於麗華的詩作牽引而起。我逐漸領悟人與人之間「神交」的情誼，這種往來不納入永恆與否的課題，卻展現另一種「人情的美學」，何嘗不是李白「永結無情遊」的詮釋與境界。

*　　*

初夏入梅的時序，偶爾會有短暫的停雨，但不會有陽光。涼風飄過，給人一種暮春三月，乍暖還寒的感覺。

那天下課後，騎著三輪摩托車，專程繞到系辦公室信箱，拿取慈婷送我的詩作。好難得正是梅雨方歇的時刻，慈婷的詩合該在天空下賞讀。於是，騎車停在椰林道旁，先以一種迫不及待、充滿好奇的心情讀過一遍。還來不及細讀品味，竟已淚眼迷濛。

〈跛行〉許多人都是天地間的跛者，人生艱辛坎壈，豈足爲外人道？願以此詩與惠綿共勉。

我是心靈的行者
以兀者的姿態獨行於天地間
踽踽涼涼
扭曲痙攣了的熱情
如 E. Munch 的〈吶喊〉

怎樣才能無視於大地的
高高低低
我的足跡攲斜　成一條

汗淚涔涔
從地到天的虹線
搖晃晃的身軀微顫
另一種扶搖
兩脅下的風咻咻
我是心靈的行者
踔立而遨遊於天地之外的行者

慈婷與我雖爲同門，但由於我的意興闌珊，加上她的沉靜內斂，親切之中，卻是一份君子之交淡如水的心懷。平日各自繁忙，難得通話；偶爾見面時，或交換教學心得，或輕描淡寫、不著痕跡的訴說一些些心理的語言。

有一次，談到課堂上講授《莊子・養生主》中的一段對話。公文軒看到只有一隻腳的右師，不禁驚疑地問道：「那是什麼人？怎麼只有一隻腳？是天生呢？還是人爲呢？」右師回答說：「人的形貌，都是兩足共行，這是稟之造物；由此觀點，我的一隻腳，當然也是天賦，並非人爲！」公文軒執著人必須生而兩足才是完整無缺，因而無法觀照生而一足之天生自然，反映了平常人的看法。從這個故事聯想一個問題，我問學生：「人世間誰活著是完整的呢？」

每個人各自有不同形式、不同性質、不同程度、不同層面的殘缺，只是自覺與不自覺之別而已。因此從人爲的、表象的角度看，每個人都是「形殘」者。然而，從天道的、深層的觀點，每個人都可以不殘，也就是經由內在修持，涵養性靈，超越形殘，而臻於「神全」。右師便是能視形殘爲自然之理，故以「天也，非人也」應答。

我平靜的述說著，以一種不關乎切身的口吻。慈婷靜靜的聆聽，眼神中似乎有某種悸動，是驚奇？是疑惑？是心痛？還是感動？含蓄溫婉的她，終於沉默。讀了〈跛行〉，恍然明白慈婷是將當時的感懷暫時保留沉澱，轉成詩筆，送給了我。

雖是送我的詩作，卻也不全然是寫我；詩中以第一人稱的敘述觀點，也未必只是抒寫作者自己吧！詩中的「我」已隱含指稱每一個人，每一個自我。這使得全詩的意境更深更廣、更具生命存在的普遍性意義。

既然許多人都是「以兀者的姿態獨行於天地間」，那麼各自領受人生行路的「踽踽涼涼」，也是順其自然。但是，眞正難堪的是那一份被「扭曲痙攣了的熱情」吧！

初看孟克（E. Munch）的版畫〈吶喊〉，著實令人怵目驚心。吶喊者，站在橋的一端，睜大眼睛，張開嘴巴，兩頰凹陷，雙手蒙耳，整個臉部的神貌，宛如一個灰白的骷髏——沒有性別的骷髏。吶喊者身後，遠遠的，在橋的彼端，有兩位並肩而行的路人，看起來悠閒自在。橋、行人、吶喊者，約為畫面的三分之一，構圖於左下方，成為整幅畫的前景。背景是雲彩、河流、小船、樹林，寧靜安詳，頗有「萬物靜觀皆自得」的意境。整個背景與吶喊者誇張、扭曲的線條，竟成為強烈而不協調的對比，充分凸顯吶喊者的神態和意象。

人生相與，或以冷漠相待，封鎖自己對人世的關懷；或以熱腸相交，傾囊自己溫暖體貼的情懷。也許後者已是少之又少的傻子了；而一旦熱情被誤會曲解，甚至被輕鄙踐踏、毫不顧惜時，該是何等不堪？這種扭曲，普遍存在於各種人倫關係之中。於是，人與人可以一夕之間變色，成為疏離或不相干的陌路人。有緣則聚，無緣則分，未嘗不是一種解脫之道；或得或失，或取或捨，任憑因緣，也未嘗不是一種順應之法。可是，面對道義責任時，得失取捨之間，似乎就不是能夠如此判然分明了。

扭曲的型態，不止於感情的交流，有時是困於現實、囿於命運。這種折磨，可以陷人於意志崩潰之境，甚至不耐煩於生命的存在。人生的悲苦，往往未必全然關乎親情、友情、愛情或婚姻事業的，所謂「人生自是有情癡，此恨不關風與月」。生命的困境，有時來自於內心深處，那股無以名之而揮之不去悲劇情懷。這種悲感，只有自己懂得，也只有自己承擔，不足與外人道。顚顚簸簸，窒礙難行的情境，正在於此吧？所以，吶喊者背對著人群和天地萬物，人和物皆無視於他的吶喊，甚至連他個人也不願聽自己的吶喊，這或許是跛行者心靈生命的「無言吶喊」。

慈婷運用孟克的〈吶喊〉，以畫證詩，貼切了跛行者的心境，可說是烘雲托月，相得益彰。

跛行者不論面對哪一種生活層面的困境，都必須憑恃自己的腳步，一步一步搖搖晃晃地跋山涉水、攀峰越嶺。詩中第二小節的思緒，便是跛者行路人間的疑惑：「怎樣才能無視於大地的／高高低低」，是自問，也是天問。「高高低低」一語，雖似平常，深玩之卻令人鼻酸。實際生活的環境障礙、外在人事的是非紛擾，以及內在自我掙扎的波濤起伏，都是有形無形的高高低低。稍一不慎，便足以絆倒，輕則破皮擦傷，重則扭筋折骨，然後得用一大段時日自我療傷。究竟該如何掌握攲斜的足跡，才能無畏無懼人世間的曲曲折折？往往，總是在跌倒撫傷的過程中，早已是：「成一條／汗淚涔涔／從地到天的虹線」。即使如此，也得用一種不服輸不怕痛的笑容面對人群，而把眼淚留給自己，如同聽任三月的煙雨，淋濕一身。

秉持一份意志，跌跌撞撞於淚水滂沱、風雨泥濘之間，是在等待什麼？絢爛的彩虹？溫暖的陽光？或是在修煉東坡所謂「回首向來蕭瑟處，也無風雨也無晴」的境界？慈婷運用《莊子．逍遙遊》的意念，在詩的第三小節傳達出這一份期許：「搖晃晃的身軀微顫／另一種扶搖／兩脅下的風咻咻」。讓兩脅下的拐杖成爲支柱的力量，以穩住微顫的身軀；再把有形的拐杖，轉成無形的清風，成爲另一種扶搖而上的動力；最後把無形的清風，化成無待的逍遙，才能眞正驕傲地說：「我是心靈的行者/踔立而遨遊於天地之外的行者」。於是，不再跛行，不再吶喊，無跡無累，無己無待，超越兀者的形象姿態，做一個天地之間雖行殘而神全的人。

那天，品讀〈跛行〉之後，我特意從三輪摩托車座椅下來，以慣性的動作，支撐雙拐，佇立於椰林道旁。我來回漫步好一會兒，梅雨季節的清風，吹乾了我眼中的淚水，也拂過了我兩脅之下的拐杖；仰視濛濛天空，彷彿看見展翼高飛的大鵬……。

輯五

縫補破網　再借殘軀

絕代佳人

〔生命記事〕

人生路途走得跌跌撞撞，走到四十歲，突然從天崩落一座險山危嶺，封鎖四周，阻擋出口。第一次強烈體會「叫天天不應，呼地地不靈」的絕望無助。民國八十九年過完舊曆年不久，正滿懷期待詩人謝靈運預告的「初景革緒風，新陽改故陰」，誰知尚未見到「池塘生春草，園柳變鳴禽」的盎然生機，我的健康狀況陡然陷入「嚴霜偏打枯根草」的境地。那段時日，常常收到我走投無路訊息的是摯友簡媜。孤獨憂鬱的年少，我們曾經相約，年老時要隔鄰爲伴，互相照應；儘管她因緣際會結婚生子，總覺得道義上應該向她告別。

有一天接到電話，自稱是簡媜曾經在遠流出版社的朋友黃照美，懇切成熟的聲音，開門見山：「聽說你正在詢問高明的醫生，我可以幫你引薦嗎？」我本能地防衛：「簡媜怎麼和您提起的？」黃姐顯然有意要勾勒當時的場景：「簡媜帶著兒子來遠流買書，我送到門口，見她愁眉苦臉，問她要去哪裡？她說一個好友病得很沮喪，她非常煩惱，想去探望。」想不到我在不知不覺中迫使摯友陷入憂心忡忡之境，心中爲之不忍……。

因爲不忍，所以接受黃姐引薦。素昧平生的黃姐，在我走投無路時搭橋鋪路，展現她古道熱腸的生命光環。經由黃姐牽引，透過醫護人員林麗珠小姐協助，轉診到台大醫院婦科黃思誠醫師。門診之前先照超音波，我的肌瘤在短短三個月中已長成約十公分。黃醫師診斷肌瘤不小，子宮後傾，內膜肥厚，內壁已有幾顆葡萄狀瘜肉，然後極爲溫婉的說：「如果不考慮生育，還是摘除較好。」我詢問內視鏡手術問題，黃醫師含蓄回答：「我個人比較專長傳統的剖腹手術。」我後來明白，身體早已扭曲變形的我，也許根本不適合做內視鏡手術。但是黃醫師不從這個角度說明，而從他的專長回答，充分展現醫師溫柔敦厚的風範。

門診之後，我向簡媜宣言：「決定要活下去才會進開刀房」。幾天後簡媜來電話：「我拿你的八字當面去請教一位精於紫微斗數的好朋友魏可風，她對你一無所知，卻一眼看出你今年有個無法逃避的刀關，還說出你的病根。看來你只有一條路：認命！」這口吻斬釘截鐵，恰似掌握充分證據，對我的宣言提出強而有力的反駁。簡媜聽我無言，隨即改爲溫柔語調：「可風說，五十歲以後妳的生命輝煌，老友！咱們再拗個十年，看看彼時的景觀，如何？」這像似賣我一張獎券，預告我十年後中獎。

我想著幽居深坑、專職寫作、撫育幼兒的簡媜，在專程出門拜訪可風的午後，她那三歲的幼兒安頓在何處？因著我的困頓，竟讓她這般徬徨無助？有人在生命舞台走投無路時，眾叛親離。而我在走投無路時，簡媜卻以凌虛蒼天之姿，在我被封鎖的險山危嶺中，高高地拋下一把巨斧，助我劈山開路。這必須根植何等深厚情誼，才能激盪出這樣巨大的力量？

我雖然同意進手術房，卻毫無求生意志，我甚至希望意外死在手術台上。黃姐說：「開玩笑！黃思誠醫師怎麼會因為你這個小小女子毀了一世的英名？」記得住院那天麻醉師照例來問話，問我有沒有問題，我竟然懇求：「如果我在手術中有任何緊急狀況，請不要救我，我願意簽字。」麻醉師一臉錯愕。果然如黃姐所說，我根本沒有能耐砸了黃醫師的英名。這次與當年脊椎側彎手術的心情完全不相同。那次手術危險性高達百分之五十，但我自信會活著回來完成未竟學業。那次像敲鑼打鼓一般，諸親好友皆知，病房中每天都有人探望陪伴。這次我變得極為沉默，沉默到我不曾驚動親近的師長朋友，知道我住院手術者只有家人和幾位摯友。我請了二十四小時的看護，住在單人病房，在病床上孤獨承受身心的創傷，手術之後的我竟然為自己活著而鬱鬱寡歡，我已不復當年的年輕氣盛。黃思誠醫師想必看出我的憂鬱，他每天清晨七點左右來探視，淡淡的言語和慈祥的眼神，總是鼓勵我一天會比一天更好。

住院期間，當年為我開脊椎側彎的陳博光醫師以會診身分前來探視我韌帶發炎的手臂。睽違十六年，我們還是在醫院重逢。見到神采依舊的陳醫師，竟有恍如隔世之感。當高大的身影出現和我握手時，那有力的手掌彷彿告訴我：「十六年前透過我的雙手給你健康的體力完成夢想；十六年後再透過黃醫師的雙手讓你重生，去散播生命的光熱。」這接力式的聯想，讓我內心顫抖，許久許久……。人與人之間往往只是彼此的過客，不想在過往之中，竟能有這般重逢時散發出的生命光亮。

特別讓我銘感在心的是台大中文系柯慶明老師，得知我即將手術之事，不久送來一尊觀世音菩薩。玻璃相框之內一座莊嚴端麗的觀世音，高約六十公分，服飾古典婉約。右手持長串佛珠，左捧金色淨瓶，瓶中插著柳枝。我想像瓶內也該盛有甘露，正是「楊枝淨水，惟願大悲，哀憐攝受。」柯老師說：「這是我家祖傳供奉的觀世音，家母家父相繼往生後，無人傳承。我想最適合送你，讓祂保佑你，一如守護我們家的孩子……！」健碩挺拔的柯老師，一向都是用寬厚的肩膀成爲許多人的依靠。在我陷入深淵的時刻，老師轉化那份已然成爲人間孤兒的傷情，送來家傳之寶，何嘗不是同時送來觀世音遍灑人間的大悲甘露，滋潤了我枯槁的身心。

* *

於是，在這麼多力量的護持下，勇敢接受自己變成一個「絕代佳人」。

我並不是姿色出眾的窈窕淑女，第一次聽到被稱為「絕代佳人」時，確實會意不過來，錯覺地以爲典故來自漢代李延年筆下那具有「傾城傾國」之貌的絕代佳人。朋友知我未解其意，隨即暗示：「這話可不能輕易開玩笑的！」我當下恍然大悟，不禁莞爾。

我所以能夠一笑置之，或許是學會轉化老莊的智慧，逐漸實踐成爲一種生命態度吧？其實，在醫技日新月異的當今，爲療疾治病而接受手術以致傷及髮膚器官，乃是人類普通性的無奈。因此孔子所謂「身體髮膚，受之父母，不敢毀傷」已成爲現代遙不可及的夢想。如果一生都能無病無痛，乃至無疾而終，那必然是得天獨厚的人了。

人生四大美事「良辰、美景、賞心、樂事」未必人人皆能兼而有之，但生老病死卻是人類無法遁逃的糾纏。老子早已識透，故曰：「吾所以有大患，爲吾有身；及吾無身，吾有何患？」身體只是靈魂暫住的屋宇，猶如帝王將相不能永恆持有江山霸業，故不必妄求長生不死。一旦吾人能勘破軀殼的有限性，才能不受死亡威脅，解除身體大患之桎梏。老子由「無身論」破生死之執，到了莊子便是：「適來，夫子時也；適去，夫子順也；安時而處順，哀樂不能入也。」「來去」一詞是「生死」之代詞，人面對渺滄海之一粟的生命，所以能哀樂不入心中，關鍵在一個「適」字，自適自得。莊子不止強調「在生適生」，同時兼顧「在死適死」，這會讓我們覺得更人性些。其實，我們往往不畏懼死亡的必然性，卻更難處理如何去「適生」的問題。

或許是逐漸體悟老子「無身論」的旨意，因此對「絕代佳人」這頗爲錐心刺耳的詞語能在轉念之間讓它變得雲淡風輕。對於自己的身殘，我已慢慢學會安之若命吧！儘管如此，對我而言，「適生」往往比「適死」更難力行。因此當我得知罹患嚴重的子宮肌瘤，醫生建議切除子宮時，自求毀滅之心竟如怒海狂濤之欲席捲兩岸堤防。

對一個未婚的人，我不在乎摘除女性器官，不在乎失去生育能力，它們對我都是「身」外之物。只是我已然失去作戰的體力，深深覺得殘破不堪的身軀猶如一張破網，四十多年來，忙著左修右補，似乎已用完手中的一針一線，再無力去尋購針線，再無心去縫縫補補；也不耐煩再去面對手術後復元調養過程中，生活行動上種種的雪上加霜。沒想到，切除子宮手術，對我竟擴大成生死的抉擇。身邊的親友也許可以體會我的困頓，但不以爲這該是我人生賽程的終點；夸父尚且喝完最後僅有的一口水，在接近太陽之前才渴死，何況我猶存有一口水井呢！

他們說，在西醫它相當於「小」兒科。

他們說，這是婦科極爲普通的「小」手術。

他們說，子宮只是女性身體一個獨立的「小」器官，既然不發揮功能，它就毫無用處。

他們說，去除「小」患，可以一勞永逸，免除諸多女性的麻煩和憂慮。

他們說，這像是到醫院剪去一片「小」指甲。

他們說，比起我當年前兩次超大型的脊椎手術，實在「小」巫見大巫。他們說，既曾安然度過狂風暴雨，何在乎這場斜風「細」雨？

他們用心良苦，爲了大量灌注我那即將乾涸的水井，不惜運用各種象喻的語言，將這事壓縮至最「小」，以反襯出勇敢活下去是人生何其「大」的抉擇。然而，這已不是「量」的大小問題，而是「質」的體積問題。身心積累的苦痛，我如今是累了！

我暗下決定教完最後一堂課，交出學生的成績單，然後消失在海平線。有意無意間交代後事時，我又聽到一些聲音。二姐哽咽的說：「父親鬢髮如霜，母親病苦纏身，叫我們如何去撫平白髮人送黑髮人的創傷？」而那扶持栽培我三十餘年的趙國瑞老師說：「疼愛你照顧你是我生命裡唯一全力以赴的事，你的自我放棄，等於是宣告我一生失敗破產……。」只見她淚水溢滿眼眶。

就這樣我背負著如泰山之重的恩情接受手術。在寒氣逼人、潔淨無塵的手術房，我深深感受莊子「在生適生」的課題不止在生命意氣風發、飛揚跋扈的歲月，更是在風雨泥濘、顚沛困阨的時刻。而愈能在生命幽谷中從容自得，也許更能展現「在生適生」的格局吧！在進入麻醉狀態前十分鐘，我的心靈超乎尋常的平安寧靜。一旁正在準備手術用具的護士問我怕不怕？我說：「不怕！」再問我什麼職業，我回答：「教書」。沒想到，一場手術固然歷劫歸來，轉眼之間竟變成了朋友口中的「絕代佳人」，是我在此之前始料未及的生命角色。

對於語言意義的轉化運用，我確實驚愕不已。身為一個女性，未曾有過的悵然若失不覺湧上心間。然而，與其負面界定它的苛薄諷刺性，不如正面肯定它的惋惜與悲憫吧！我不禁深思，狹義「絕代佳人」的適用性，其實只能指稱「無子」且「永遠失去生育能力」的「年輕」女性；而這類絕代佳人在女性人口比例中應該爲數不少。這樣的「普遍性」與古典詩歌中描述的「絕對性」實不可同日而語。癡傻如我，竟認眞深究絕代佳人在古典與現代的差異，於是重讀李延年這首樂府詩：

北方有佳人，絕世而獨立。
一顧傾人城，再顧傾人國。
寧不知傾城與傾國，佳人難再得。

詩人以顧盼之間具有傾城傾國威力的誇張筆法，呈現北方佳人宛若藐姑射神人的風姿與攝人心魄的眼神。然而驚爲天人的姿影只是外現之美，「絕世獨立」才眞正是其所以成爲佳人的精神內涵。它象徵佳人超然物外、超群拔俗、卓異特立、隔絕高獨的靈魂主體。因此最後兩句似有「傾城傾國」與「絕世佳人」兩難抉擇的意味，其實正是反襯出佳人畢竟遙遠獨立於世界之外，不爲紅塵世間所擁有。即使古代如趙飛燕、王昭君、西施、楊貴妃四大美人，也都終於爲人間帝王專有，失去「絕世獨立」的精神特質。那麼，李延年筆下的北方佳人果然是曠世難逢、千古唯一了。

相較於當今狹義的「絕代佳人」，就其普遍性存在，以及因切除子宮失去生育能力被界定爲「形殘」而言（凡四十五歲以下切除子宮者，可獲得公勞保傷殘補助，並可具領殘障手冊），由於已經被轉化爲「永絕後代」的意義，故其精神主體顯然不再是「絕代」二字。而如此狹義的指稱所以能與「佳人」合爲一詞，則該有眞正成爲佳人的精神主體吧！

我的恩師趙老師未婚無子，視我如己出，用她半生的青春歲月與心神體力造就重殘而沒有血緣關係的我。上天給我的磨難和功課，她總是得爲我承擔一半，無怨無悔。由於我的手術，她推辭朋友邀約的聚會，理由是：「不能放她獨自在家，等『滿月』吧！」就這樣像一個母親爲女兒坐月子，捧熱水、煮食物、補身體、安心緒。這如聖母般的慈悲大愛，不也是曠世難逢？我讀到身旁另類「絕代佳人」的精神典範。

我不禁推想，所有已婚、未婚者，或因主客觀因素而沒有子嗣的「佳人」，當該如何建構各自的生命主體？面對人生的難題，諸如沒有婚姻歸宿的迷惘，沒有親生之子的失落，又該如何安頓自己的精神世界？我很喜歡《莊子・達生篇》所說的話：「達生之情者，不務生之所無以爲；達命之情者，不務命之所無奈何。」借莊子的思維，凡苦於情愛、困於婚姻、強於求子、陷於形殘者，都是務求生命之無以爲、無奈何之事。人之生命，各有素分，形貌之美醜、壽命之長短、感情之得失、婚姻之起落、子嗣之有無、形體之殘全，皆是命定。性靈明照，通達生命之本質者，不務求命運無可爲之事。或許這也是修煉莊子「在生適生」的智慧吧！

然則我這一番思辨又何嘗不是用來安頓自己？以一介形殘之軀，從不曾被讚美爲「佳人」，因這場身不由己的手術變成雙重殘廢，卻意外得到「絕代佳人」的封號，怎不令人啞然？

那天下午，兩位畢業的中文系學生前來探病，閒談中，我好爲人師地告訴她們這個名詞的轉用，一樣是錯愕的表情。師生沉默了一會兒，佳伶說：「老師，我所有的並不多，別讓我失去您。您一直叫我堅強，您自己要更堅強，我才會更聽您的話。」靜霞說：「因爲老師的關心，我們懂得體貼；因爲老師的勇敢，我們學習剛強。老師！在我心中，您是一位特立獨行的絕代佳人。」

兩個女孩說著說著不禁眼眶濕潤。那時，我坐在輪椅上，靠近客廳落地窗旁的位置，夕陽斜照，恰巧投射在我身上。頓時，感覺到她們爲我戴上一頂愛的光環。那光環不沉重、不燠熱、不窒息、不絞痛，恰如夕陽餘暉般溫和輕柔。剎那間，我的內心被激盪出一份「幼吾幼以及人之幼」的情懷。我的雙眼也被牽惹出希望的淚水，那是我自進入手術室之後，至今才流下的第一滴眼淚，絕代佳人的眼淚……。

一見鍾情

〔生命記事〕

婦科手術後，請病假休養。時至秋天，母親因頭痛暈眩就醫，得知罹患腦膜瘤，多災多難的母親驚慌失措。在各種療法中，母親如壯士斷腕般決定採用西醫手術法。我建議既然選擇到台大醫院開刀，一切由我安排。手術後要留在台北，接受我們照顧，直到傷口完全復原。我以極爲堅定的口氣說：「媽！您答應我，一定要活著回台南的家！」說完這句話，電話一端的母親傳來哽咽聲音：「好……」。就這樣母親展開她一場生命搏鬥。

母親所以勇於接受腦部手術，是因爲遇到了仁心仁德的醫師。第一次與台大醫院腦神經外科曾漢民醫師見面，因著曾醫師的自信樂觀、親切溫暖，心靈的陰霾一掃而空，我調侃母親這是「一見鍾情」呢！曾醫師精湛的醫術，悲憫的情懷，至今令我感念不已。

母親在我身邊將近一個月，每天除了三餐，清晨四點鬧鐘喚醒我爲她沖泡牛奶，吃消炎藥；上午十點、下午四點煮新鮮魚湯；晚上十點左右再吃一頓宵夜，服藥入睡。每次爲她換藥，她總是擔心地問：「傷口癒合得好不好？」我每天求菩薩保佑，我想菩薩一定笑我平時不燒香，臨時抱佛腳。

母親復原頗好，最該感謝趙老師的支援。對於我想做的事，趙老師永遠以具體行動支持。每天晚上母親入睡後，我們就在客廳擬定翌日的菜單，既要變化營養又要合乎母親口味，逐項寫在紙上，由趙老師清晨外出運動時，順便採購回家。通常我們都是合作烹煮三餐，但都是她搶著洗碗，她說：「去陪媽媽說話，不要讓她一個人坐在客廳。」我常想，十歲喪母而未能充分享受母愛的趙老師，何以具有如此豐厚的能量，愛人勝過愛己？不矜誇，不炫耀，爲而不有，功成不居。她一定是菩薩示現，來到人間造就這一切的因緣。

那一段日子，因爲擔憂牽掛，睡眠總是中斷，精神壓力著實不小，我完全忘記自己是在養病之中。這是怎樣的鋪排？母女二人竟在同一年先後進入台大醫院開刀。彷彿還在昨日，我猶在生死邊緣掙扎，沒想到我活下來，是爲了陪伴母親走這一段路程。原來，我與母親生命是如此緊密的連結。

*　　*

沒想到年近七十的老母會對一位中年醫生一見鍾情，而無意中穿針引線者竟然是我這個小女兒。至今回想這樁病人與醫生之間的因緣佳話，一股暖流依依存在。

那年母親罹患腦膜瘤，若不手術，五年後右腳將不能行走；一旦手術，又深恐糖尿病和高血壓的老母無法承受。大哥聞知有一種免流血的手術療法，名曰「珈瑪刀放射線手術」，開車陪同母親至台中中山紀念醫院求診。母親一聽是放射線的治療方式，且需自費八萬，立即下令「回家」。究竟該不該開刀，成為我們共同的難題。我建議轉求台大腦神經外科的曾漢民醫師。

雖已掛號，為免母親南北奔波徒勞無功，必須求證曾醫師是否看診，我冒昧打了電話，並未借用同事關係。曾醫師敏銳反問：「你怎麼知道我家電話？」我只好表明身分，並且致歉。曾醫師詳問狀況後建議：「你們可以在門診前一天攜帶斷層掃描的片子來，我比較有時間解釋。」我不敢置信，語帶哽咽地問：眞的嗎？

曾醫師當時不知道這樣慈悲為懷的安排，對頭痛暈眩而長途車程的老人家是何等深重的恩情；而對我這個因病手術尚在請假調養的同事更是莫大支持。因為我完全沒把握能支撐病體陪伴母親久候於門診室。那晚我極力從聲音語調想像曾醫師的神態，卻怎樣也描摹不出他的容顏。我只能解釋是母親平日的行善積福，才能有此造化，得到觀世音賞賜如此悲天憫人的醫生吧！

我們依約到外科病房的護理站，曾醫生面帶微笑緩步而來，看到我似乎有點驚訝，隨即幽默：「是媽媽要看病吧？怎麼你將輪椅搶過來坐了？」我也打趣回一句：「沒錯！女兒就是可以撒嬌賴皮呀！」曾醫師聚精會神端詳母親的掃描片時，我在一旁偷偷打量：不屬雄姿英發的壯碩或飛揚跋扈的氣勢，一襲白色長衫襯托娃娃臉型而簡淨白皙的容顏，頗有纖塵不染的氣質。而眞正動人心弦的是，這儒雅俊秀的外表蘊藏一顆溫暖細膩的情懷。

解釋病情後，曾醫師輕鬆下結論：「小事啦！腦膜瘤才一公分而已。七天讓你平安出院。」這一陣子來，如泰山壓頂的惶恐擔憂與猶豫不決，剎那間竟被曾醫師的從容自信豁然瓦解。離去之時曾醫師特別和母親握手：「免煩腦，開個刀讓你活到八十歲。」母親又驚又喜，在醫院的長廊上，一面讚嘆醫師的仁德良善，一面陶醉：「看到沒？醫師跟我握手呢！」然後篤定地說：「我要曾醫生開刀，我要活到八十歲。」我調皮地問：「老媽！是不是跟你握個手，你就對曾醫師一見鍾情啦？」母親泛起微羞的樣態：「好像是哦！」於是「一見鍾情」在兄弟姊妹間口耳相傳，成爲我們家的口頭禪，連不苟言笑的老爸都笑出了皺紋。

深秋時節，母親住進醫院，不料竟有秋颱侵襲。當天傍晚，名爲「象神」的颱風，已使台北籠罩在強風暴雨之中。聆聽屋外猛烈的風雨，引我無限感慨，母親年幼喪失雙親，孤苦無依，七歲之齡幫傭維生，歷經苦難，生命總是要在風雨中搏鬥，展現她一貫的憂患意識。她深知醫院不可避免的「行規」，竟然主動要求在手術前拜訪曾醫師，在台北教書的二姐被母親委以重任。

二姐來電商量此事，我趕緊打電話勸說：「老媽！能讓你一見鍾情的人，不需要這樣做啦！我和曾醫師雖然萍水相逢，總是同事，這樣做我很爲難。」母親持家一向權威，她聽不入耳，斬釘截鐵回答：「雖然是同事，也要讓人家知道我們的心意，這叫做插花要插在前頭。我讓你二姐去辦，你不必操煩，這件事得聽我的。」

向來孝順體貼的二姐爲使母親安心，只好遵辦。巨大風雨襲擊車窗，視線模糊，路徑難辨，二姐戰戰兢兢駕駛汽車，到曾醫師府上將近晚上九點。對二姐的來訪，曾醫師似乎了然於胸。他請二姐留在大廳門外，蹲下身子從容自若打開禮盒絲帶，將紅包取出交還，微笑言道：「媽媽的手術，對我而言就像到樓上吃碗麵一樣。這盒點心我收下，你們可以安心了。」未能達成母親的任務，二姐表示深恐受責辦事不力，曾醫師說：「你先來個善意的欺騙，就說我收下，不就得了。」二姐感動得無法言對，只能頻頻致謝。「外面風雨大，開車要小心。」就這樣，二姐在曾醫師的叮嚀聲中，紅著雙眼離去。

二姐轉述這段對話時，聲音依然激動。我們不禁讚嘆老母「一見鍾情」的好眼力；姊妹二人頓時也產生孺慕敬仰之情。「風雨故人情」在當下竟是這般眞實。

母親進手術房之日是颱風假，一切照常進行。父親和二姐全程陪伴，而親自出來報平安的是曾醫師。母親送到加護病房觀察後，曾醫師探訪數次，一直到晚上十點，見母親狀況穩定之後方才回家。

母親果然在一星期內順利出院，陪伴母親經過外科病房的護理站時，初次拜見曾醫師的場景仍然記憶猶新。我記得那天曾醫師和母親握手後，趁機呈送已備妥的禮物，是一封牛皮紙袋，並不出色。曾醫師的眼神猶豫了一番，我淡淡地解釋：「是我的作品，書寫我的拐杖生涯，其中有描述爸爸媽媽辛勞養育我的篇章。」曾醫師這才欣然接受。我一直不敢告訴母親，就從曾醫師猶豫的眼神中，小女兒也對他一見鍾情。所以我膽敢保證讓人一見鍾情的曾醫師，病人和家屬絕不需要去做「入境隨俗」之事。

母親早已康復，照樣早起運動，勤練外丹功。我因爲教學研究之壓力，想得不周全；倒是每逢中秋節，遠在台南的母親憶起腦膜瘤手術之事，總會提醒我：「綿啊！中秋節到了，不要忘記打電話問候我那一見鍾情的曾醫師哦！」

我想起唐代詩人張若虛的名詩〈春江花月夜〉：「春江潮水連海平，海上明月共潮生。灩灩隨波千萬里，何處春江無月明。」曾醫師以其獨特情懷與專業素養，散發如明月般的輝光，照耀萬里遼闊的大海江水。當我們泛舟在茫茫大海時，不會迷失，不會迷惘。我們憑藉著對明明如月般「一見鍾情」的信念，安然抵達彼岸。

不一樣的母親節

〔生命記事〕

書寫〈一見鍾情〉其實是在事過境遷之後。民國九十二年四、五月，SARS病毒如瘟疫般猖獗，不少醫護人員因照顧病患受到波及而不幸逝世。我特意打電話問候曾漢民醫師，他依舊是慈悲的語調：「我們還好，最可憐是護士，她們是第一線護理人員，最危險也最辛苦，哪天我帶你去看看她們如何深陷苦境！」那天，我們談了不少話題，我想在那樣人心惶惶的時刻，我應該寫寫扣人心弦的醫生。

我擔任大一國文的班級也受到SARS疫情影響，一位同學通報疑似SARS病例，於是我們師生被通知居家隔離兩週。隔離時日巧逢母親節，收到學生寄來的電子卡片，祝我母親節快樂。那時班上剛剛完成分組演戲活動，學生尚且沉醉在充任演員模擬舞台人生的滋味中，因此寫給我的文字還環繞著難忘的演戲活動。

每年的開學日，一群大一新生，在電腦選課誤打誤撞情況下來到我的班級。他們懷著靦腆忐忑的心情，早早來到教室端坐靜候上課，「這可能是各位一生中最後一年上國文課，從此再不會被強迫必修國文了吧？」這是我的開場白，同學們流露出悚然一驚的眼神。然後我開始說明這一年小說戲劇的上課規則，如缺席三次以上不得參加考試，期末考必須達到五十分方得列入總平均；作業形式有問題寫作、劇評、編劇、群組演戲等，其中群組演戲是重頭戲。我規定寒假期間，各自任選一篇古典短篇小說改編成話劇，學年結束前就各組挑選出的佳作進行排戲，粉墨登場。當我預告這項活動時，個個充滿驚惶之色，一臉比大學聯考還難的樣子，隱約流露誤上賊船的神情。第二週上課人數明顯少了一些，或許是恐懼課業壓力，退選了。於是留下「既來之則安之」的學生。

他們安然隨著我的導讀，沉浸於中國神話、小說、戲劇人物的悲歡離合；半年後角色互換，該我展讀他們改編的劇本，遨遊於十八歲年華奇特超絕的想像力與創作力。在評點字句之中，我讚嘆，我欣喜，彷彿回到童年捧讀故事書的歲月。

夸父國的國王手指著太陽問兩個兒子：「我每天看到它，那個光，那個光叫什麼來著？」二王子機蛋搶著回答：「父王！我知道，那是太陽，太陽是堆滿黃金的一顆大球喔！滿滿的黃金喔！隨意取用，用之不盡呢！」國王狂喜：「我一定要得到它，無論如何，我要擁有那一整顆黃金球！」陰險狡詐的機蛋一心要陷害大王子，以便繼承王位，趁勢極力推薦：「讓皇兄傻蛋去吧！他雄壯威勇，快步如飛，一定可以為父王將黃金球搬回來的。」於是憨厚傻氣的大王子接下命令，逐日渴死。

「夸父逐日」的英雄神話不到五十字，到學生筆下演繹成〈追尋黃金球〉，一齣刻畫人性貪婪、手足相殘、愚忠愚孝的短劇；將太陽轉化為「黃金球」的意象，簡直是巧奪天工。燈下，一篇篇批閱著，我從讚嘆欣喜轉爲驕傲自得。他們第一次嘗試改編劇本而有如此傲人的成果；正因爲開放從六朝志怪小說或聊齋誌異中自由選取偏好的素材進行改編創作，因而呈現多采多姿的樣貌。我挑選各組中精采創意或用心編寫之作，編成大一國文劇本選集，送給每人一本留作紀念，題爲「他年回首應笑傲」。

演戲的舞台是在台灣大學視聽館小劇場，他們自編自導自演，在戲台上模擬悲歡離合的人生。爲呈現完美演出，留下美麗句點，各組卯足了勁兒，發揮創作力和想像力。譬如有的編劇不甘心原著因負心漢背棄生死盟約另娶高門，導致女主角香消玉殞；決定改編結局，讓她走出感情桎梏，遠走天涯。討論男女主角人選時，一位同學自稱腦筋突然短路，自願擔任女主角。這糊塗一世，聰明一時的決定，竟爲自閉離群的自我跨出一大步。縮小版的劇本隨身攜帶，破爛不堪，活像考前重點整理。在公車上背台詞，下車後回家路上，邊演邊走台步，頗像一個走路搖搖擺擺而不斷碎碎念的瘋子。另一位醫學系男同學，爲詮釋四十八歲未婚的心境轉折，在鏡子前努力揣摩人物的神情動作，室友都笑他瘋了。他發現能否體會劇中人心情，是演出成功關鍵。因而自勉將來行醫時，不只要醫「病」，也要能體會病患心情，才能醫「人」。

台下觀賞被屈斬的少婦演得如泣如訴，我與之同悲；昏庸的縣官演得活靈活現，我會心一笑。而當我展讀他們演戲心得時，更隨其籌備演出過程之甘苦與散戲後之惆悵而載浮載沉。有人歡欣，許多的第一次都獻給了這齣戲。有人落寞，無論事前費盡多少心血，舞台上不過短短三十分鐘。有人了悟，某些經驗，是一生一回，千金難買。有人感慨，也許一生再沒有機會演一場如此正式的戲吧？我用紅筆寫下眉批：我們都正在現實舞台搬演自己的戲碼。

感謝他們留下來，在台灣大學與我結師生之緣；感謝他們在最後一年的國文課，與我共同畫下美好的句點。許多許多年以後，將是「相去萬餘里，各在天一涯」；然而當我們各自在西窗明月之下回味讀劇、編劇、看戲、演戲的點點滴滴時，何嘗不也是另一番「天涯共此時」的情境？

我因爲生性孤僻而與人群疏離，但是與學生互動卻成爲生命中最大喜樂。我曾模擬李白〈月下獨酌〉中的四句：「學堂同交歡，課罷各自散。永結無情遊，相期天之岸。」中年之後，體悟人情反覆，再不追求永恆。一年一度送走一班一班的學生，再不惆悵，師生之情都只在當下。

＊　＊

如果我是一個因SARS疫情波及而居家隔離的母親，以致不能與子女團聚過節，這就是不一樣的母親節。如果我是擁有孩子的母親，收到學生寄來的祝福，仍是不一樣的母親節。現在我卻以一個獨身而居家隔離的教師，收到學生們祝我「母親節快樂」的濃情厚意，這樣的窩心已然不同於一般的母親吧！

四月底，大一國文課程才完成學生們在台大視聽館小劇場自編自導自演的活動，儘管SARS風暴來襲，我們還是得如常進行這件學年度的大事。五月初，當我們在課堂上分享演戲活動的甘苦，頒發編劇獎、最佳男女主角以及最佳團體獎時，有一位同學正在喉嚨痛，並無咳嗽，卻沉默不語。第二天他發燒三十八度住院，通報疑似SARS病例，於是我們師生被通知居家隔離兩週。

同學各自安頓去處，住校生或集中隔離，或由家人接送返鄉。我們只能用電話連絡，關照彼此珍重。母親節前夕，將近子時，赫然收到一封電子郵件，是組長陳昱斌代表寄來的，標題「給老師的信」：

這張卡片是我們第五組全體的組員要給您的，我們真的非常謝謝您這學年對我們的教導，使我們受益匪淺，我們萬分感激！而演戲，更是使我們難忘，我們敢說：「這國文課絕對是在我們白髮蒼蒼時，還能記憶清晰的對著我們的子子孫孫們訴説著，過去在上老師國文課時，有趣的種種」。星期日就是母親節了，原本我們全組組員想要一起做個禮物送您，但是由於SARS的關係，現今我們每個組員都分隔在台灣各地，也沒時間再約出來齊聚做 禮物，因此無法如期做禮物送您，所以我們決定寄一封E-MAIL給您，在此，特附上一首明慧寫的詩，希望老師您母親節快樂！

這封信用特大號字體，天藍色的背景搭配深藍色字體，引號文字突然轉成翠綠。我不知道是因爲顏色太亮麗，在黑夜中刺激了我的雙眼；還是因爲文字本身牽引出我心靈深處的曲曲折折，孤燈之下，竟將我的淚水逼出一脈清泉。我沉吟那翠綠字體，一字一句，不禁懷想：當這些青青子衿白髮蒼蒼時，我已不知身在何方？我必然也無法親睹他們的子子孫孫，那代代不息的生命種子；然而就在今生今世的當下時空，他們不吝以子女的情懷，用如此動人的文字，感念我這個沒有孩子的老師，猶如對母親一般，慷慨地送我深深的祝福。信中提及明慧寫的詩，改用鮮紅字體，一行一行像噴射出來的熱情，佈滿其中：

想念您微笑　想念您在我眼中閃耀
想念您溫真　想念您在我心中遨蕩
學子臨如你　他者何能比
輕吻我心扉　輕柔叮嚀語
未見一旬裏　葉片跚跌下
覆地藏羞怯　不敢露惆悵
想念您爽朗　想念您歡愉
想念您笑靨　想念您吐親
圍繞您與我　絲絲纏情意
望與你一言　暖暖我心境
相離十里遠　聞訊欣悅情
相惜伴您我　思念見甜季
情執深如母　表意示心蜜
言多實一字　師愛似真情

願君安適意　永享母得意

在被隔離十餘天的情緒下，究竟是急切回校園上課的渴望，還是將對遠方母親的想念移情於我，實在不需要釐清。然而這首題爲〈濃眞情〉的作品，大體是整齊而不押韻的五言句，將老師與母親的角色融爲一體，流露出感念眞情。其實更扣人心弦的是這位寫詩的女孩。

汪明慧因爲一心想讀牙醫系而選擇保留學籍，準備重考。二〇〇一年二月清晨騎摩托車上補習班時，發生車禍，腦部著地，昏迷九天醒來，不復記憶。五月突然恢復意識，方知自己存在。她下過最多功夫就是寫字，從一分鐘刻一個字，到十分鐘內寫完一首五言絕句。翌年九月復學，新生開學第一天，我恭喜新鮮人，這是他們這一輩子最後一年國文課了。下課後她遞給我一張紙條：「老師，對我而言，國文不是十二年，只有半年。我車禍腦部受傷，記憶力從一天、兩天、三天到七天。我不知道自己能做到多少，但是請您不要放棄我。」一句「不要放棄我」，讓我心酸。

學習過程中她備嘗艱難，記憶受損，總是背了就忘，忘了再背。隨著學期末考試來臨，壓力更甚，她痛苦的說：「我每天拼命讀，考試還是不及格。」我嚴厲告訴她：「你也許讀了五十個小時才考五十分；但是不讀，就是零分。所以你沒有時間哭泣。」有一天她寫電子郵件給我，文字極爲傷感：「老師！上天給您的是『選擇題』，給我的是『是非題』。這一道是非題，我的答案不是○也不是×，是一個似○又似×的三角形。」我眞的無言以對，仍然勉強擠出一些句子：「你面對的難題確實比我深奧！但你可以將上天給予的是非題轉成選擇題，你正在接受學業的煎熬與磨練，就是自己的選擇，是你選擇不放棄，不是嗎？」

明慧遭遇生命重創後，已經無法重考大學實現就讀牙醫系的願望，當然回到原來考取的科系。有時不免感慨：既然終究得回到原點，又何必當初？如果她當初直接就讀，也許不會回到高雄的時空發生車禍而遭遇生命巨變。但是人生的歷史不能重寫，誰也無法裁定她在怎樣的選擇下，可以逃過什麼劫數？而我們又何嘗忍心說她選擇錯了？唯一可以篤定的是：「當初她爲實現自己的理想而做了重考的選擇。」一個爲理想而選擇的年輕學子，哪裡錯了？

我不知道上完這一年國文課後，明慧是否能夠記得我，但這不重要。重要的是我和她結下的師生情緣。腦傷之後的她，對語言的認知與組合總有落差，這首詩中有些拗口的句子，正是反應這樣的困境。將近一年來，我看著她跨步的成長，而今能寫出這樣的五言句子，何其不容易啊！這也是讓我不能不哭的原因吧！今年過得眞是喜極而泣，不一樣的母親節。

坦白說，第五組的同學臥虎藏龍，個個文筆酣暢淋漓，每一個人都可以代表寫出不同的好詩文。然而組員們都將這份展現文字身段的舞台，慷慨地留給明慧，讓她盡情揮灑。在母親節的日子，我也爲同儕之間這樣溫厚體貼、成人之美的赤子之情而感動流淚。

　　爲了搭配明慧這首充滿思念的詩文，昱斌特別選了一幅插圖：以藍紫色爲背景，在鵝黃的月光下，一個穿著淺藍色洋裝的美麗少女盪著鞦韆，她的小寵物跪坐在面前，輕柔低訴：「我想念你，這樣的想看你……」。選擇這幅圖畫，無疑將「人與物」的情感交流對應到「人與人」，我在課堂上講授莊子「天地與我並生，萬物與我爲一」的齊物境界，顯然已經深深

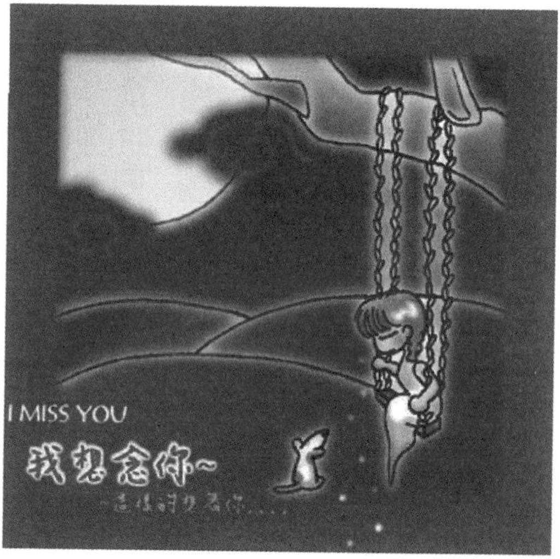

烙印在十八、九歲的心靈世界。如果眞是這樣，那麼我這位沒有孩子的老師，又何嘗不能甜蜜地享受學生的孺慕之情呢？

電子卡片上有文字、有詩句、有圖畫，焉能無音樂？圖片上方，站著一個好酷的男孩，棕色的頭髮披到耳垂之下，灰色的長袖衣衫搭配咖啡色牛仔褲，熱情地彈著吉他，右腳還打著拍子。在詩、文、畫組合而成的靜態畫面，這幅動感節奏、忘情彈奏的動畫，格外顯眼。

我打開喇叭，歌者阿杜的〈雨衣〉開始播送：

思思念念你的笑容　乎阮一切力量
牽阮的手用心來養　看阮哭看阮學走
鳥兒大漢嘛愛學飛　全世界是伊的
你的關愛乎阮作伴　放心啦阮抹孤單
你來聽阮唱這條歌　阮心內有你的牽掛
無管那雨多大　欲甲你逗陣走　你是阮的雨衣
我來為你唱這條歌　唱出你偉大的形影
抱著你的期待　走出我的未來
用阮美麗歌聲　來祝福你啊

昱斌細心注明這是黃元成填詞，梁偉豐譜曲。這首閩南語歌，是我第一次聽聞。我這個四年級的老古董，熟悉陶醉老歌舊調，實在不知道誰是阿杜？然而，歌者磁性的嗓音，唱出情懷幽幽的旋律，如泣如訴，恰似王維形容的「泉聲咽危石」。重複聆聽，品味詞境，腦海中呈現一幅畫面：大雨滂沱之中，一個年輕人穿著母親為他披上的雨衣，母親撐著雨傘佇立在家門前，望著孩子的背影，漸行漸遠⋯⋯。而後又將我帶到童年的回憶：午後一場猛烈的雨勢，街道積水，水深及膝。母親穿著雨衣，涉水到學校背我回家。途中母親失足跌至水面，雙膝跪地，她以手掌撐住地面，奮力站起的場景⋯⋯。一時之間，我內心完全不堪負荷這樣的回憶，竟痛哭失聲。在夜闌人靜的時刻，我強烈地思念遠在台南的母親，她在大病之後進入每週三次洗腎的功課，活得好艱難。民國九十一年母親在醫院與尿毒症搏鬥時，我曾經哭泣懇求：「媽媽！您要活下去！讓我可以隨時打電話叫您一聲媽媽！」如今她以受苦的生命成全子女自私的渴求。

曾幾何時，象徵母愛的「雨衣」，不知不覺透過學生藉由歌曲送給了我。總以為醫學院的學生只懂得讀書，多以自我為中心，不想昱斌用心良苦挑選這首〈雨衣〉，將母親與我和學生之間，搭起一座思念牽掛、祝福感恩的橋樑。

居家隔離的時日，每天看 SARS 新聞報導，憂患甚深，早已忘記母親節的日子。對我而言，這一年母親節，不屬康乃馨的繽紛燦爛，也不屬歌頌母親的樂曲悠揚。是昱斌配合明慧眞情流露的詩句，精心設計詩歌樂融爲一體的電子卡片，引起我無限感懷；而那首〈雨衣〉，更喚起我複雜萬端的心緒。這眞是別有一番滋味在心頭的母親節。

溫馨接送情

〈生命記事〉

接受婦科手術同時，我的手肘已經出現韌帶發炎的現象，長期用手支撐拐杖行動，終於導致雙手手掌嚴重麻腫脹痛。民國九十三年一月，經由醫生進行神經傳導測試，左手對神經感應度僅有二分之一，右手猶有三分之二。醫生建議最好雙手立即手術，以免壓迫神經造成肌肉萎縮。回憶十二歲到振興復健醫學中心，醫生判定我重度殘障，只能終身坐輪椅，我以極爲篤定的語氣說：「爸媽遠遠從台南將我背來，我要走路！我不要坐輪椅！」對一個用手走路的人，雙手必須手術的宣判猶如青天霹靂，我搥胸吶喊質問上天何其不仁？然後我自問：如果回到當年，醫生預告三十年後將付出手腕開刀的代價，我是否會認命坐輪椅？我想，我仍然會選擇借用拐杖站起來。因爲站起來，才能看到更遼闊的視野，才能走出另一番天地。這一問，問出生命的乾坤，既然這是三十年前自己的選擇，一切都應概括承受。再度出入醫院，我與醫生又結下病裏因緣。

向來都是寶劍贈英雄，這回是寶刀贈佳人，而我就是接受餽贈的佳人。這寶刀不是用以比武論劍，是一種拋棄型腕隧道手術切割刀，當手腕部正中神經麻痺，使用內視鏡，只需一公分的傷口即可達到減壓效果。腕隧道内視鏡手術取代早期在手腕部的大刀口，術後可治療手麻症狀。這種切割刀需自費，一把五千元。

在台大骨科門診室第一次拜見和藹可親的主任醫師侯勝茂教授，他看完病歷後用很慈祥的聲調說：「兩手一起開吧，可以節省手術刀費用。」我立即反應：「不要！先開嚴重的左手，好不好？」侯教授神色轉爲嚴肅：「你右手症狀也不輕，不該拖延了。」我無言以對，紅著眼眶離去。

在忙亂的門診室，醫生不可能有時間聽我解釋，於是我寫了一封長信懇求侯教授：「對一個長年用手支撐所有生活行動的人，雙手同時開刀，無疑是另一種暫時性的癱瘓，我還有教學研究工作，内心實實無法承擔這樣的創傷，我不介意自費手術刀一萬元，請容我右手暫緩。」數日後接到電話，自稱是侯教授秘書：「侯教授送你一把刀，請你住院報到時與我連絡，當面拿給你。」放下電話，一時不能回神，呆坐了好久好久。

手術前一天，侯教授照例前來病房，毫不遲疑抬起我的左手認眞地問：「是我要幫你開刀嗎？是這隻手嗎？」我像個小學生一一回答「是！」只見他拿出色筆在我手腕上寫個英文字母，邊寫邊說：「H就是侯，這樣絕對不會開錯刀。」臨行前細心叮嚀：「明天記得將那把刀帶到手術房！」翌日，進入麻醉之前，侯教授及時來到病床邊，詢問手術刀是否帶來，然後拍拍我的肩膀：「小睡一下，醒來就好了，你要寬心！」我眞的很寬心，就憑恃這一份萍水相逢的恩情，我寬心接納自己開始另一段行路難的歲月。

養病時日，我時常低吟漢代張衡〈四愁詩〉：「我所思兮在太山，欲往從之梁父艱。側身東望涕霑翰。美人贈我金錯刀，何以報之英瓊瑤？路遠莫致倚逍遙，何爲懷憂心煩勞？」詩人承蒙美人相贈鍍金的佩刀，欲以美玉瓊瑤回贈，怎奈美人遠居泰山的支阜梁父山，路途險阻無法致送，只能徘徊瞻望。張衡模擬屈原比興寄託之意，以美人爲君子，以珍寶爲仁義。金錯刀之贈與，象徵君子對詩人知遇之情，正因爲難以答報知遇之恩，故憂思無盡而淚濕衣襟……。

我終於明白詩人深情纏綿、寄意幽遠之心。金錯刀猶如侯教授慷慨賜贈的手術刀，託人傳話，不著一字，而一個師長對學生的賞愛疼惜卻盡在其中。在我心緒煩亂時刻，無言的餽贈傳達深層的訊息：侯教授以精湛的醫術，透過這把金錯刀的切割與力量，重整我的手，助我繼續行走人間。

手腕開刀之後，再無法常使用拐杖，從此開始輪椅生涯。

*　　*

由於長期過度使用雙手，導致腕隧道關節炎。手術之後暫時只能乘坐電動輪椅。大半年來，完全依賴台北市政府公辦民營的復康巴士接送往返。每次搭乘都會由衷地感謝駕駛先生：「幸好有您們，我才能照常上下班，還能去醫院復健。」先生總是用很爽朗的聲調回應：「這是我們該做的，也是因爲有你們，我才有這份工作啊！」通常這樣的對話，就足以醞釀出當下交會的氛圍，雖然短暫，卻是溫馨。

這樣表述感激之情的語句主要是爲了回應一位先生的感慨：「其實我們的情緒大多是被帶動的，有些乘客一上車就板著臉，我們才不敢惹呢！」儘管我自知這是強辯之詞，忍不住還是說幾句寬諒的話：「有些人不善於表情達意，有些人被身體病痛折磨，被行動不便拘限，要時時展露笑容實在也不容易啦！」先生聽了果然釋懷：「那到是眞的，有些人的醫療費和車資眞是可觀，有時就不收他車錢，幾十塊錢對我沒什麼，對他總有一點點幫助。我每個月平均大概總會墊出一兩千元。」我知道如此善良慷慨的駕駛員雖不是綽綽有餘，至少是稍有餘裕的。因爲往往在閒談中得知，有些人是依靠這三萬元左右薪水養家餬口，而他們的工作時數長達十二小時，月休才六天，沒有年終獎金。曾經有位先生也心懷感激：「有些乘客是一兩塊錢就自動說免找了，別小看哦！累積下來可以省下一個便當錢。」從此每次搭乘，我總是多給一些小費，謝謝他們溫暖親切的照顧。

爲了做一個笑容可掬的乘客，我經常扮演採訪的角色：「您這份工作多久了？」「哦！五、六年了！同事中像我這樣資深的數不到三個。這種小巴士對我來說簡直就像娃娃車。」我很驚奇：「啊！難道您以前開砂石車？」「砂石車不夠看啦！總之這是我駕駛經歷以來最小的車子啦！」先生的手指對著方向盤揮舞著，聲調飛揚。於是我也調侃一番：「那好！您可得要細心保護我們這群娃娃生喲！」不知怎地，這話引起他嘆氣：「說來慚愧，我先前用的是『愛心』，現在只剩下『耐心』了。」這番如珠妙語引得我開懷大笑：「請問您的愛心與耐心有何不同？」先生興高采烈：「愛心就是早上買豆漿三明治給第一個乘客，中午買便當，下午買點心。」我不忍問爲什麼只剩耐心，倒是慨然允諾：「下回有機會早班載到我時通知一聲，輪到我回應您的愛心，帶份早餐請您。」

也許因爲往返的地方多是在台灣大學文學院，難免我也成爲受訪對象：「妳去上學嗎？」我知道基於尊重人權，他們幾乎不詢問乘客的身體病況或工作性質，我爲消卻他的忐忑不安，先演述自我陶醉情狀：「您這一問，我樂得很呢！表示我看起來很年輕，還像個學生樣兒。」然後輕描淡寫告知：「我在中文系教書。」我注意到這位駕駛員非常年輕，像踏入社會的新鮮人。沉默一陣後，忽然傳來一聲呼喚：「老師！請問『曾經滄海難爲水』是什麼意思？」提問的聲音轉爲低沉抑鬱，我沒道破，如同在課堂上回答學生的語調：「曾經經歷過滄海大水的人，再看其他地方的水，就難再認爲那是值得一看的水。」我好爲人師繼續解釋：「接下一句是『除卻巫山不是雲』，意思是說曾經看過巫山的雲之後，便覺得其他地方的雲，看起來全不是雲。這首詩主要描寫一往情深的男子，難忘刻骨銘心的愛情。」

「我終於懂了，老師可以把整首詩寫給我嗎？我想送給一位女孩。」

下車時他留下電子郵件地址，我如約補上後兩句：「取次花叢懶迴顧，半緣修道半緣君」，附上翻譯：「即使從千紅萬紫的花叢經過（比喻成千佳人），也都懶得回頭看它們一眼。這固然一半是爲了修道，一半卻全是爲了妳。」我順手寫上幾句：「這是唐朝詩人元稹悼念亡妻而作的〈離思〉。愛情是人類永遠修不完的功課，先生當以此詩情懷，期待愛情的春天再度降臨。」不久先生回信：「老師請放心，我已經活過來了！希望下次再見到您。」

沒想到搭乘復康巴士竟也當起國文導師。台北市九十輛復康巴士由近百位駕駛者日夜載運，我與這位一表人才的年輕朋友何時得以再見？也許不久他轉換人生另一個跑道，重逢更是未知。然而，因一首唐詩而結緣，也爲溫馨接送情寫下動人的插曲。

也許多年在台大校園進進出出，習焉不察，有時會淡忘自己擁有的福分。往往有些到學校接送我的駕駛先生，總會觸及內心某種悸動：「好想再當學生哦！」老師的本能是永遠要說鼓勵的話：「有何不可呢？倘若考取夜間進修部，還可以半工半讀。」話題一轉，先生竟提及傷心事：「我媽媽過世後，我完全不能工作，只能自我放逐。」我從駕駛座前的照後鏡，隱約看到這位臉容上刻畫滄桑的年輕人，「自我放逐」的表白，令人淒然，是怎樣的母子情深，竟讓他在母親往生後自我放逐？我忍心相問：「因為生病而過世嗎？」「是啊！母親生病時，我辭職全心照顧，她還是走了。八十歲的父親責備我是怎麼照顧的？我好傷心，就這樣自我放逐了兩年。」先生回憶痛處，一邊開車一邊用衣袖擦拭淚水。此時此刻，車窗之外風物奔馳，就在這小巴士的密閉空間，偶然相遇而不相知的兩個人，因不自覺的傾吐而呈現一齣靜態沉吟的青衫淚。

我趕緊轉個話題：「這是你自我放逐之後第一份工作嗎？」先生一時無法言語，只是點頭。我當下找到安慰他的切入點：「也許這是冥冥之中的安排，讓你因這份工作看到這麼多病痛的人，這似乎也是另一種療傷的方式。再者，你應該是全家最沒有遺憾的人，因為母親離開人世前，你是唯一守候在她身邊時間最長最久的孩子。該走出來了，別讓母親在天上心疼。」

臨別前，他同意我寄去進修部的考試簡章，我說：「希望你來台大讀書，以學生身分真正叫我一聲老師。」他收到簡章後回覆：「謝謝李老師的鼓勵，其實現在已經在準備二技假日進修班考試，七月中旬就要考，若沒考上再來衝刺台大，再次謝謝您的鼓勵。」我含笑閱讀這封簡短回信，欣喜他猶如戰士披甲戴盔，蓄勢待發。

然則反觀我自己，為了護養正中神經病變的雙手，以免再度惡化導致萎縮，被迫調整生活的秩序與節奏，何嘗不也是另一種重新啓航？漫長歲月，爲了獨立上學工作，我單槍匹馬騎著三輪摩托車自行往返各地，不知不覺竟已二十年。獨自穿梭在台北的街路巷弄，即使陷於車潮人海中，我都不可能停駐與人攀談；行車匆匆之間，我永遠聽不到陌生人群內在的聲音。如今有幸善用台北市社會福利資源，享受復康巴士的專車接送，可免日曬雨淋，又得以安度行路艱難。儘管我必須依照規定，在五天前上午八點半開始預約，用電話重撥的方式，平均每五秒撥打一次，大約三十分鐘左右方可撥通。但是適應這種形式，卻也成爲生活中安之若素的學習與功課。總以爲只是克服出入問題，沒想到因此開啓另一扇窗戶，讓我眞切地讀到、聽到、看到不同的生命樣態。莫說所有搭乘復康巴士的病軀殘身者，即使是每一位可親可感的服務人員，也都蘊藏一首一首生命的悲喜之歌。思及此處，我們都該彼此疼惜，相互尊重。

二十年來，騎著我那不起眼的三輪車，爲了停車問題，曾經幾度遭逢校外機關門房守衛的白眼冷語，而今回想，皆可盡付笑談。曾經幾度被撞摔傷，師友聚餐時紛紛建議以包月形式改搭計程車。席間，我竟天外飛來一筆：「刊個徵婚啓事吧！嫁個有錢人家，專車接送。」我這位向來標榜不結婚主義的人忽然打破禁忌，不免引起騷動，有人接口：「那可不得了，徵婚的履歷一定如雪片紛飛，我們得成立一個審查委員會，按例經過初審、複審、決審三個階段。」一陣喧譁，被我反問：「這似乎是經濟不景氣才有的現象，難道連結婚都不景氣了嗎？」一個狂想帶來插科打諢，倒也愉快。如今情境改變，下回再聚時，我決定撤案了。

可不是嗎？一切都會事過境遷，風雨陽光、苦難歡笑皆然。人到中年，方才了然王羲之〈蘭亭集序〉的：「情隨事遷，感慨係之矣」。那麼品味溫馨接送情的點點滴滴，成為生命當下的喜悅，更覺格外動人心弦。

借

〈生命記事〉

一路上借了許多人情，活到今天。俗話說「有借有還，再借不難」，但我虧欠世人的情分，終其一生卻也償還不了。不知何時，突然轉念要向上蒼借天年，不要借長命百歲，只要再借二十年吧！是否太奢侈？是否違背了莊子「無待」的境界？然則，即使違背又何妨？當我有這份借的渴望時，至少體現一種意義：無論人生行路如何艱難，我依然想活下去。

＊　＊

總是在夢裡尋找自己的位置，或在搖搖晃晃的火車廂，或在莊嚴宏偉的戲劇院。一個是年少歲月搭火車南來北往的記憶，一個是近十餘年來最常出入的場所。因爲是長途車程，尤其對一個身體重度不自由的人更須保證對號入座。然而夢中不是找不到自己的位置，就是與他人座號相同，工作人員只好隨意指個座位：「如果這兒沒人來，就借你坐吧！」原以爲買了票就有屬於自己的好位置，沒想到還是得去尋覓借位，以致於坐在一個未必適意的位置。

其實金錢買來的位置，只能購得當下的時間和空間；因爲公共場所如流水似的席位，隨時會有不同的人遞補，姑且稱之爲「強迫式的有借有還」吧！不過並非使用金錢就可以購得任何一個位置，如果將夢境剪貼到現實生活中，我眞正面對的情況是經常找不到殘障機車停車位。曾經到外校擔任碩士論文口試委員，校門警衛堅持不准我騎車直接進入；又曾經到文化機關開會，駐警人員也不讓我停放距離出入口最近的地方。萬萬沒想到證明文件變得一無所用，而不知何故，所有理直氣壯，頓時亦消失得無影無蹤。當下不知所措，只能擠出唯一的辦法：「先生！這樣吧！我付費，借一個汽車停車位，總行吧？」執事人員斬釘截鐵地說道：「不行！那是給汽車不是給你這種車停的。」還記得當年克服千辛萬難學習駕駛特製三輪機車時，彷彿向上帝借來了一雙翅膀；從寸步難移到騎車自由行路的狂喜，何等神氣驕傲呢！曾幾何時，我的摩托車儼然變成旁人眼中的怪物？平生這樣被對待的機遇不多，然而超過三次以上紀錄可算奇蹟，也夠尷尬了。回想起來，這些執事者給我的教育是：寬闊的校園和空著的停車場，即使我有一些微不足道的身分和金錢，也借不到一個位置。

只不過是一輛三輪機車，每天回家往往也找不到停車位，因爲家門前的一條巷子停滿了附近大樓住戶的機車。有時巧遇大樓鄰居，都會盡可能地費力搬動其他機車，辛苦爲我挪出一個空位；有時候，一輛一輛機車像連體嬰緊靠著，擁擠得令人窒息。二樓陳太太看到時總是建議：「畫個停車位給自己吧！」說著說著，沒想到他們夫妻竟積極向相關單位提出兩點陳情：其一，巷口畫紅線，禁止汽車停放，以免緊急狀況時影響消防救護車出入。其二，巷子規劃機車停車位，其中一處請優先給本大樓住戶的殘障教師。相關人員前來勘查後，結論是依據法令規定，在四米寬的巷子內，不得規劃機車停車線，因此只批准第一項訴求。於是事情回到原點，在法令上不可以畫位而實際停滿機車的自家門前，我依然借不到一個位置。官員們散去之後，好心的里長悄悄地說：「自己偷偷畫個位置，沒人會知道啦！」

偷偷地？豈不是知法犯法？我不免苦笑，竟突發謬想，假如我是李世民的後裔，或許能「上窮碧落下黃泉」借來一把尙方寶劍，說不定可以「就地合法」，威風凜凜、耀武揚威借得一個位置呢！說眞的，相對於當前政治、經濟、文化、教育、社會種種危機，我這庶民百姓的停車事件，簡直微小得像被捏死的一隻螞蟻。數十年來，在台灣如此重重障礙的生活環境下，我早已經向老天爺借得兵來將擋、水來土掩的能力，逆來順受該是我最大的本領吧！因此不曾主動爭取任何關乎切身福利之事。然而當陳家伉儷用心良苦爲我爭取停車位，對我而言，這件事卻變得巨大。我無意向他們借力，他們的本意也不是要借我人情；雖未能順心如意，卻借來人與人之間「無所爲而爲」體貼關懷。這無心借取來的情意自然無須歸還，也無從歸還，只好轉「借」爲「有」留藏心底，作爲生命樂章中動人的插曲。

所以能夠轉借爲有，是因爲「人情」不同於金錢物品；俗話說「有借有還，再借不難」指的是人之常情，但難免也會遇到借去不還的情況，其中大約以借貸一事最爲棘手。表面看來，這類人以借爲「得」，其實是「失」去自己的人格尊嚴，失去與朋友之間的信諾道義，辜負了朋友當初慷慨解囊相度難關的深情厚意。對被借者而言，血本無歸固然嘆息，因借貸而失去朋友才是更令人悵然吧！他日若乍然重逢，該如何相對呢？

其實眞正難以歸還的不是金錢物品，而在於不刻意借來的人情或恩情。譬如陳家伉儷爲我奔走往返的人情；譬如父母家人養育栽培之心、老師長輩提拔造就之恩、朋友生死患難之情、學生攙手扶助之義等等，滴水之恩都足以匯集成流。這樣的情感，在借與被借之間，沒有形式，不要借據，無須契約，不落言詮，可以純然是心心相惜的交流。儘管如此，借與被借二者卻不可用「相忘於江湖」概括，也許被借者可以隨借隨捨，隨施隨忘；但是借者卻當念念於懷，或適機適時傳達還報之情，或轉化爲另一種能源再借予他人。這份有借有還的人情往來或許就是世間另一種「薪盡火傳」的意義吧！

物質或精神層面上，點點滴滴、溫溫暖暖的借還，美則美矣，總不及文學名著中的唯美浪漫。明代戲曲家湯顯祖《牡丹亭》，劇中女主角杜麗娘二八年華，從丫嬛春香那兒得知自家府院有座大花園。兩人預備相偕遊園之前，春香告知小姐：「已吩咐催花鶯燕借春看」，此處將催花鶯燕擬人化，點出杜麗娘要向大自然「借春賞玩」的意思。舞台上演出時卻將「借春」改爲「惜春」，一字之差，實大異其趣。「惜」是主觀之情；「借」則含主、客二體，意味借與被借的關係。春天屬於自然是主體，佳人借春是客體。四時循環中，春天只有一季，不能停駐，佳人也無計留春住。象徵人類借來的春天，不論多麼姹紫嫣紅，一切良辰美景都將付予斷井頹垣，終究要歸還自然造化。

儘管如此，杜麗娘卻在有意借春的行動中，覺醒到紅顏年華暗隨春光流轉的驚恐，因而激盪出追尋愛情生命的幽懷。於是遊園之後夢見書生手持柳枝向她邀約，夢中幽歡，溫柔纏綿。翌日，麗娘再度到花園尋夢，只見淒涼冷落、杳無人跡，不禁悲泣悵然，誰知竟從傷春病到深秋，中秋佳節離魂歸天。死後承蒙地府判官垂憐，著她出離枉死城隨風遊戲，追尋夢中人；三年後果然尋得夢境書生柳夢梅，還魂團圓。痴情慕色、一夢而亡的杜麗娘，透過借春的追尋中，九死不悔，終於求得「生者可以死，死而可以復生」的至情。儘管最後必須歸還生命的春天，然而杜麗娘今生託身得所、千載不違，心願足矣。

原來借春也可以借到安頓生命之所。今年初春時節，我大病初癒，病後鬱懷，不免騎著三輪摩托車回台大校園探訪春天，只見流蘇初發嫩芽，杜鵑含苞待放，蘊藏春之無限生機。在文學院側門旁，不期然遇到系上資深的文書人員林碧珠小姐，兩人聊著，突然一個高大的身影從旁而過，聽得林小姐招呼：「院長早！」才知是文學院李院長，我趕忙請安；經林小姐介紹，院長停下腳步，親切說道：「恭喜你身體康復回到校園。」接著主動關切我搬遷研究室之事，爲尋找一處無障礙空間，顯然頗爲傷神。院長像天外飛來一筆：「舊總圖書館一樓還有兩間尚未使用，不妨去看看！如果合適再商量。」原以爲那是院長口袋裡的空間，可以彈性運用，拍板定案之後才知道已經分配給他系，於是經由院長協商，向外系借來其中一間讓我使用。

因應學校政策，中文系所有寄居在其他大樓的同仁都得遷回文學院，在列爲古蹟建築不得任意更建殘障坡道的限制下，系主任爲我預留規劃的一樓研究室，因外緣環境障礙無法讓我獨立出入，仍然不能使用。辜負了系主任一片苦心，我也成爲系院的包袱與麻煩，雖是無可奈何之事，卻不免令人挫折不已；請假養病的時日，深爲此事「耿耿不寐，如有隱憂」。沒想到在重回校園訪春散心的日子，得以偶遇未曾謀面的院長，像彈指神功般解決了憂心已久的難題。該是何等深厚的因緣，才能借來這如泰山之重的福分？

究竟是怎樣的因緣？井底之蛙如我，留任中文系執教多年，直到前年，歷史系李東華教授當選院長才聽聞大名。院長與我既不相識亦無交情，而今竟爲我這位微不足道的年輕教師，親自出面斡旋，借我一間無障礙空間；而碧珠小姐積極申請整修陳舊不堪、斑駁滲水、窗門腐朽、佈滿灰塵的研究室。這些作爲都不是有心造作一份恩情相借，只爲了展現一份學院的人道精神，只爲了愛護疼惜、努力安頓一位「身」不由己的教師。在文學院研究空間嚴重不足、尚且是兩三位教師共用一間的情況下，我卻得天獨厚借來一人專用的空間，何嘗不是因禍「借」福。

當我置身在煥然一新、萬事齊備的研究室，如在夢境。看著窗外幾株古木老樹，不禁喃喃自問：這些老樹透過人類的雙手向大地借得此處落地生根，該有數十年了吧？春秋更迭的歲月，它們靜默地看過多少過客曾經借用？如今我這位新借客在此間僻靜幽深的斗室，又能借多久？從「小」處說，這空間不屬於中文系所有；從「大」處論，它真正歸屬宇宙天地。在有限的教學生涯中，原來我也只是暫借安身而已。既然是借，用完總是要歸還的。仰望浮雲悠悠，想著四十餘年人生，拖著殘破不堪的軀體勉力活著，不禁祈求蒼天：可否再借我二十年健康的生命，讓我有始有終地打完這一場美好的仗？但願不要再讓我回到夢境中的火車廂和戲劇院，總是找不到自己適意的位置。

儘管當火車抵達目的地或終點時，當舞台落幕時，不論借或不借，終究得離席散場；但是有朝一日，向天地交還所借來的一切時，至少可以俯仰無愧而含笑驕傲地說：我曾經借過。

輯六

知己交心　文學對談

簡媜曾兩度邀約文學對談，其間相隔十二年，不約而同啓動本書兩度再生的契機。

第一次是二〇〇五年，簡媜極力推薦，九歌陳素芳總編慨然允諾爲本書增訂出版。簡媜興高采烈敘述構想：「在書末增加我們兩人的對談，題目訂爲『一生借宿』。」簡媜總有別出心裁的構思，一篇扣人心弦的生命對談，當能挹注能量，使本書具有出人意表的收煞。我商請臺大中文系畢業的學生陳姿因，協助錄音整理。對談的良辰吉日是十一月十五，恰逢臺灣大學校慶日，一併紀念我們相識相知的空間場域。

第二次是二〇一七年二月下旬，簡媜來電，告知聯合報「文學相對論」行之三年，宇文正主編相邀對談，預計八月刊載，問我是否願意？簡媜敘述來龍去脈，語調輕柔，婉轉自如，我沒問細節，傻傻地應允了。簡媜對我的請託一向不遺餘力，我雖誠惶誠恐，亦當勉力爲之。仔細拜讀宇文正來函之後，方知是連續四週，最後一週在孫運璿科技人文紀念館還有一場「星期五的月光曲」朗誦會。對我而言，這可比撰寫學術論文還艱難啊！

五月，在一個餐會巧遇初次見面的宇文正，得知簡媜一直婉拒相對論邀稿，直到宇文正建議李惠綿，簡媜才欣然同意。我驚訝之餘，不敢再動念打退堂鼓。簡媜向來「無伐善，無施勞」，如果我沒有巧遇宇文正，將無從得知此事。記得前年簡媜曾鼓勵我將一本學術專書的抒情序文投稿聯副，她說：「在學術倫理迷失與研究士氣低迷的時刻，要讓讀者知道，依然有人兢兢業業。」我瞻前顧後沒有行動。這次簡媜懇邀，固然是對我的賞識知重，但更深層的用意是慨然借我一方文學舞臺吧！

相對論四週主題皆由簡媜擬訂，從成長歷程到年老安養，可見簡媜對自我存在、生命文學、文化困境、高齡社會等議題的關懷。有人問：我們是否一邊喝下午茶一邊對談？我回答：「文字交流，紙上對談，不著一杯香茶與咖啡。」話說簡媜先撰寫，平均每三天完成一篇。她下筆有神，我苦吟字句。當我陷入不知如何對談的困局，恰好簡媜來訪，她當機立斷，不用一問一答體例，而以一氣呵成的小品形式，開創文學相對論的另類風格。交稿之後，簡媜轉來文正的郵件：「第一篇讀得掉眼淚，不是催淚，是催心肝！」我回覆：「從七月中旬全心寫作，幾度流淚，幾度擱筆。」沒想到被金剛不壞之心的簡媜調侃：「妳們的淚腺未免太發達了！不過，我們能聯手給奮鬥中的人一點鼓舞，也算稍盡社會責任。」

相對論刊載之後，收到頗多感人的迴響。原以爲刊載結束，即是畫上休止符。沒想到，二〇一八年四月意外獲知素芳總編擬爲本書改版，重新發行，於是我將兩次對談彙編爲第六輯。一步一腳印，冥冥之中，上天似乎都有安排。本書雖以「眼淚」鋪排，而能以「喜悅」收割，深深感念三位文學貴人知遇之情。

一生借宿

——談借與被借

有著相同文學高度、心靈高度，又同樣屢屢爲生命頓挫的簡媜與李惠綿，從大學結識至今二十六年，各自在生命幽谷掙扎，努力與生命困頓和解，跌跌撞撞走出一條道路。這段對談猶如閨房私語，姊妹情深的摯友，在惺惺相惜中激盪出許多智慧與參悟。

（以下對談簡媜稱簡、李惠綿稱李）

簡：一般而言，很少作者有機會在短時間內重新處理之前的作品。這次新版《用手走路的人》跟二〇〇〇年初版不同，增加新的作品和感觸，作者的心境與解讀也不同了。這本書初版後雖然有些波折，但這未嘗不是再次的修正與整頓。我回想你的生命歷程時，聯想到寫回憶錄《鄉關何處》的文學評論大師薩依德，恰恰可以對應你的處境。薩依德生於耶路撒冷，但少年歲月大多在開羅與黎巴嫩度過；身爲巴勒斯坦人卻持美國護照；是阿拉伯人卻信仰基督教。在他身上，身分認同、文化歸屬、國族定位是困難的事，他自始即深深感受無論身在何處都是一個格格不入的「局外人」，一個流亡的人。你的情況跟他不同，你是禁錮中的流亡：有家，卻從小離家；有身體，卻窒礙難行；與趙老師情同母女，卻無血緣與法律的關聯。很多東西對你來是「有」，可是你「有」的定義跟別人不一樣；說你「沒有」，你又擁有他人所沒有的「有」。你自身如何看待這種樣態的生命？

李：對照薩依德「流亡」的想法，我常常覺得有一種「流浪」的感覺。我將少小離家當作是普遍存在的問題時，就能「淡化」流浪的感覺。兩岸開放後，已經過世的台大中文系張敬老師，暌違四十年後回到故鄉北平，寫下〈還鄉曲〉三十韻，其中最令人傷痛的句子是「盼到還鄉不見鄉，還鄉事事斷人腸。我在異鄉爲異客，還鄉視我猶異鄉」。相對於政治亂離，少小離家只是個人生命的小遭遇而已。

簡：人的第一度生命、第二度生命、第三度生命不一樣。我們第一度生命常常受制於我們出生的家庭、天賦與資源，以及我們後來走了什麼樣的路。對你來說，第一度生命相較於其他人，是非常非常困頓的，那是一個裂谷，不是一個小溝，你是如何通過的？

李：憑著年少的盛氣與勇氣吧！我也許不甘心人生只是這樣而已，形殘的命運是上天給的，我憑著一股強烈要改寫命運的意志而通過這個裂谷吧！我很慶幸自己在窒礙難行中還擁有可以自主的雙手和頭腦，我的心靈因而可以超越禁錮，自由飛翔。齊邦媛老師從小就非常喜歡人魚公主的故事，曾經送我陶製的人魚公主，那是幾年前在哥本哈根機場買的，非常精緻漂亮，老師在卡片上寫：「實在忘不了她臉上的憧憬與展望。」人魚公主對愛情的追尋，應該也是超越形體的禁錮。老師將人魚公主送我，要我放在案頭，這分心意，我懂。

簡：當我們能夠跟自己的命運和解時，就已經脫離了第一度生命所有的困境，進入第二度的生命。對你來講，是學術之路；對我而言，是文學之路。一個人如果沒有辦法跟自己的第一度生命和解，他第二度生命出不來，因爲他一定會在第一度生命中與所有困境糾纏，他不能爬到岸上，當然沒有辦法抖落一身塵埃、厚重和潮濕，他還沒把自己曬乾，怎麼有可能再去進行下一個階段的旅程呢？談談你與趙老師的關係吧！

李：我成爲趙國瑞老師的學生在一九七二年，至今已有三十三年，我一直享受這份亦師亦母的幸福，很少想血緣和法律的問題。不過教書十多年以來，每年會有一次聯想，你猜什麼時候？

簡：母親節？

李：不是，報稅的時候！（笑）

簡：都沒有辦法提供你任何的減稅。

李：是啊！每年報稅時恨不得像編劇，可以在紙上編幾個子女出來。相對於世間有血緣關係的型態，社會上弒父殺母的悲劇屢見不鮮，這樣有血緣關係又如何？我們沒有血緣和法律關係，卻情同母女、相依爲命，就人類的情感類型，我覺得也是一種境界的極致了。

簡：我得到一個小小結論，這三大項功課交到你手上時，都只給你上文，下文自己去找。這是一個「截斷」與「再造」的功課，這是一種訓練，這似乎是你生命中命定的功課。就像這五年來，你又開刀了，開了幾次刀？

李：兩次。一次是因爲肌瘤摘除子宮，一次因爲長期過度使用拐杖導致腕隧道關節炎的手術。

簡：兩次手術的折騰，可說是十倍於人。你把這個經驗在第五輯中以「再借殘軀」爲標題，爲什麼是「再借」呢？

李：從三歲至今，身體上已有不少刀疤傷痕，我有時會荒謬的問：「還會有下一場手術嗎？」突然覺得能活下去就是再借殘軀。

簡：我充分了解你用再借殘軀的感受。到了四十多歲中年人的心境與閱歷，看待生命確實是比年輕時更懂得「轉」，說「扭轉」好像又太用蠻力了，就是說懂得「轉化」吧！不過，你提到「借」，我想問：是你向老天借？還是老天向你借？

李：我一直都覺得是向老天爺借。「再借殘軀」的思惟，可以淡化命運的悲情，當作自己運氣不好，借了一個殘破的軀殼！儘管殘破，仍渴望老天慨然相借，表示我還想活下去吧！至於是不是「老天爺向我借」，眞的不曾想過。

簡：我覺得在你第一度生命那段時間，似乎是你向祂借。而當你走上學術路線的第二度生命時，換一個角度，其實是祂向你借。你說再借殘軀，何嘗不是祂向你借你的心、你的力、你的殘軀、你的種種智慧呢？這樣想，就呈現兩種不一樣的生命境界。

李：我反而會把這個問題想到你身上，二十年來沒有間斷文學創作，你一直很忠於自己。上天借你的才華、你的妙筆，從《水問》到《好一座浮島》，你的筆調一直在轉換，尤其是《好一座浮島》痛快淋漓，呈現對當今政治社會的觀察，眞是幽默超絕，這是上天借你的筆反應「亂世之音怨以怒，其正乖」的現象。可是我還是不會想到上天向我借。

簡：祂當然要向你借，因爲你已經到了一個火候了。

李：我不會同意上天向我借智慧、借身體，要我留下一點點學術成績。不過，有個學生曾經對我說：「老師！你是用受苦的眼淚來度化我們。」如果從這個角度，我也許可以接受你提出「上天向我借」的觀點。

簡：應該是全部都借，因爲上天很貪心，不會只借一項（笑）。一個人的成長，我覺得是一個進向原理，我們都隸屬不同的生命模型，每個人的模型不一樣，你所屬的模型在你之前一定有人，可是至少你把你這個模型、這條路能夠得到一個很好的發展，它形成了「參考值」以及一種進向的效果，這給下一個跟你模型相似的人有一個參照。你的生命歷程，當然非常有參照的價值，也就是說參照的價值不僅是你自己所屬的這一個生命模型，還可以擴及到所有生命的模型。

李：但願如此！當我與學生分享一些生命經驗時，未必都是用形體殘缺的面向當作參考值，而是放到同樣處理身爲「人」的境況。譬如他處理愛情，我處理友情，無關形體殘缺。學生那句話所以打動我的心坎，並且讓我現在可以接受你的說法，就是不再是用我形體上的殘缺、怎樣走過幽谷等等，作爲別人的典範，而是作爲一個人，面對世間情態的參考值。

簡：所以，如果你甘願被祂借，你就要活下去，直到祂覺得「我已經借好了」。如果你不甘爲他所借，你當然就會終止。從上天向你借的角度來看，你心情上有時要作適度的疏開，因爲當別人爲你解決生活實際的困境之後，你不要認爲別人爲你做牛做馬、做奴做婢；而是有一個更大的力量要借你，要用你在其他方面，祂不要你把心力放在解決行動上瑣碎的事，祂要把你用在刀口上。因此，不管是趙老師、學生或是周圍的人，你要把接受協助而感覺沉重負荷的心釋放。

李：我想這是一個很好的開解，原來你想用「上天跟我借」化掉我在人情上的擔負。我發現不知不覺落入你的圈套了。

簡：我自己有時候也會思索這樣的問題。過去是我借，我死求活求求來的，借到一個階段之後，我居然也沒有辜負祂當時借我的一切，我也確實把我自己帶到一條可以走的路，而且願意視爲信仰的路。走到這個地步，也漸漸覺得「我被借了」。因爲感受如此，所以可以擺脫世俗功名利祿的牽絆，這些名韁利鎖綁不住我，因爲我知道有人要借我用在一個刀口上，而那個刀口在哪裡？我覺得這樣想之後，人生水落石出，那是一種領悟的快樂。因爲這種快樂的充滿，我在面對工作時，無怨無悔；我在面對跟我同年齡、跟我一樣出身，當今在社會上有顯赫的頭銜，甚至為官、掌握權力、獲得各方面的名聲，我也不為所動，因為那不是我要的。我從一個老朋友的角度看到，你也到了那條路上。

李：這樣用心良苦叫我活下去，我承認，這番話語的確打動了我。

簡：如果老師們看到了這一本書，一定很希望你跟年輕的孩子們分享這樣的心路歷程。可是我知道你現在的體能狀態不太可能去作這樣的工作，是不是可以作一個紙上的呼喚，對年輕的孩子說一些心坎的話。

李：我有兩句話想送給年輕的學子，第一句「危機就是轉機」。我著迷韓劇《大長今》時深有所感，女主角一直被陷害，可是每一個陷害帶來的危機卻都變成轉機，最後她終於成為女御醫，既完成母親的遺志，又寬恕了殺害父母親的敵人。你有沒有這種感覺？

簡：我那時候都覺得女主角李英愛好漂亮，作的菜好好吃，沒想到那麼多。因為編劇一定會讓她克服困難的。（笑）

李：第二句送給年輕學子的話是「學習畫圓」。有一齣改編自魯迅同名小說《阿Q正傳》，阿Q是個孤兒，不知道誰生，不知姓什麼。混吃混喝地長大了。總是遭人鄙視。當時城裡革命黨越鬧越兇，白舉人用船將五口箱子送到村裡有錢有勢的趙太爺家，說是避一避革命黨。結果有天那五口箱子失竊了，趙太爺擔心霸道的白舉人不善罷甘休，要趙太爺賠償，於是趙太爺想到找一個替死鬼來消災躲禍，就是阿Q。阿Q被縣官審問，在雞同鴨講的情況下，被當作口供而定案。

師爺要他簽名，阿Q說，我連叫什麼都不知道，更不會寫名字。縣官說，不會寫，那就畫一個圈圈好了。阿Q想畫圓，畫成一個瓜籽，再畫，又畫成一個扁形。當阿Q發現被認定是口供收押時說：「老爺我剛才說的都是夢，我也沒畫圓。」老爺斥責阿Q竟想翻供，正要拷打，阿Q說：「老爺別打呀，讓我再畫一次，我一定畫圓，這次我一定把它畫圓……。」

簡：（無言，眼眶紅了起來）

李：（稍稍哽咽）我對學生說，阿Q從來沒有機會學習畫圓，也沒有人教他畫圓。他糊裡糊塗被生下來，糊裡糊塗長大，糊裡糊塗死了。可是各位不一樣，從小父母就把畫圓的彩筆交給你。筆在你手中，不論圓畫得怎樣，從小圓慢慢畫到大圓，圓的大小、直徑、落點隨你的意志開拓。「化危機爲轉機」、「學習畫圓」是我送給學子的兩句話。也許我就是用這兩句話通過第一度生命的幽谷吧！到目前爲止，我努力的也無非是在畫圓，雖然我畫得不圓，還是個很小的圓。

簡：你的圓畫得和雞蛋一樣（笑）。你剛剛提到劇本，正好符合我接著想跟你聊的問題。你的本行是戲劇，除了寫作散文，還知道你對寫歌仔戲劇本情有獨鍾。當時讀你完成的《宋宮秘史》，就是眾所熟知《狸貓換太子》的故事，眞是酣暢淋漓，如在舞台。有沒有計畫再寫歌仔戲劇本？

李：你對這個劇本這麼肯定，我不禁懷疑你有沒有近視或斜視，要不要看眼科？

簡：沒有，我非常相信自己的品味。

李：寫《宋宮秘史》是因緣際會，二〇〇二年完成，二〇〇三年刊登在北京《劇本》雜誌。初稿完成時，幾位戲曲前輩朋友都給我寶貴意見。其中討論最具體最細微就是趙老師和你，最後結尾還是你的主意，你記得嗎？

簡：不記得了。

李：劇本結局，我沒有讓受難主角李妃的雙眼復明，你說收尾要讓李妃追憶當年生子那一刻。你身爲母親，深切感受嬰兒哭聲的意義。從李妃生下孩子聽到第一聲啼哭，就堅信她生的是嬰兒不是貍貓。你提醒我作爲一個母親的信仰與堅持，所以劇末要呼應嬰兒的哭聲。我覺得你很有創意，於是我寫了李妃的唱詞：「我在想，八月十五月光蕩漾；我在想，皇兒玉樹臨風意態悠揚；我在想，皇兒七歲天眞模樣；我在想，嬰兒哭聲山遠水長。」

簡：（眼眶又紅了）戲劇本身常常非常集中火力的強調「困境」，人類各式各樣的困境，帝王將相、販夫走卒皆是，這是戲劇最迷人的地方。所有戲劇工作者，最想要的就是把底下乖乖坐著的觀眾一個個打哭。把所有人打哭，那齣戲就成功了，你能把他弄哭，表示與一個人在高度、悟境上相逢。我看你的初稿就已經幾度辛酸，表示你在掌握戲劇元素和人性起伏的能力非常高。

李：我寫劇本時，自己也幾度痛哭失聲，撰寫《宋宮秘史》悲歡離合的過程恰如劇中的李妃。我當時非常沮喪，你安慰我：「劇本演不成，必定有一個更高的未來在等你。」那次討論劇本過程中，發現我們對文學作品的感悟極爲接近；現在你問我寫歌仔戲劇本的計畫，我想正式提出邀約，來日我們一起寫歌仔戲，一起構想大綱情節、塑造人物，我主筆寫唱詞。

簡：不拒絕。倒是我想起為你寫的〈姊妹情深〉，《聯副》刊登後，張佛千先生看到，將文章提到每位好友的名字嵌入，寫成對聯。如今張佛老已經仙逝，可惜他無法看到這本書再度出版，以及我們對他的感謝。

李：不止感謝張佛老的珠璣妙筆，還感謝你將書法寫成的對聯裱起來送給我們。我這幅是「惠和之風，蘭蕙之質。綿為其體，金剛其心。」懸掛臥房，兩度手術養病的歲月給我很大力量。今天回憶此事更加體會你的開解，從此就把「綿為其體」借給老天，好好鍛鍊「金剛其心」吧！

對談結束已近中午時分，腦部血液高度運轉後更顯飢腸轆轆。幽默機靈的簡媜望著冰箱上的菜單，分明是五道小菜偏偏拗成三句：「涼拌黃瓜雪裡蕻，清拌雙筍炒毛豆，銀魚炒蛋燙青菜」，然後故意以鄭重其事的聲調：「趙老師！菜單怎麼少了一句？」惠綿立刻點破：「趙老師！簡姑娘嘀咕菜色不夠啦！」我在一旁接口：「那就補上『總歸一句菜不夠』吧！」此時，黃照美女士打開廚房門，雙手端著菜盤，笑吟吟：「誰說菜不夠？簡直小看我這個御廚！」她們向我誇耀這是好友黃姐，烹調手藝超讚，每次聚會都得「巴結」這個御廚。趙老師看一看黃姐端出的佳肴主菜，順口說：「滷蛋卷蛋芋頭粥，三蛋爭輝笑滿口。」一家親如姊妹相視而笑。在琅璫的杯盤聲中，再開人生另一高層「相對論」。

——二〇〇五年十一月十五日
陳姿因　記錄整理

英雄的旅程

——談成長與蛻變

1. 妳為什麼不屈服？

簡媜

惠綿！在我們相識滿三十八年的此時，這一場紙上對談顯得既沉重又輕盈。一回頭青春已成霜髮，要與知己在紙上淚眼相望、回顧遍體鱗傷人生，沉重是雙倍的；因爲妳看過我致命的傷口，我見過妳狼狽的肉身，我們的青春是晾在暴風雨中的繡花絹帕，曾經那麼渴望生，卻又離死那麼近。終於，我們雙雙突破各自困局，爬出深淵，走到聽得見鳥語花香的地方。如今跨過知天命門檻，在安身立命的小朝廷回憶前塵往事，別有一種恍如一夢的輕盈之感。才體會，繡花絹帕上的奇幻風景，其實是給中年自己欣賞的。

我們之所以認識完全是偶然。妳住女五舍一〇六室，我住女一舍二〇九，本不可能有交集。我常去一○六室找哲學系同學，對因行動不便坐在大門口位置的妳留下深刻印象，也對常來探視妳的那位雍容如貴冑的趙老師感到好奇。當時，妳全副背架武裝、外加兩支大拐杖的樣子嚇壞我，那時的我長髮長裙狀甚飄逸，與妳的「鋼鐵人」樣貌形成極端。然因醉心寫作，我們的交集竟與日俱深，成爲分享人生關鍵的摯友。

其實，妳我的共同點不僅是喜愛文學而已，更重要是，我們的成長都必須經歷奮鬥與突圍。必然是在相識之初嗅到對方身上帶著跟自己相同的戰場煙硝味，才讓我們視彼此爲可深談之人。我想，如果我們這一場對談有「勵志」作用的話，就是給正在奮戰的年輕人隔空打氣：看，像李惠綿、簡媜這樣體形瘦弱、資質普通、資源匱乏的小女生都做得到，有爲者亦若是。

我們生長於民國五十年代，妳是台南鄉下貧困的雜貨店么女，我是宜蘭鄉下貧困的農家長女；妳被「重度小兒痲痺」剝奪行走能力，我被「喪父孤雛」烙印。嚴冬與晚秋，這不僅是妳我誕生的季節，也是我們生命奮鬥的序曲。

我們所成長的五、六十年代是什麼概念？白色恐怖、黨國教育（三民主義統一中國、反攻大陸拯救四萬萬苦難同胞）、大同電鍋上市、小兒痲痺流行、台視開播、石門水庫竣工、美援終止、人口一千三百萬、九年義務教育開辦、退出聯合國、九年建設、台美斷交……。把以上條件構築起來的社會再稀釋十倍就是耕牛與泥田共構的窮鄉樣貌，那是個幾乎不可能給肢障與失怙「女孩子」資源的年代。如果依照世俗法則，妳會成爲下營手藝不錯的「打金仔」或刻印師傅，我大概是羅東某家成衣廠的課長，我們可能隔著中央山脈同是楊麗花、許秀年歌仔戲粉絲，但不可能認識。如果是這樣，我們也會成爲鄰人讚許的成熟懂事的女孩子，過著穩定生活（說不定更快樂）。但，就妳我與生俱來的各種「稟賦」而言，這不是最能讓我們發光發熱的人生版本。奇妙的時刻來了，妳十二歲時離家北上獨自在醫院做生死交關的大手術（現代小孩拔一顆牙都有父母陪同，妳好勇敢竟然一個人上手術檯）尋求可以站起來的機會，我十五歲時提著行李離開破碎的家不知希望在哪裡只知必須走出遼闊的稻田。我們只是兩個手無寸鐵的孩子，怎麼會不約而同去突破一個龐大且沉悶的時代？似乎有一股力量在「召喚」，使我們做了一個從孩子眼界不太可能看得見的關於生命的決定——我要去尋找能與我匹配的人生。因此，民國六十八年，我們在台大校園面對面了。

我們倆學習路上，父母、社會沒給任何壓力，甚至，當一個成衣廠小主管、刻印師傅更符合社會期望也更輕鬆些。相較下，從我們有自覺的那一刻起，朝向「大學教授李惠綿」、「作家簡媜」的這條路上，等著我們的是黑暗、傷害與無邊的孤獨。

惠綿，是什麼力量讓妳這個從小被叫「殘障」的小兒麻痺女孩爬也要爬出下營？妳爲什麼不乖乖去學刻印？妳爲什麼不屈服？

惠綿

簡媜！與妳結緣三十八年，說是轉瞬之間，卻也是悠悠歲月！從「相識相賞」到「相知相惜」，各自歷經生命滄桑，不因人情反覆，沒有情隨事遷！相對於漢代古詩的感慨：「昔我同門友，高舉振六翮。不念攜手好，棄我如遺跡。」我們的磐石情誼，更可以入詩了。

民國六十八年，我們翻山越嶺成爲臺大的新鮮人，心境卻大不相同。閱讀《吃朋友》，妳追憶國中時期拼聯考的景況（如考試成績不理想，不吃便當，飢餓一天。）天啊！十四歲的少女，怎會如此自我懲罰？高中爲了省錢，一碗愛玉冰也能打發一餐，簡直是現代版的「苦其心志，勞其筋骨，餓其體膚，空乏其身。」相較之下，妳考取哲學系，是大學聯考的精兵勝將；而我則是戰場上生還的殘兵敗將，誠然，也是不肯投降的小女將！

一九五五年小兒麻痺症公告爲法定傳染病，如瘟疫般大流行長達十年，我躬逢其盛。流行時期的醫療歸功於國際宣教人士的努力。一九五六年，第一個由外籍醫師設立屏東「基督教診所」，三年後展開物理治療。一九六二年引進免費注射的沙克疫苗。免費疫苗引進之前，我已誕生；出生十個月後罹病，一切都是命中註定。小學六年級，父親喚我，語重心長：「臺北振興復健醫學中心有物理治療，我不忍讓妳少小離家，還是由妳決定吧！」對長年匍匐的我，生命樂章出現變奏，毅然高唱：我要出征。苦難的母親背著我，踏上征途。在振興受業於趙國瑞老師，她承諾做惠綿的牧羊人。巨大的願念重於泰山，果然成爲守護我一生的燈塔。

經過一年的手術矯正與復健治療，穿著六公斤支架背架，腋下拄著兩公斤雙拐，終能站立。爲繼續讀書，趙老師建議到無障礙的彰化仁愛實驗學校，時時南下探望。寒暑假由父親往返接送，每回含淚離去的身影，至今深印腦海。

自十二歲爲求醫求學，被迫離開正規學校的升學操練，英數理化基礎幾乎潰散。北上參加高中聯招，因考量住宿選擇私立崇光女中。三年後雖以智育特優畢業，卻在大學聯考落榜。臥床三天絕食求死，趙老師煮一碗魚湯端到床前：「吃點東西，活下去，去考夜間部，天無絕人之路。」含淚，哽咽……。

考取夜間部中文系已是我的極限。一個來自台南行動不便的異鄉人，沒有能力租屋，寫信給閻振興校長，懇請惠允住宿。於是我住入女五舍（聽說從此夜間部身障生皆可申請住校。）閻校長成爲我進入臺大的第一位貴人，也搭起我們相遇相識的橋樑。

三十八年後回顧，這才恍然大學落榜的意義原來是「置之死地而後生」。就讀夜間部才能認識妳和一群同類相應的好朋友，拜識諸多提攜造就我的師長，從而開啓我在臺大求學與任教的生涯。

在文學國度，妳耕耘散文創作，早有文名；我開墾學術研究，如烏龜學步。不想，妳以在文壇的成就與人脈爲我搭橋鋪路，也是我的貴人。

我們第一次對談是二〇〇五年，妳促成我的自傳散文集《用手走路的人》增訂版在九歌出版社排印，並安排對談，題爲「一生借宿」。這次邀請對談，妳依然是相同的信念：「我們身上這些水潦火焚的痕跡，或許有一些活命的氣力與秘訣，可以傳給年輕人吧！」我猶豫，繡花絹帕上的奇幻風景應該私下展閱或與人同賞？彷彿，這也是知己的召喚。

回想妳大一初試啼聲，奪得臺大文學獎散文獎冠冕，永遠的室長張碧惠學姐曾問：「惠綿！妳也能寫作，怎麼不妒忌簡媜呢？」我說：「啊！似乎應該妒忌，證明簡媜不是庸才！」試想，如果當年被妒忌蒙蔽，焉有昔往今日的生命對談？

2. 召喚

簡媜

惠綿，在朝向老天早已爲我們準備好的那條路之前，妳是否聽到「召喚」？

這一切是怎麼開始的？

那是一個美好的啓蒙日。唸小學的我獨自走田埂回家，踩著無憂的步伐，沉醉在與天地同歡的快樂裡。不知怎地，我開始加速跑起來，一面唸自己名字取樂；越來越快的步伐呼應越來越大聲的叫喚，瞬間，我叫不出自己名字——腦中一片空白，無法舉步。像遭受雷擊，非常驚恐，兩三秒後恢復正常，可是這經驗太震撼了；彷彿，那名字所指涉的人不是我。那麼，我到底是誰？

另一次發生在十三歲，父親的喪禮上。盛夏酷熱，出殯隊伍繞行至羅東市場讓他的朋友能目送一程。我與弟弟妹妹披麻帶孝、捧斗執幡，步行過久俱感疲累，擠坐在小貨車後車廂。因連日守靈欠眠加上繁複的喪儀，以至於在烈日與哀哭雙重折騰下我瀕臨昏厥邊緣，猛然，一個清晰的聲音進入腦海：「有一天，我會寫出來。」我嚇醒了，用不可思議的眼光看著樂隊引導的出殯隊伍及那口描花棺木，看著囚籠般無盡的稻田。這個聲音太重要了，它必須像一個收集古董的行家般矯健地把所有寶物收攏起來，藏入內心深處的庫房，它擅自回應命運的「召喚」，啓動了「旅程」。

美國神話學大師喬瑟夫・坎伯（Joseph Campbell）在《千面英雄》寫到：「英雄自日常生活的世界外出冒險，進入超自然奇蹟的領域；他在那兒遭遇到奇幻的力量，並贏得決定性的勝利；然後英雄從神秘的歷險帶著給予同胞恩賜的力量回來。」

多麼幸運，刻骨銘心的啓蒙日在那麼小的年紀到來，而我聽到了這麼珍貴的「召喚」：去做自己生命中的英雄。高三，我決定當一個作家。

惠綿，上天對妳我是用了大力氣來厚愛的。若我們早生十年，再怎麼努力也踏不出村界；我們不可能識字，不識得文學、戲劇、哲學、藝術，只識得人生有那麼多做不了主的遺憾。生命本就內含殘缺與痛楚，這是妳我自幼就嘗受的，但這些不應是生命的全部。內在的「英雄性格」，使我們在面對屈辱與傷害能自行刮骨療傷、尋求復元。旅程絕對不能停止，我們必須把生命帶到能產生意義的地方，願意窮畢生之力，忠誠地去完成「使命」，領取屬於自己的那一份榮耀。黑暗只是尚未誕生的光明，我們很早就跟它打交道，用盡童女身軀的力氣把霉臭的黑暗拖到陽光下曬一曬。不得不如此。因爲我們知道，面對足以吞噬生命的困境，英雄要不是死在戰場上，就只能有一個結果：「贏得決定性的勝利。」

惠綿

人生有三樣身不由己，生、死與身形樣貌。十三歲的妳，父親因車禍亡故；十個月大的我，來不及注射疫苗而罹病，彼此各增添一筆身不由己的巨大變數。簡媜，如果妳沒有遭遇失怙的風暴，如果我沒有罹患小兒痲痺症，我們是否能編寫出今日的生命劇本？是否能聽到內心深處的召喚？

十歲的簡媜，呼叫自己的名字，自問：我是誰？作家獨特的稟賦，讓我聯想改形托生的變形神話。炎帝之女遊於東海溺而不返，不甘心死亡的命運，乃化爲一隻黑身白嘴紅腳的精衛鳥，每天呼喚自己的名字。一聲聲，證明自己不死。

對我而言，召喚的起始一點也不哲學，純然出自抗拒性的對話。三姑六婆心疼：「生得水噹噹，可憐帶著這款身命。」我生氣：「不要你們可憐！」三姑六婆惱怒：「哎喲！刺耙耙（兇巴巴）！以後沒人會養妳。」我高聲回話：「甘願餓死！不靠人養！」這是五、六歲的幼年對形殘命運的怒吼！雖不曾歃血爲盟，竟成爲自己立下的軍令狀，奮力殺出重圍求生。

第一次是七歲。母親因我匍匐不能自行如廁，又恐受人嘲弄，沒讓上學，我哭了兩週。有天看到姐姐的拖鞋，一個不需要拖鞋的孩子，天外飛來神思穿上它，開始學習平穩蹲地，然後用手掌抓住鞋面，左一步、右一步蹣跚挪移。我學會蹲著走路，興高采烈

「走」到母親面前，仰頭呼喊：「阮會走路了！阮要去讀冊！」母親蹲了下來，頻頻點頭，淚眼盈眶……。妳為〈用手走路的人〉寫序，提及曾取拖鞋模仿：「才走五六步即有瀕臨潰倒之感」。簡媜！當妳偷學蹲地行走時，或已注定惺惺相惜吧！

第二次是國三初冬，意識到在仁愛實驗學校絕無能力參加高中聯考，請求轉學回下營國中升學班。母親反對，父親悄悄寄來印章，趙老師請假南下陪辦手續、整理行裝，送我回鄉。

第三次是國中畢業，母親希望我學一技之長，比如打金子、學刻印（幸好雙腿無力，否則會增加學裁縫）。我向趙老師呼求，帶我參加北聯，這是一場家庭革命。多麼巧合！妳也毅然決定到臺北考高中。彼時，我們已經同在臺北的星空下，終於在臺大相逢。

我不知道一路過關斬將與爭取獨立自主是否有必然關聯；但明確知道，生命蛻變歷程是連續不斷的「選擇題」。性格固然決定命運，我更深信人生十字路口的危機意識與果斷抉擇，必可改寫命運。由於強烈的求知欲，不斷向學術山嶺攀登，克服難於山、險於水的障礙環境，竟不知不覺朝向「大學教授」之路。從「不靠人養」的誓言，到恐懼面對求職的挫敗，而後將學校視為避風港，終於找到停泊戰船的港口。這一段烽火煙塵的征戰之旅，如此刻骨銘心。

簡媜！當妳以英雄冒險的氣概馳騁於作家之路，當我披上盔甲朝向學者之路，開疆闢土以回應命運召喚，寵溺我們的趙老師爲這一段奮鬥做了評論：「妳們的名字會刻印在文學創作與學術著作的青史，即使來生化爲精衛鳥，也會有人不斷呼喚妳們的名字。」

——原載二〇一七年八月七日《聯合報》副刊

開疆拓土

——談散文與戲劇

1.另闢蹊徑

簡媜

惠綿，如同妳鍾情於戲劇，我一直待在散文領域，從三十二年前出版第一本散文集開始沒離開過。那一年我二十三歲，那麼早發的船隻，卻駛入那麼尋常的航道——好比一個年青人誓師遠行，卻只是去隔壁村把野狗打一頓挖幾個地瓜回來。文壇大老提醒我，偉大的作家都是小說家、詩人。我不以爲然。

三十四年前我帶著近二十萬字稿子自大學畢業，次年洪範書店欲從這批稿子中選出一本書，我告訴葉步榮先生：「這是三個不同主題的文章，不可以混在一起，是三本書不是一本。」簡直不知天高地厚。這個概念怎麼來的？一則得之於中文系醍醐灌頂，再者，大學時期陪伴我最久的兩個男人一是莎士比亞一叫杜斯妥也夫斯基。我一生都在相對的極端之中尋找平衡；女身男命，農村的耕作經驗加上古典文學的形上盛筵，讀西洋小說戲劇卻寫散文。我不確定會走成什麼樣子，但幻想過要完成自己的星圖。

散文，易寫難工（也難攻）。既無法依附於西洋文學理論以壯軍容，也難以擺脫長期以來與讀者約定俗成的閱讀默契——認定作品是作者的人生現場實錄，「敘述者我」、「作者我」、「現實我」三合一。既如此，我爲什麼還留在這裡？因爲從現實經驗收攏來的故事柴薪，得自古典文學薰陶對文字美感與音色的著迷，先天喜歡諦聽與傾訴的情感體質，對眞理之思辨興趣，拓廣掘深加總在一起，最能開闔的文類就是散文。它滿足我敘事、抒情、寫景、造境、寓理的多重渴望，允許我保持學徒好奇心繼續拓展思維氣象、提煉思想結晶、開發書寫技藝。最重要是，散文作品裡藏著一個「理想我」，這就是爲什麼一旦一個讀者喜歡某位散文作家，幾乎會跟隨下去的原因；曾經有個高中老師對我說：「簡媜老師，我媽媽是看妳的書長大的！」我的年齡自尊心遭受嚴重打擊之後迅速復元，明白她要說的是，她與母親同樣喜歡藏在我書中的那個「理想我」，散文是同聲相求、心心相印的。這種透過作品而產生的作者與讀者宛如知交的情感共振，恐怕是別的文類不易有的。因此，當一個作家在現實上背叛他塑造的「理想我」，讀者也會毫不回頭地離開。但散文具有先天陷阱，易於瑣碎與自我重複；當生活經驗受限、書寫技巧嫻熟、思想定型，「重複之輪」即啓動。這是創作大忌，我保持警覺，堅持不重複。所以即使有些書獲得市場肯定，也絕不再續。

重新歸零的感覺即是自我突破，每一次尋覓新的寫作計劃，總會陷入爲時不算短的醞釀期，面對稿紙生出渴慕之情：「我的心，你要帶我去哪裡？你要告訴我什麼？」此心，是尋找最大震幅的共鳴之心。

惠綿，妳我皆是多夢、易感應者，相信妳一定有過相同的奇妙體驗，不知是「我們在寫」，還是不可思議的存有「在寫我們」？近日我整理年輕時札記，本欲毀去然不免炫迷其中；夢是私我的神話，而預知現實的意念暗示心靈活力超出我們所知，遂將這些心靈年輪稱爲《穿過祢的森林的我的河流》，雖無出版價値卻可留待年老時自愉。每個人內心深處都有一個「榮格」，一本神祕的《紅書》，乃是自我與神的對話錄。妳的學術案頭我的稿田，我們的信仰俱在其中。

奇妙體驗是，每次執行寫作計劃期間，常發生奇特的巧合事件。寫《誰在銀閃閃的地方，等你》那四年，親人死了四位、熟識朋友家中有長輩辭世的共十一人、罹患重症的朋友六人，密集到我覺得不快點寫完會出更多人命！《我爲你灑下月光》寫了近三年，這是一本讓我極度心亂的書，幾乎寫不下去。有一天，我竟在半空中貓纜車廂內見證遠道而來年輕戀人的求婚場面，「瞬間即永恆」就在我面前，好像另一時空有人向我暗示。當我平定內心亂局繼續寫下去，所有現實上困住我的謎團竟一一解開，彷彿冥冥之中有人暗隨。身為作家，書寫期間是我唯一能以愛戀之感擁有作品的時刻，當書出版，離我而去，自有其沉浮的命運，我又回復一無所有，朝向另一個未知；一部分的我永遠埋葬在那本書裡，藏在白紙黑字間尋找與它印合的心。作家生命只能葬在讀者眼裡，我們是活著就親手把部分自己送進靈骨塔的那種人。有時，我覺得自己寫的東西如果全被不可逆的力量消滅了也不可惜，因為時間終究會把它們掃入淵谷，所謂「成功或成就」皆是虛妄之念。妳能理解這種既豐饒又感傷的心情嗎？

惠綿

古典文學中的詩、詞、曲、小說、戲曲、散文等文類，都是一座寶山。我們不約而同選擇兼具抒情與敘事的散文和戲曲為志業。散文具有多元的書寫策略，可隨不同主題而運用相應的風格技巧。妳曾自詡是「不可救藥的散文愛好者」，當年自覺那二十萬字的文稿是三個不同的主題，如今出版二十一本作品，包含鄉土、教育、女性、尋根、愛情、生死等各種主題，足見妳高三立志當作家，並以散文為創作文體，已然印證簡媜為現代散文樹立「橫看成嶺側成峰，遠近高低各不同」的廬山境界。

文學、音樂、繪畫、雕刻、建築等藝術創作，都必須具備天賦異稟，僅能憑借自力，不可力強而致。進入學術之門，只須取得一張門票，半由努力，半由機運。

我進入古典戲曲，源於嬰幼兒時期，母親經常背我到廟口看歌仔戲，播下鍾情戲曲的種子。一九六二年，國內三家電視臺陸續開播。不論陰晴風雨，每天匍匐至對街鄰家看電視，爲掌上乾坤的布袋戲和婉轉悽惻的歌仔戲而癡迷，總是忘記回家用餐。「你規氣（乾脆）住在人家厝仔！」母親抗議。我嘟著小嘴：「爲什麼我們家這麼窮，連電視都買不起？」一個月後，放學回家赫然看到龐然電視機，驚喜之餘，努力拼出問句：「媽！我們哪來的錢？」母親答非所問：「從今日起可以讓你在厝內看歌仔戲了。」長大後，母女閒話家常，方知當年竟是母親不惜借貸。霎時，無言，淚下。

回首這段戲曲因緣，驀然發現，那自幼失去椿萱而沒有機會接受教育的母親，正是我的啓蒙老師。在寫完功課沒有玩具和玩伴的童年，我經常取兩條大方巾當水袖，坐在木板床獨自扮唱，忽哭忽笑。偷偷哼唱歌仔調是童年僅有的快樂，也成爲一個夢想，沉澱在記憶之中。

母親、童年、鄉愁以及土生土長的劇種，片片斷斷的影像剪輯成篇，原來戲曲是我精神生命的土壤與養分。碩士班二年級，我帶著沉澱的夢想，決定以戲曲爲研究方向，承蒙曾師永義不棄，收爲入室弟子。妳我雖在各自的田地耕耘，但都有高度的警覺：創作主題與學術課題堅持不重複。因此永義師指導我碩士班探索專家戲曲批評，博士班鑽研元明清表演理論。戲曲文本與表演相互輝映，猶如奼紫嫣紅的花園，任我遊賞。不論開在庶民之家的斷井頹垣，或高門豪宅的亭台樓閣，都不會減損它搖曳生姿的神韻。

戲曲劇本有平仄、押韻等嚴謹的體製規律；而戲曲表演有「唱曲、念白、做工、舞蹈（武打）」四功，其中唱曲之咬字吐音，更與聲韻學關係密切。爲能掌握曲學家論述創作的音韻格律、度曲的技巧口法，以及看懂崑曲曲譜，博士畢業後連續三年參加崑曲清唱研習班，開啓「戲曲音韻學」跨領域的研究。神遊於曲學奧義，穿梭於文字肌理，爬梳擘析，欣然忘我。探索多元的研究面向，不斷自我挑戰高難度的課題，以期擴大畫圓的面積。

學術路上更有助我越洋渡海的師長和學生。一九九七年，永義師首度帶我到韓國。從中研院文哲所轉任香港中文大學的華瑋教授，二〇〇七年邀請我首度到北京參與「牡丹亭國際學術研討會」，永義師再度陪同。陪同的師長且抱且扶、又推又抬，完成知其不可爲而爲之的壯舉，就是要引領我跨入國際學術舞台。其後，學生陳姿因、林孜曄分別陪我兩度遠赴大陸蒐集孤本文獻。她們推著輪椅，每天來回從旅館到圖書館，暑熱炎天汗水淋漓。這樣的身影，在異鄉的人行道上或圖書館內，時時引人探問。他們很難置信，來自臺灣芳華盛年的女學生不辭辛勞成全我移地研究的心願。

你的散文創作與我的學術研究皆蘊藏一個「理想我」的追求。三十餘年，妳年年筆耕，我歲歲織錦，或能向新世代的年輕人，示現開疆拓土的意志與精神吧！

2. 孤鳥飛行

簡媜

好吧，談一談《我爲你灑下月光》。去年底出版時，我不送你們書，後來勉強送出卻蠻橫地叫你們不准看。現在簡體版也出了，秋天時必須去巡迴，總不能站上講台跟讀者玩益智遊戲。

先說點別的。在網路世界網住年輕世代導致文學作品銷售下滑，在政治目的操弄下無須經過理性思辨即大力張揚的「去中國化」氛圍裡，在無止盡「挖土機思維」掌控下我記憶中的原鄉平原已面目全非（猶記得在電影院看齊柏林《看見台灣》，我從頭哭到尾如喪考妣。題外話：聽聞他猝逝那日，我在札記上寫：「上天收回一個美麗的靈魂，因爲台灣不配擁有嗎？」）這三股大變動意謂著「創作、古典文學、鄉土」我生命中三個重要成分同時面臨土石流。數年來鬱抑的心理背景下，一椿年輕時因「宗教信仰」爭論而黯然分別的愛情故事在主角猝逝後重新投影到心裡，引我痛惜。此時此刻，我已無法當作單一事件，它像一個重新追求的聲音，喚起當年沒喚出的複雜感慨。我陷入心亂如麻的情緒，在幻滅感裡沉浮。最後，用鏡面相互映照的意象擬定了書寫策略，架設往昔／當下、眞實／虛構、主線／岔文相互交錯滲透的架構，安排人物去演繹愛情裡信仰與文學、愛的意願與能力、分手與守護之種種探問、詮釋、領悟及終極的和諧與美。「維之、淵、群」這三個主角名字摘自羅東、武淵、群英，我的原鄉關鍵字，也藏了不同面向的我。這一場關乎信仰之爭、文學追求與幻滅的紙上「愛情寓言」，在書末隱晦地將「妳」改爲「你」做了翻轉，如此才能讀懂最後的悼詞。有讀友告訴我，捨不得很快看完，對岸有讀者說看一次哭一次，完全說中這一條散文愛河裡作者與讀者同游共感的那一分戀戀不捨。如果說《紅嬰仔》是「誕生之書」，《誰在銀閃閃的地方，等你》是「死蔭之書」，那麼這書不僅只是用來安放青春輓歌、懺情密錄而已，深層地看，是作家大多會碰觸到的「傷逝之書」，或可用出身中文系的妳我都曾在課堂上迷戀過的李商隱名詩來做比喻，「此情可待成追憶，只是當時已惘然。」這本書就是我的哀麗淒迷《錦瑟》詩。我送別的不是「一個戀人」，是逝去的、培植我的「那一個舊時代」啊！

惠綿

二〇一六年初春和初秋，分別出版《中原音韻箋釋》和《中原音韻北曲創作論與度曲論之研究》。眞巧合，妳也同時出版新書，皆是三十年自我紀念之作。臺大校慶日妳來訪，我們與新書合拍了照片。

《我爲你灑下月光》，妳歷時三年寫作，等同完成一本學位論文。這是妳年輕一段感情的滄桑，若純以抒情或敘事，可能流於直抒胸臆，囿於寫實情錄，於是妳構思多重技巧，創作「散文化、詩化、寓言化的小說」，並將愛情擴大爲宗教、省籍、政治、生死等難題，最後揭示告別的是「逝去的、培植我的那一個舊時代！」這就是簡媜創作散文的高度、深度、寬度與廣度。如同元曲家白樸《梧桐雨》雜劇，唐明皇夜聽雨打梧桐殘葉之聲，思念的不是楊貴妃之死，而是風雨飄搖國勢已頹的盛世」。

我自一九八六年起探索《中原音韻》曲學，整整三十年。這是元代周德清爲北曲押韻而編撰的韻書，兼論創作北曲之原理、評點度曲之義理，是第一本曲學專著，也是戲曲音韻學開山之作。元明清重要的戲曲理論經典，早有注釋出版，獨缺《中原音韻》。原書約三萬五千字，措辭甚簡，義有未盡。承蒙聲韻學專家何大安先生指導，耗時七年，兼顧曲學素養與音韻義理，考訂、辯證、演繹、舉例，完成四十萬字《中原音韻箋釋》。撰寫箋釋期間，發掘問題意識，撰寫各篇論文，再以三十萬字《中原音韻北曲創作論與度曲論之研究》畫下句點。

海峽兩岸對戲曲音韻學之研究相對偏少，原是冷門學科，知音幾希。在學術倫理迷失與研究士氣低迷之際，我兢兢業業的研究成果難入主流之列，不被瞭解或認同，更覺挫傷。回首來時路，只覺月暗雲迷，耳畔彷彿聽見岳飛悲切吟唱：「三十功名塵與土，八千里路雲和月……！」

簡媜！同是千里跋涉，多麼羨慕妳未曾被退稿。妳不忍聽聞老友困頓，曾捎來一段扣人心弦的文字：「我輩走到水淺泥深的時代，雖不免有龍困之嘆，虎落之鬱，卻應自我紓困，回歸安身立命之初心，只問孤燈下埋頭苦幹，不問鎂光燈如何風光。學術與創作眞的都是『念天地之悠悠，獨愴然而涕下』的志業，只要對得起天地良心，其他的都是塵灰。妳的學術峰頂如果已經積雪，不必再想別人家小橋流水、歌臺舞榭好不熱鬧，留得青山在爲要。」作家的片言隻字，負載著提振人心的巨大能量，讓我再度啓程，繼續攀登崇山峻嶺。

我曾爲蒐集資料從圖書館臺階高處摔下，因傷困坐臥房，伏案床邊書桌寫作，雙親送餐。母親抱怨：「爲了讀冊時常跛倒，害老母一世人爲你操煩。」母親俯身爲我換藥包紮，淚珠不偏不倚滴在我的手臂上。而今依舊如母親所說：「爲了讀冊，常常『跛倒』」，瘀傷痛楚不減當年，然而對學術的抉擇九死不悔。

長年埋首「坐忘書齋」，以戲曲安身立命。雖無人脈山脈，猶存骨脈氣脈。妳又何嘗不然？既是如此，我們且與陶淵明詩中「托身已得所，千載不相違」的孤鳥結伴飛行吧！

——原載二〇一七年八月十四日《聯合報》副刊

知我者謂我心憂
——談傳承與困境

1. 心靈後裔

惠綿

方東美說：「學生是心靈的後裔」，這是我們共同閱讀齊邦媛老師《巨流河》的句子。沒想到，我也能擁有「心靈後裔」的喜悅。

一九七〇年代，家姊和許多同學因家境清苦放棄明星高中，選擇公費師專。彼時師專院校不准身障生報考，我傻傻地讀書，無形中跨越師範體系的設限，這似乎也是「行到水窮處，坐看雲起時」的寫照。

獲得正式教職，人生峰迴路轉。那年永義師爲此「耿耿不寐，如有隱憂」；啓蒙文學思想的柯慶明、樂蘅軍、陳修武老師等，視如門生，指點提攜。臺大中文系破格聘任一位身障教師的膽識，堪為公私立學校、企業機構之典範。二十三年來，唯有以信仰的精神盡心教學，用以答報。惟文學院因列為市府三級古蹟，不准設置電梯，中文系辦公室和會議室在二樓，無能為系上做更多的服務，深感愧對！

傳授古典文學，時有機緣將作品當作生命教材，進行知性與感性的傳授。「心靈後裔」就從師生的對話誕生。有一年講授莊子對形體與心神「殘／全」的思維，莊子認為涵養生命之主，不在形全，而在神全。我問，覺得自己「形全神全」請舉手，寥寥無幾。我又問：「這個題目可以反問我自己嗎？」全班無言。當天晚上收到佳佳的郵件：「只要老師認定自己是形全神全，您就是。」再次相見，我說：「妳讓我哭了，得賠償我的眼淚。」佳佳說：「老師！寫信時我也是哭著的。」

某一天，畢業十五年的小雨突然來訪：「我昨晚夢到老師在哭，不放心，直接來了。」那段時日，我病痛纏身，萬念俱灰。小雨輕緩地說：「老師一路走來經歷種種奮鬥，對於那些您曾經幫助過的人，曾經發生影響力的人，不能一瞬間將他們借以生存的信念一舉瓦解了。」第一次看到理性的小雨流淚，也是第一次驚覺生命存在的意義已不僅止於個人。是怎樣的牽繫？當下的、過往的學子，如此心有靈犀？

做一個老師，我更看重學習態度與人品性靈。妳出版《老師的十二樣見面禮》，引發我在課堂上對美國小學充滿人文精神與意象的物品進行二度詮釋：不要自以為中文造詣不佳而自卑，我會發掘你的優點（牙籤）。即使語文較爲薄弱，相信你仍是一個有創造力有價値的人（銅板）。每週帶著喜樂的心上課，書寫筆記（鉛筆）。雖然課程有壓力，修完一年必能成長（口香糖）。請具備抗壓的彈性（橡皮筋），接受學習的挑戰。我們將進行小組討論，請使用和善讚賞的語言（棉花球）。考試不作弊，作業不抄襲，即使用「橡皮擦」，仍有痕跡。心靈困頓請找我（救生圈）。如果你很悲傷，我給「面紙」，請吃「巧克力」，爲你貼「OK 繃」療傷止痛。共聚一堂研讀文學作品，因緣難得，請珍惜當下，永結善緣（金線）。往往多年後，收到學生來信：「老師！我在教書，也送給學生十二樣開學禮物。」妳的作品，我的解讀，有了迴瀾，何其欣慰！

有一年臺大中文系邀請妳擔任「現代散文及習作」，是否也曾體會心靈後裔的悸動？妳經常受邀至各校演講，是否也看到一些動容的師生故事？

簡媜

是的，妳永遠不知道妳的影子落在何方？我非常尊敬「老師」，從小到大，每階段成長得之於老師的提攜甚多，他們留給我的溫暖與鼓勵永生難忘。高中時，國文老師在課堂上朗誦我的作文，極具鼓舞，大學時曾陷於低潮鬱鬱難歡，某課老師當堂命題爲文，題目中有一恨字。我交卷時老師低聲說：「這個題目是爲妳出的。」有哪一門行業擔得起「春風化雨」讚辭？

我去過不少校園，從富裕私校到偏鄉小校，我都會問：學生人數與水準、家庭環境與低收比例、升學與就業。佐以演講互動、觀察所見，老實說，有時不忍拿那份鐘點費，回捐給校方急難救助基金。不久前，我去中部一所女子名校演講，熱情、認眞的國文科老師推動校園書香計劃，每年選一位作家，舉辦班級共讀、徵文徵海報、演講，辦了幾屆，到我這一場經費縮水了，承辦的兩位老師自掏腰包五千元給得獎學生獎金且抵死不讓我分擔。唉！一所名校拿不出五千元。外面沸沸揚揚在推「前瞻」，這些老師在講台上不止掏心掏肺，還掏錢，我問她們這麼辛苦爲什麼要辦？她們的回答是：「我們的孩子可憐，如果不做，他們眞的沒機會接觸到藝文。」

我曾寫過一段話：「富人和貧家最大的差異在於，當黑暗降臨，富家之子手上有燈，而窮人家的孩子只剩老師。」我是流淚寫這段話的。固然校園裡有不適任者，但大多數都是對教學有熱情的老師，我從他們身上看到「無私」。砍年金之前，請不要砍掉對他們的尊敬啊！

惠綿，妳也是稀有品種的老師。妳未婚未育，對學生的關愛內含「母性」成分。學生跟父母爭執不回家，妳勸小的勸老的，爲他們搭橋；畢業多年的學生遭到婚變，妳喊來家裡吃飯陪著哭；有學生健康、學業出問題欲重考得不到父母支持，妳盯他做規劃還代管存摺免得他把錢花光。妳的身體早已搖搖欲墜，眼睛坐骨腸胃筋脈都出問題，每週需針灸滑灌整復，但只有兩件事能讓妳「起死回生」，一是研究一是學生。相較之下，我欠缺妳的耐心，不適合在講台上久站。那年開設散文課留下頗美好記憶，學生優得不得了，十倍於我當年的才情。不過，備課過於耗費心血終究牴觸創作，黃埔一期同時也是最後一期。

2. 難道就這麼沉入泥漿之中？

惠綿

藝術本無國界，何況海峽兩岸同文同種，臺灣作家作品不需要翻譯，可有更多的讀者群。妳的作品在兩岸出版，對學子之啓迪，自是不容小覷。我屢屢接受妳贈書，轉送學生當作嘉獎禮物。送書時，總有學生早已購買。曾經在中文系「戲曲選」課堂，我問受獎同學：「你要那一本？」他靦腆回答：「簡老師的書我都買了。」我微笑：「改送我的書呢？」他欣然點頭。我又微笑：「謝謝你沒買，我才有機會送你。」教室笑聲蕩漾。這位法律中文雙修的蔡孟融同學榮獲二〇一七年臺大文學獎散文獎首獎。無獨有偶，曾經收到來自大陸交換生懇託的郵件：「我帶來簡媜老師所有的作品，難得到臺灣，非常渴望拜訪簡老師。」我欣然爲他穿針引線。因此得知妳獲得台積電主辦「二〇一七青年最愛作家」第一名，引以爲榮之餘，一點也不驚訝。莘莘學子的「文學導師」，妳當之無愧。

我們共同期待江山代有才人出，然而不免憂心：新世代脫穎而出的創作才人，身處「月落烏啼霜滿天」的茫茫大海，前景在何處？臺灣的「文學市場」是否可以讓他們兼顧現實生活與創作夢想？文學創作何止僅於新詩、散文、小說，六〇至九〇年代，風靡一時的電視歌仔戲、布袋戲、傳統戲曲，早已停播，有深度的臺劇少之又少；有線電視亦已淪陷爲日劇、韓劇、陸劇。演員流失、編劇缺少、製作萎縮、財力匱乏，加之進入網路世代，電視文化幾乎瓦解。傳統戲曲全盛時期、兩岸戲曲交流時期，三家電視臺避開相同時段，每週播出戲曲節目。至於京劇、豫劇、崑劇、歌仔戲各劇團相互爭勝，也曾經是劇壇的風華歲月。惟崑劇團至今尚未納入國家編制，已出現推動危機。二〇〇一年崑曲榮獲聯合國教科文組織頒發「世界首批人類口述及非物質文化遺產代表作」，面對臺灣崑劇的困境，有心人士束手無策。

普及性的電視文化藝術日趨式微，傳統戲曲劇團欲振乏力，中文教育也逐漸縮減。小學生要分心學習母語與英文，中學、大學相繼減少國文授課時數。大學國文原是新生必修，一年六學分。聯考引導中學的教學與學習，大學國文則不再著重記問之學，而是培養閱讀文本的能力、訓練問題意識的能力、學習思辯表達的能力、提高問題寫作的能力、發揮想像創造的能力、增廣經典文學的視野，不可同日而語。如今各校大多減爲必修四學分，甚至納入通識課程改爲選修。中文是世界認可的語言文字之一，必須向下扎根，方能涵養，陶冶性靈。老師憂心，學生的語文能力普遍下降；學生陶醉於小確幸，渾然不知他們正逐漸喪失競爭力。

臺大中文系戲曲學門，自鄭騫、張敬先生傳授曾永義先生以來，恢弘戲曲爲顯學，指導之博士、碩士研究生逾百七十餘人。如今研究戲曲人才出現斷層，響徹雲霄的交響曲，似乎即將進入尾聲。人文學科面臨的困境何止戲曲學門，近日得知教育部正在進行「學科標準分類調查」，擬將「中國文學系」歸屬於「華語文細學類」。中國文學系本屬「中國語文」學類，傳授經學、史學、子部、集部四大領域，兼顧現代文學。秦始皇焚書坑儒，尚且推行「車同軌，書同文，行同倫」；而今竟以一時的政權，意圖扭曲世界認知的學術分類，令人髮指。簡媜！難道「文化？文學」不是維繫一個國家重要的命脈嗎？我們是否即將進入「文化沙漠」的世紀？臺灣是否即將上演文化大革命的翻版？走筆至此，不禁潸然……。

簡媜

「臺灣版文化大革命」觸目驚心！當今時勢，「去中國化」蔚爲主流，「中國・古典・文學」令執政者厭惡，欲去之而後快，彷彿把「中國成分」去除乾淨，臺灣就富強康樂。我揣度其規劃路徑：文言文全面退出教科書，「中國文學系」列入外語學院（誠如妳戲言：外國詩人李白。既如此，外國詩人屈原的死跟臺灣有什麼關係？粽子也別吃。）另設「本國語文學院」下轄台文系、客語系、原住民語文系、新住民語文系。我在月光書末絮語首句就是「向中國古典文學至上最高禮敬」，原因在此，我已預見其衰亡。然而，惠綿，我們要不要讓它亡？我們要不要摀住眼睛任憑它亡得一乾二淨？

古典有難，當代豐饒嗎？先說一件小事。二十年前，我已出版九本書算是成熟「新生代」，擬了寫作計畫申請補助卻被刷下。可見資源多麼欠缺，競爭何等激烈。這件事促使我自問：「能否在寂靜無聲之中，獨自一人長途跋涉？」自此遠離補助及獎項之競逐。二十年來，我近似文壇幽靈，在空氣稀薄的地方自成野生品種。

有朋友認爲我是版稅充裕的「專業作家」，這是個誤解，在我們這一行，叫好不一定叫座。以二〇〇七年爲分界（那一年因見面禮出版帶來變化），在這之前我已是筆耕二十二年、出版十七本書的「中生代」作者，然而每年「舊書再版」的版稅總額幾乎不超過一個大學教授「一個月」薪水（現在好些，可望達到二、三個月）。如果不是有一個死心塌地的護法當我的靠山，我也必須奔波謀生、多方競逐。可能受學術界造假抄襲事件影響（在創作者眼中，抄襲等同於精神強暴），我不免有憤怒情緒：與創作相較，研究機構與學院裡的資源豐沛極了；有辦法的學者同時保留國內外兩份「正職」穿梭自如，即使像妳這樣做冷門研究的學者也長年有科技部補助可申請。而我們「搞創作」的，單兵作戰、自生自滅。我聽聞有盛年作家爲了專心寫作向銀行信貸，有的參加文學獎獲取賞金以挹注生計。對矢志建立個人風格的作家而言，台灣「文學市場」小得可怕；過去二三十年出版界捧大把銀子買國外作品不看重本地作家，圖書館推動閱讀衝高借閱率無助於作家收益。現今3C潮浪下，捷運上已看不到拿書讀的人。一個嚴謹自律的作家花一兩年完成一本書，一般版稅行情：定價乘以百分之十（或十二）乘以印量（兩、三千本甚至只有一千），這幾年出版產業以可怕速度萎縮，讀者不看到七九折不買，文學類作家每年能結算到的「再版版稅」更少甚至掛零。我知道說這些，會有父母拿給鬧著要唸中文系、當作家的孩子看：「給我看清楚，你要餓死啊？」說不定就此擋下一個曹雪芹。

我很悲觀，新生代作家怎麼辦？有能力用三五年執行「大計畫」挑戰自我極限、最需要奧援的盛年作家怎麼辦？當看到五花八門的前瞻計劃，看到種滿小花小草的城市美化計劃，實言之，我們比不上那堆廢土。無論哪一黨執政，漠視文學最上游作家卻是一致，因爲我們最難收編、無法換算爲選票。難道就這麼任憑政治黑幫（民粹就是政治版地下錢莊）撕裂分贓？難道就這麼集體沉入滾滾泥漿之中？難道我們爬出坎坷命運就是爲了親眼見證毀滅？惠綿，妳甘心嗎？我不甘心。

我知道社會上有各種文學獎，大企業也重金舉辦「高中生」文學獎（首獎獎金相當於一個作家兩本書的初版版稅，如此豐厚令人動容！）政府相關部門也有新秀出版與文學創作補助，相信也成績斐然。我無意責備，他們已做了他們認爲能做的一切，理應肯定。惠綿，我只是厭倦了小確幸，厭倦了關起門來自己鼓掌的鎖國自嗨感，我期待社會能脫胎換骨，有魄力有格局有遼闊的視野，展現無所不包無所不納的海洋性格。如果我有錢也有權，我不想再造腳踏車，我要主動去找幾個有能力升空的「火箭」直接給燃料，待作品完成，直接推中英日文版，發射洲際飛彈，而不是讓他們困在文學市場荒蕪角落忙著打零工。我們這一行不缺人才，缺一個霸氣孟嘗君。我不想看到有一天這個孟嘗君出現在別的地方，他什麼都不要求，唯一要求是先出簡體版並代理全球版權。擲筆一嘆，惠綿，知我者謂我心憂啊！

——原載二〇一七年八月二十一日《聯合報》副刊

逍遙遊

——談生死

1. 生死功課

惠綿

從出生的一刻，就開始步向死亡。世間唯一公平的是「壽無金石固，賢聖莫能度」。如何活著，如何從容面對死亡，才是最難的生死功課。

我常常懷想兩個名垂千古的文學家。一個是戰國屈原，一個是漢代司馬遷。屈原兩度流放不曾求死，懷憂歲月創作《楚辭》詩篇，安頓漂泊靈魂。最後卻因不忍見國破家亡，自投汨羅江，見證死去比活著更悲壯。李陵遠征匈奴，兵敗被俘，司馬遷為其辯護而遭受宮刑，含垢忍辱完成《史記》志業，見證活著比死去更尊嚴。簡媜！如果妳是屈原，是否會求生？如果妳是司馬遷，是否會求死？一路行來，陷入絕望的幽谷時，妳是否經歷過生死關口的徘徊？

我二十四歲接受脊椎側彎矯正手術，在鬼門關前走了兩趟，期間僅相隔半個月。因小兒痲痺導致嚴重脊椎側彎九十度以上（S型），準備研究所考試時，經常呼吸困難、胸腔疼痛。我暗許，若考取碩士班，休學上手術檯。不想，上天垂聽了我的願念。不開刀將影響壽命，手術成功機率只有一半，倘若失敗，可能死亡或癱瘓。我雖高唱壯士一去兮必復還，立誓活著回來完成學術未竟之志。但當我承受全身無法動彈之苦，忍受分分秒秒的錐心刺骨之痛，卻幾番求死。在眾多至親師友陪同抗戰的力量之下（張碧惠和妳，以及一〇六室姊妹、榮譽室友兄弟，皆是奧援的戰將，至今銘刻心底。）經過一年復健，終於活了下來。三十餘年後的今天，還能再借殘軀，在講臺鏗鏘有力傳道授業，在書齋孜孜矻矻著述論說，主要歸功醫師巧奪天工的醫術（矯正爲五十度），更要慶幸當年關鍵的手術抉擇。選修生死課題的學分，眞是千萬艱難。

我並非戰場上的常勝兵，潛意識對形殘命運總是不能釋懷，不免有輕生的意念與行動。進入天命之年，以「一身形殘，還願而來」八個字爲座右銘，不再動念。突然，年初有一場奇異的夢境，不是拄杖行走，不是電動輪椅，而是回到童年的匍匐，我想去投海。路途綿長蜿蜒，不見天日，兩面是厚重石頭堆砌的高牆，大小亂石滿地，手足並行，崎嶇難行。半路巧遇指導教授曾師永義，欣然言道：「徒兒！這是我從圖書館借來的四本書，帶回去閱讀寫論文。」我收下，不敢道出即將前往自沉。書籍放在布袋之內，置於腹部之下，一手拖著，一手爬行。終於找到浩瀚大海，正要俯身投入之際，突然發現一本書不見了，非常著急，心想這是老師向圖書館的書，不可遺失。如同電影鏡頭轉換，我爬行回到圖書館門口，請託旁人：「我掉了一本書，實在沒有力氣再回去尋找，拜託幫幫我。」這時一個十歲左右的小男孩，正在圖書館還書，館員出來說：「小男孩找到妳的書了！」我握著小男孩的雙手，含淚頻頻致謝……。夢醒，淚濕衾枕。

妳傾聽之後，與趙國瑞恩師的解夢不謀而合：「曾老師代表學術父親，最後拉妳回來是學術的力量，小男孩是傳承的人。」上週對談，妳提及只有兩件事能讓我「起死回生」，一是研究一是學生。這場夢境似可印證！簡媜！活著的功課，我已盡全力，沒有遺憾，也沒有缺憾了。妳呢？

簡媜

惠綿，先回答妳的問題；有時只有死能戰勝死，有時唯有生才能戰勝死。《楚辭》已成，屈原可去；《史記》未就，司馬遷必須生。〈報任安書〉太史公自言：「欲以究天人之際，通古今之變，成一家之言。」讀此言，開吾眼界、擴吾胸襟、養吾氣節。人生在世，濁骨凡胎數十載，有人拼長命百歲，有人奪千秋萬世。屈原、太史公乃眞英雄，死在自己欽定的榮耀裡。

我們談了三週稍嫌沉重的話題，最後一週「生死」也輕鬆不起來。雖然我寫了談生老病死的書，但妳比我有資格談「生死」，我仍記得那場脊椎側彎大手術，據醫生描述，接妳的神經像水電工接電線，如今回想仍覺得毛骨悚然。妳能活下來，是上天不讓妳死。

人生有兩處危險路段，一是二十歲左右，輕則抑鬱成疾重則自我結束；一是五、六十歲之間，身體崩坍或重症奪命，這階段出事的大多是秀異、拼搏之人，留下未竟志業，令人惋惜。這幾年身邊有幾位優秀朋友跨不過六十門檻，令我感到死蔭幽谷已近。想起今年初春，我打電話給碧惠，竟聽到她在痛哭，她說同班同學冬青「快不行了」。我與碧惠即刻趕往醫院。一進病房，看到兩眼紅腫的碧惠正在為她按摩背部減其病苦，我也按摩她的腳，不能相信這雙少女般膚質的腳竟快要抵達終點，連帶也想起當年病床上的妳動彈不得卻有一雙兒童般的腳丫。我對冬青學姊說：「很榮幸認識妳⋯」她已發不出聲音，但嘴邊浮出淺笑，辨其嘴形應是：「我也很榮幸認識妳⋯」惠綿，我們離講這句話的時間越來越近了。碧惠說，那天之所以大哭，乃是想到將來也要與姊妹們訣別，不能承受悲念。唉！如果躺著的是我，妳能平心靜氣對我說：「很榮幸認識妳」嗎？

台灣有史以來，從沒像現在住了這麼多老人。五十歲以上的有八百三十萬人，扣去六十五歲以上三百一十二萬，「老人候選人」有五百一十八萬，陣容浩大，這群人是年金改革的「承擔者」，我們這一代都在裡面。從現在往二十年後看，如果妳跟我一樣預見台灣天空烏雲密佈的話（這是政商媒嘴之功，他們成功地讓社會撕裂），妳就知道無緣社會（失去地緣社緣親緣）、下流老人、孤獨死是我們這一代的「宿命」，而我們只能認命。

通過年輕危險路段，能看著自己變老是生命給我們的恩賜。然而我觀察，採自然工法讓自己老下去是不負責任的，面對老化的第一步不是去把頭髮染黑、雷射除斑，「老」跟人生其他階段一樣必須事先規畫、認真學習，老年也有「學測必考題」，無非是那幾道考古題；若是不面對不規畫不安排，結局就是躺在病床上多管齊下，病房外上演爭產風暴。年輕階段，靠體力靠衝勁，老，要靠智慧。老人版智慧寶典第一章開宗明義叫「捨」。先修這個字，修成了，其他章節好唸，修不過就等著看老天爺疼不疼你。

惠綿，妳我人生走到這一步「大勢底定剩半條爛命」，只盼這身體還能再撐個十多年（這不算多吧，抬頭望天：身心健康的十多年喔！）讓我們把志業完成，倒光最後一滴靈思，如果能在歇筆之年、行動自如之時、清理妥當之日離去，那眞是「帝王級善終」、得到神之吻一般「美好的死日」啊！

2.不必相送

惠綿

雖然我尚未年老，但近年來肌肉無力、神經疼痛，早已進入「小兒痲痺後症候群」的歷程。聽說平均壽命是六十歲，得開始思考餘年的安寧與照護了。

提起照護，不免要說一說往事。我們年輕時曾相約不婚，比鄰而居，兩棟房子之間鑿個寬門，出入照應。不想，妳沒告知，偷偷結婚了。當時頗為埋怨，今有自知之明，與我為鄰肯定災難，感謝姚大哥拯救了妳！

生活點滴需要照料，只好開始聘僱外傭。早年擔憂此事，有一次看復健科，順便請問醫生：「我需要什麼條件才能請外傭？」醫生面無表情：「等妳成為植物人。」這位醫生應具有「前瞻」眼光，立法院三讀通過，自二〇一四年六月起，凡持有重度殘障手冊，可以開立巴氏量表，進行聘僱，我是受惠者之一。可是有一天我將無力照管外傭，該如何是好？創立伊甸基金會服務弱勢及殘障團體的杏林子，遭受印傭毆打，被推下床，次日因舊疾新傷，猝然辭世。有人說：「天道沒有偏私，常幫助善良的人。」杏林子絕對是善人，何以致此？難怪司馬遷沉痛質問：「儻所謂天道，是耶？非耶？」

當前或無近憂，卻有遠慮。我本無公教優惠存款，遭遇年金改革池魚之殃，退休金恐怕無以支撐生活費和外傭費。若有房子，未來才能考慮「以房養老」。二〇一五年底，在政府大力支持下，合庫銀行推出以房養老商品「幸福滿袋貸款」，只要年滿六十五歲，信用紀錄良好，即可房屋申貸，每月穩定領取一筆費用，直到九十五歲。簡媜！萬一我活到九十六歲呢？真的是「幸福滿袋」嗎？活一天算一天！我突然只想擁有小確幸。

十餘年前，曾經邀妳和黃照美（《吃朋友》主廚）、魏可風（能量醫學治療師）相聚。我們取出備妥的「預立安寧緩和醫療暨維生醫療抉擇意願書」，表達疾病末期選擇不急救之意願（但願安樂死也可以填寫自願書）。意願書一定要由本人親自書寫，或由明文委託之醫療委任代理人填寫，而且需要兩位見證人。那天只有妳未填寫，妳說：要尊重姚同學。後來忘記問下文了？

每次參加告別式之後，都會再次自我強調：拒絕一切儀式，千山獨行，不必相送。我曾經很喜歡徐志摩翻譯、羅大佑編曲的〈歌〉：「當我死去的時候，親愛，你別為我唱悲傷的歌。我墳上不必安插薔薇，也無需濃蔭的柏樹。」原是欣賞死亡的瀟灑，如今卻鍾情樹葬。因此，不要墳墓、不要靈骨塔，要濃蔭柏樹、要安插薔薇。簡媜！如果我先妳而去，千萬千萬記得我的請託。

樹葬，意謂回歸大自然的懷抱，物化爲一粒種子。莊子認爲天地萬物都是一粒「種子」，只是以不同形體變化更迭而已。生與死，如同圓上的每一個「點」，是開始，也是結束。

簡媜

哈哈（大笑中），其一，我們不會讓妳活到九十六歲！其二，我就知道妳一定會提「見色忘義、棄友閃婚」這一段！當年我提喜餅去妳的研究室，妳聽完始末眼眶泛紅，我以爲妳是爲我高興，原來是怨我毀諾呀！這得怪妳自己識人不明、誤交匪類。其實，這兩回事並不衝突。將來，說不定手足或知交比鄰而居是「在家獨老」、「安養機構同老」之外的第三選擇。相較下，我更推崇這選項，有情誼基礎的「仿家族共老照護方式」讓子女較輕鬆放心。只是城市居大不易，說不定將來會把老人都遷到離島。我問姚同學：「如果有那麼一天，你要去哪個島？」他答：「太平島。」我要去澎湖，我說：「如果你堅持要去太平島，那我們的婚姻就走不下去了。你跟馬英九去好了！」唉！買房比鄰而居共老，談何容易！（題外一計，建商可考慮推出多屋合購、舊屋代售服務，圓老者「比鄰而居」之願。）

我們這一群朋友都是非凡之輩，能以正確觀念思索生死課題。聽聞太多困在照護病房纏著管子綁手綁腳一躺數年花費數百萬終於停止呼吸讓家人鬆一口氣的例子之後，我對末段路程沒太多驚恐。我家姚同學與我是心智等高線相當的知己，我們知道彼此意願，「葬我於一棵被狂風吹歪的小樹」乃是最佳歸宿。我也很早就跟兒子談生死課題，生命的內容我們能決定，但長短不由我們做主。我告訴他，如果有一天他必須為我的緊急狀況做醫療選擇，「不要用一般人的想法為我做決定，因為你媽媽不是一般人。」我想起姑丈病危時，我與表弟在病房外談話；姑丈許了捐大體的大願，但做兒子的跨不過內心關卡，非常激動、痛苦，眼看要推翻他父親的心願。我告訴他，不能從自己的感受來決定，要從父親的大願來決定，「如果爸爸值得我們為他勇敢，我們就必須為他勇敢。」他非常了不起，立刻跨過內心障礙（想像一個孩子為了爸爸攀岩攻頂拉高眼界，看到爸爸的心靈風景），往下一切圓滿且聖潔。

我們四年級是苦命的一代（我雖是五年級但養成方式與認同感屬四年級）。生於戰後嬰兒潮中段的我們，父母大多經歷日據或抗日，我們自幼聽聞他們的災厄故事，變成同情父母且感恩的一代。我們跟上一代的連結太深，接收一切觀念與價值觀，認為盡孝道是天經地義之事。這也使我們在快速翻轉的社會裡註定是奉養父母的最後一代也是被子女棄養的第一代，如今AI人工智慧勢不可擋，我們更有機會成為由機器人照護的第一代「白老鼠」。

有一天我問姚同學：「如果我先走了，兒子遠在天涯，你能接受由機器人照顧嗎？」他答：「很好啊。」「爲什麼？」他說的理由非常具有說服力：「情緒穩定。」我們還討論醫療床應該怎樣設計才能讓機器人幫病人換尿布時順利「提領黃金條塊」。我還幻想，萬一我想自我結束，對它下指令：「拿枕頭，放我臉上，用力壓三分鐘，洗澡換漂亮衣服。」等到被發現時已氣絕多時，大體也洗過了。希望這一段不要被設計者看到，免得預先防堵。

惠綿，人生有「五成」：成長、成熟、成功、成就、成全；妳我都到了自我定義「成就」內涵、繼而「成全」年輕世代的年紀。固然大環境前景堪慮，我們這一代仍應傳遞勤奮與奉獻的聖火，努力像螢火蟲發出微光，期盼社會有大放光明的一天。英雄旅程必有結束之日，但願旅程最後一段，舉起手向人世告別時，我們的臉上含笑、身姿瀟灑，且如妳我所願：千山獨行，不必相送。

——原載二〇一七年八月二十八日《聯合報》副刊

附錄：本書作品年表（以發表時間序）

篇名	發表時間	發表報刊
鞋	七十四年十一月十九日	《中國時報》副刊
圓切點	七十四年十二月三十一日	《台大研訊》
拐杖	七十五年五月	《明道文藝》
生死結	七十五年十二月	《明道文藝》
留一盞燈	七十六年六月十五日	《松風月刊》
回鄉偶書	七十六年六月二十七日	《自由日報》
忘名之交	七十七年四月八日	《中央日報》副刊
迷路	八十二年七月二十日	《聯合報》副刊

退路	八十二年十月二十一日	《中央日報》副刊
圓心深情	八十四年十月二十九日	《聯合報》繽紛版
椰林道上淚讀〈跛行〉	八十五年六月二十四日	《聯合報》副刊
選擇題	八十六年十月	彰化仁愛實驗學校《三十週年特刊》
長廊恩典憶崇光	八十六年十月	《崇光三十週年特刊》
空白的答案	八十八年七月二十六日	《聯合報》副刊
一切都是命運注定	八十八年十月二十八日	《中央日報》副刊
百年坐不壞的椅子	八十八年十一月二十二、二十三日	《中國時報》浮世繪
手術劇場	八十八年十一月	《明道文藝》第二八四期
絕代佳人	八十九年九月十一日	《人間福報》覺世副刊
借	九十年四月	《明道文藝》第三〇一期
不一樣的母親節	九十二年八月	《明道文藝》第三二九期
一見鍾情	九十二年九月四日	《聯合報》副刊
溫馨接送情	九十三年九月十五日	《聯合報》副刊
文學相對論	一〇六年八月七日、十四日 二十一日、二十八日	《聯合報》副刊

九　歌　文　庫　1　2　9　1

用手走路的人

國家圖書館出版品預行編目 (CIP) 資料

用手走路的人 / 李惠綿著 -- 初版 . --
臺北市 : 九歌 , 2018.08
面 ;　公分 . -- (九歌文庫 ; 1291)
ISBN 978-986-450-205-9 (平裝)
855　　107011423

作　　者——李惠綿
創 辦 人——蔡文甫
發 行 人——蔡澤玉
出版發行——九歌出版社有限公司
臺北市八德路 3 段 12 巷 57 弄 40 號
電話 / 25776564 傳真 / 25789205
郵政劃撥 / 0112295-1

九歌文學網　www.chiuko.com.tw

印　　刷——晨捷印製股份有限公司
法律顧問——龍躍天律師 · 蕭雄淋律師 · 董安丹律師
初　　版——2018 年 8 月
初版 2 印——2020 年 9 月
本書曾於 2005 年 12 月由健行文化印行
定　　價——320 元
書　　號——F1291
I S B N——978-986-450-205-9